Der Fluch von Alabaster

Sabine Blazy

Der Fluch von Alabaster

Mit Bildern von

Helmuth Poul Dohle

Thienemann

Für
Charlotte & Anna

1.

Die Sonne stand hoch über den Zinnen der Bunten Burg. Eine weiße Taube flog zwischen ihren spitzen Türmen hin und her.

Prinzessin Milla sah ihr eine Weile dabei zu. Sie saß auf der Bank am Fenster und klopfte mit den Fingerspitzen gelangweilt auf dem Holz herum. Es gibt ja sonst nichts zu tun, dachte sie grimmig und gähnte.

Da bemerkte sie plötzlich die Fahne.

Eine Sekunde lang war Milla wie versteinert. Dann setzte sie sich ruckartig auf.

Eine blutrote Fahne!

Oje! Das konnte nur eines bedeuten: Ein fremdes Heer stand vor den Toren der Burg! Und die ersten Flüchtlinge suchten bereits Schutz in ihrem Inneren. Bing, der Küchenjunge, hastete gerade den Pfad herauf, der auf die Zugbrücke zuführte.

Milla sprang auf. Keinen Lidschlag später hatte sie auch schon ihr Schwert gepackt. Sie schob es in ihren Gürtel und stürmte in den Korridor hinaus. In ihrer Hast stieß sie gegen eine der großen Kugelvasen, die sich dort vor der Wand aneinanderreihten. Die Vase krachte zu Boden und zer-

sprang klirrend in Aberdutzend Scherben. Gelbe Glockennarzissen lagen inmitten der Trümmer und ein Schwall Wasser ergoss sich über die hellen Steinfliesen. Mist!

Sie hörte ihre Zofe hinter sich laut schimpfen. Aber Milla blieb nicht stehen. Dafür war jetzt wirklich keine Zeit! »Bring dich in Sicherheit«, schrie sie über die Schulter zurück. »Schnell!«

Die feindlichen Truppen hatten schon die Gärten im Osten erreicht! Dort, über den Zweigen der knorrigen, alten Apfelbäume, hatte sie die Fahne im Wind flattern sehen. Und es war ganz sicher nicht die Fahne ihres Vaters gewesen. Das Banner König Windells nämlich war blau, so blau wie der Himmel, mit einer bunten Blume in der Mitte.

Aber warum nur hatte ihr niemand etwas gesagt? Und wo waren die Ritter, die sie im Notfall beschützen sollten? Aber die brauchte sie ohnehin nicht. Sie konnte sich auch ganz gut selber verteidigen.

Millas Hand zuckte zu ihrem Schwert. Sie schürzte hastig ihr langes, rabenschwarzes Kleid und jagte die Stufen zum Thronsaal hinauf. Ihr Herz hämmerte in ihrer Brust, als ob es jede Sekunde heraushüpfen wollte. Mit einem kräftigen Schubser stieß sie die schweren Flügeltüren auseinander.

Der hohe Saal war voller Menschen. Der Kriegsrat schien bereits in Gang zu sein. Das hatte es in den elf Sommern, die sie mittlerweile zählte, noch niemals gegeben! Millas Wangen überzogen sich mit rosa Flecken vor Aufregung. Sie wollte auf den Thron zueilen, vor dem ihr Vater stand.

Aber irgendetwas stimmte nicht!

Sie blieb plötzlich wie angewurzelt stehen. Was machte denn der Schneider hier, der König Windell gerade den Bauchumfang maß? Es war ein ziemlich beachtlicher Bauch und die Arme des kleinen Schneiders passten nicht ganz um ihn herum. Und wieso war der Koch da? Er schien über das Abendessen zu sprechen, denn der Jäger und die drei Gärtner neben ihm leckten sich mit glänzenden Augen die Lippen. Ein ganzer Schwarm Hofdamen saß stickend und nähend an der Wand gegenüber. Was hatten die denn bei einem Kriegsrat verloren?

Oh, nein!, schoss es ihr durch den Kopf. Das hier war überhaupt kein Kriegsrat! Offenbar hatte noch niemand auf der ganzen Burg bemerkt, in welcher Gefahr sie alle schwebten. Nicht einmal Goodewind, der Berater des Königs, der doch sonst immer alles zu wissen schien. Er lehnte mit verschränkten Armen gegen eine der Säulen und sah gelangweilt aus dem Fenster. Doch die hohen Fenster des Thronsaals gaben den Blick frei auf die Wälder im Süden, nicht auf die Gärten im Osten. Niemand hier konnte die Angreifer sehen! Und die Wachen auf den Burgmauern mussten eingeschlafen sein. Vielleicht waren sie auch längst gefangen genommen worden! Oder Schlimmeres! Es lag an ihr, die Bewohner der Burg zu warnen.

»Alarm!«, brüllte Milla auch schon quer durch den riesigen Saal. Sie rannte mit weit ausholenden Schritten an den Versammelten vorbei. »Alarm!«, brüllte sie noch einmal,

damit auch der alte Jonas sie hörte, einer der Diener ihres Vaters, der längst stocktaub war. Doch er schien sie auch jetzt nicht zu verstehen, denn er stellte in aller Seelenruhe eine kleine Schale auf dem Tischchen neben sich ab.

Aber auch sonst achtete kaum jemand auf die Prinzessin. Einige der Hofdamen waren zusammengezuckt, der Koch hatte für einen Moment innegehalten, doch gleich darauf wurde bereits weitergestickt und -getuschelt.

König Windell allerdings hob den Kopf, als er seine Tochter bemerkte, und lächelte erfreut. »Hallo, Liebes«, rief er, ehe er sich wieder seinem Schneider zuwandte. »Lass sie schön weit fallen, hörst du? Ich bin keine Wurst in der Pelle. Mach sie lieber ein kleines bisschen weiter als nötig. Ich bin nicht zu dick«, fügte er schnell hinzu. »Ich brauche nur etwas mehr Platz als andere. Und nimm das schöne neue blaue Tuch, ja?« Seine Krone verrutschte, als er den Kopf nach unten neigte, doch er merkte es gar nicht.

»Aber natürlich, natürlich«, näselte der Schneider, sein Gesicht gegen Windells voluminösen Bauch gepresst. Er versuchte noch immer, seinen Umfang zu messen.

Milla starrte ihren Vater fassungslos an. »Hast du mich nicht verstanden?«, schrie sie, obwohl sie inzwischen keine zwei Schritte von ihm entfernt war. »Unsere Burg wird angegriffen!« Zumindest jetzt hatte Milla mit einem entsetzten Schweigen oder einem ängstlichen Aufschrei gerechnet. Aber niemand sah auch nur zu ihr herüber. Das konnte doch wohl nicht wahr sein! Was war hier los?

König Windell fuhr sich mit gespreizten Fingern durch seinen langen, längst angegrauten Bart. »So, so«, murmelte er.

»Vielleicht solltet Ihr mal die goldenen Knöpfe dazu ausprobieren, was meint Ihr, Hoheit?«, sagte der Schneider derweil. »Die dicken, runden, ja?«

»Aber ja, was für eine ausgezeichnete Idee«, rief der König erfreut und sah wieder nach unten.

Der kleine Schneider griff schnell nach einem dicken, braunen Büchlein, in das er eifrig zu kritzeln begann.

»Ich bekomme eine neue Jacke, weißt du«, wandte sich Windell wieder an seine Tochter. »Vielleicht solltest du dir auch etwas Hübsches schneidern lassen? Wie wäre es denn mal mit etwas Buntem?«, schlug er hoffnungsvoll und mit einem langen Blick auf ihr tiefschwarzes Kleid vor.

»Pah!« Milla stampfte wütend mit dem Fuß auf. Etwas Buntes! »Vater! Wir haben jetzt keine Zeit für solche Kinkerlitzchen! Die Angreifer stehen schon im Obstgarten!«

Doch König Windell hörte sie nicht. Er probierte gerade einen viel zu großen Hut auf, den der Schneider ihm gereicht hatte. Dicke, flauschige Bommel hingen ihm weit über die Ohren. »Oh, wie gewagt«, schrie er, weil er wohl meinte, auch der Rest der Welt wäre auf einen Schlag ertaubt. »Wunderbar!« Er drehte begeistert den Kopf hin und her und betrachtete sich im Spiegel.

»Im Obstgarten?«, knarzte plötzlich eine Stimme dicht neben Milla.

Sie fuhr herum.

Goodewind, der Berater des Königs, löste sich von seiner Säule und machte einen Schritt auf sie zu. Seine wässrig grünen Augen musterten sie spöttisch. »Vielleicht solltest du dann besser dort weiterspielen, Prinzesschen, statt uns mit deinen albernen Späßen auf die Nerven zu gehen«, schnarrte er unfreundlich.

Milla riss empört den Mund auf. Was sollte das denn? Was erlaubte er sich? Sicher, manchmal, wenn es ihr gar zu langweilig wurde auf der Burg, dachte sie sich lustige Streiche aus, um den Hof zu erschrecken. Aber das war noch lange kein Grund, so mit ihr zu reden! In früheren Jahrhunderten hätte man ihn dafür ins finsterste Verlies geworfen, das es gab. Oder gar Schlimmeres! Ach, was für großartige Zeiten das gewesen sein mussten, dachte sie plötzlich wehmütig und mit einem diebischen Funkeln in den Augen. Ihr Vater war einfach viel zu gutmütig! »Hast du nichts zu tun?«, schnauzte sie den Königlichen Berater an. »Wofür wirst du eigentlich bezahlt?« Sie schob das Kinn vor.

Goodewinds Augen verengten sich zu schmalen Schlitzen. »Du unverschämtes Balg«, zischte er, gefährlich leise. Er streckte eine Hand nach ihr aus und glitt blitzartig auf sie zu, fast wie eine Schlange – und prallte abrupt zurück.

Nasweis, der Narr, war auf einmal hinter Milla aufgetaucht. Er blickte über ihre Schulter, seine Lippen nah an ihrem Ohr.

»Ach herrje,
bleich wie Schnee
ist der Prinzessin Gesicht,
aber ihr Vater,
der beachtet sie nicht.«

Er zwickte ihr neckisch in die Wange.

Milla verschränkte die Arme. Sie nickte. Ja, da hatte er allerdings recht! Sie starrte noch immer Goodewind an, der sich naserümpfend abwandte. Er warf sich seinen bodenlangen, moosgrünen Umhang um die Schultern und schlenderte zu der Säule zurück.

Milla stieß erleichtert die Luft aus. In Goodewinds Nähe hatte sie sich noch nie besonders wohlgefühlt. Weshalb ihr Vater sich mit ihm abgab, war ihr ehrlich gesagt ein Rätsel. Gab es denn sonst keine weisen Männer, die ihn beraten konnten?

Nasweis stand noch immer hinter ihr. Er fuhr plötzlich fort:

»Dabei wäre es für den König sehr viel klüger,
als immerfort zu lauschen …«

Er brach ab und wiegte den Oberkörper hin und her.

Milla drehte auffordernd den Kopf zur Seite.

»… einem Betrüger«, setzte der Narr schließlich ganz leise hinzu.

Einen Moment lang glaubte Milla, er meinte den Schneider, der nun fröhlich kichernd auf ihren Vater einschwatzte. Dann merkte sie, dass Nasweis Goodewind nachblickte,

mit einem so unfreundlichen Ausdruck im Gesicht, dass sie zusammenfuhr. Offenbar konnte er den Berater des Königs ebenfalls nicht leiden!

»Nimm dich in Acht vor ihm, mein Kind,
nicht alle nur nett und harmlos sind.«

Milla wirbelte herum. »Was? Warum sagst du das?«, rief sie. Sie wollte den Narren am Ärmel packen.

Aber Nasweis entwischte ihr und hob abwehrend beide Hände. Er begann, um sie herumzutänzeln, und die silbernen Schellen an seiner blau-weißen Narrenkappe klirrten und klingelten hell.

»Ach, was habe ich gesagt?
Ich bin schon ganz verzagt.
Ich weiß es längst nicht mehr.
Der Kopf wird mir so schwer.«

Er kletterte flink auf den Thron hinauf, rollte sich dort auf dem Sitz zusammen und stützte den Kopf in die Handfläche. Mit trübsinniger Miene starrte er zu Boden und seufzte ein paarmal laut auf.

Die Umstehenden begannen zu lachen, als sie den Narren auf dem Thron entdeckten. Nasweis rührte sich nicht.

Milla wollte ihm ärgerlich nachsetzen, als ihr Vater ihr in den Weg stolperte. Er trug nun wieder statt des Hutes seine Krone auf dem Kopf, schief wie zuvor. »Wie gefällt dir der hier?« Er streckte ihr den linken Fuß entgegen, an dem ein quittegelber Schuh saß. Er war mindestens zwei Nummern zu groß.

Milla brummte rasch ein paar unverständliche Worte und wollte sich an ihm vorbeischieben.

»Oder lieber der hier?« Er hielt ihr den anderen Fuß hin, der in einem lavendelfarbenen Schuh steckte. »Ich kann mich einfach nicht entscheiden. Vielleicht nehme ich sie besser beide, was? Ja, das sollte ich tun. Ah! Bevor ich es vergesse, mein Liebes. Ich habe eine Überraschung für dich.« Er wickelte sich einen langen, apfelgrünen Schal um den Hals und lächelte Milla geheimnisvoll an. »Ein paar Gaukler werden heute Abend auf die Burg kommen«, platzte es auch schon aus ihm heraus, noch ehe seine Tochter fragen konnte. »Ich weiß doch, wie gerne du Seiltänzer und Feuerspucker magst. Na, was sagst du?«

Millas Augen begannen zu leuchten. Sie liebte Seil-

tänzer und Feuerspucker! Am allerliebsten waren ihr Feuer spuckende Seiltänzer, aber die gab es leider nur selten. Milla nickte begeistert. Und schüttelte gleich darauf erschrocken den Kopf. Aber das ging doch gar nicht! Die Burg wurde belagert! Wie hatte sie das nur vergessen können?

»Vater«, versuchte sie es noch einmal und klang nun ziemlich ungeduldig dabei.

Doch König Windell fuhr bereits fort. »Nun, vielleicht gehst du sie mal besuchen«, meinte er. Er schien ihre Aufregung völlig misszuverstehen. »Die Spielleute haben ihre Zelte in den östlichen Obstgärten aufgeschlagen. Drüben bei den alten Apfelbäumen. Aber du müsstest sie eigentlich schon bemerkt haben. Oder zumindest dieses alte Betttuch, das sie da aufgehängt haben. Es ist himbeerrot, man kann es gar nicht übersehen.«

Milla hielt schlagartig inne. Spielleute?

»Und, Liebes«, flüsterte er dann ganz leise. »Du weißt, wie aufregend ich deine Geschichten finde. Von wegen angreifende Truppen und Riesenameisen, die den Kräutergarten verschlingen, und so. Oder was hast du uns da vorgestern erzählt?« Er zwinkerte ihr zu. »Aber«, er sah rasch zu den stickenden und nähenden Hofdamen hinüber, »für einige hier sind deine Geschichten vielleicht ein bisschen zu spannend. Den Fräuleins dort bleibt sicher noch mal das Herz stehen vor Schreck, wenn du hier so hereinstürmst.«

Spielleute? Ein himbeerrotes Betttuch? Das, was sie für ein feindliches Heer gehalten hatte, war nichts weiter als das

Lager von Gauklern? Wie peinlich! Milla hielt sich die Hand vor die Augen und sah hastig zu Boden. Ihre Wangen färbten sich flammend rot.

»Ach herrje, ich habe es doch nicht böse gemeint«, rief ihr Vater bestürzt, der sie schon wieder missverstand.

»Schon gut«, murmelte Milla nur. Sie hatte ihm ohnehin nicht mehr richtig zugehört. Mit gesenktem Kopf schlurfte sie an ihrem Vater vorbei und um den Thron herum, der auf einem niedrigen Podest in der Nähe der Wand stand. Der Narr war mittlerweile verschwunden. Am liebsten wäre sie schnurstracks aus dem Saal gerannt. Aber die Blöße wollte sie sich auf keinen Fall geben. Also schlenderte sie noch ein bisschen weiter.

Vor einer alten, fleckigen Landkarte blieb sie stehen. Die Karte hing ziemlich hoch über ihr, aber sie konnte sie trotzdem ganz gut erkennen. Nicht, dass es nötig gewesen wäre, denn Milla kannte sie ohnehin längst in- und auswendig. Sie seufzte leise, während sie nach oben sah.

Es war eine Karte der Insel, auf der sie lebte, einer großen, fast kreisrunden Landmasse mitten im Meer. Sie war von dichtem Nebel umgeben, weshalb ihre Bewohner sie auch die Nebelwelt nannten. Tausend Königreiche gab es auf ihr, oder so wurde zumindest erzählt. Niemand hatte es je geschafft, sie ganz zu bereisen. Milla träumte davon, die Erste zu sein. Wie aufregend das wäre! Sie wollte vor allem die Länder im Osten erforschen, in denen es finster und schrecklich gefährlich sein sollte. Das Reich der Blauen

Nachtschatten etwa, von denen keiner so genau wusste, wie sie eigentlich aussahen. Oder das so geheimnisvolle Moorland, auch wenn es dort vielleicht nichts weiter als ein paar stinkende, uralte Moore zu entdecken gab. Aber tausend Abenteuer würde sie dabei erleben! Und das war genau das, was sie unbedingt wollte.

Milla ließ die Schultern hängen. Leider waren jene Länder furchtbar weit weg. So furchtbar weit, dass selbst das spröde Pergament dort an der Wand nicht wusste, wo genau sie eigentlich lagen. Die rechte Seite der Karte war nämlich voller leerer, weißer Stellen und großer Fragezeichen und teilweise sogar zerrissen. Wie sollte sie nur je dorthin gelangen?

Milla sah bekümmert nach links, wo sich ihr eigenes Land befand, das Bunte Königreich, das von ihrem Vater, König Windell, regiert wurde. Es lag ganz im Westen, genau auf der anderen Seite der Nebelwelt. Hier war alles hell und freundlich und den ganzen Tag schien die Sonne und der Himmel war immer strahlend blau. Sanfte Hügel, lichte Wälder und vor allem riesige Gärten umgaben die bunt bemalte Burg, die wie ein zu Stein gewordener Regenbogen aussah. Überhaupt war alles schrecklich bunt, vor allem die Kleidung des Königs. Milla schauderte. Sie selbst trug ja viel lieber Schwarz. Schwarz war die Farbe des Abenteuers!

Sie seufzte noch einmal, diesmal lauter. Im Bunten Königreich gab es nämlich keine Abenteuer. Und nichts mehr zu entdecken. Gefährlich war es hier schon gar nicht!

Höchstens, wenn im Herbst die Äpfel von den Bäumen fielen und man direkt darunter stand. Und selbst dann bekam man noch nicht mal blaue Flecken. Ach, es war nicht zum Aushalten. Sie würde sich noch zu Tode langweilen auf der Burg, ja, ganz bestimmt! Wenn doch wenigstens mal jemand versuchen würde, den König zu stürzen, dachte sie plötzlich aufgeregt. Aber leider hatte niemand einen Grund dazu. Seinen Untertanen ging es einfach viel zu gut, sie liebten König Windell alle sehr. Milla warf einen Blick zu ihrem Vater hinüber. Er saß nun scherzend bei den Hofdamen. Ein paar von ihnen waren kichernd errötet, eine sprang sogar kreischend auf, nur um dann gackernd loszulachen.

Milla rollte mit den Augen. Sie schlurfte auf den kleinen Durchgang in der Ecke zu und trat in die Ahnengalerie hinaus, einen langen, breiten Flur mit Aberdutzend alten Gemälden an den Wänden. Porträts ihrer Vorfahren. Einige davon guckten richtig böse, die gefielen ihr am besten. Die meisten aber lachten wie verrückt und wirkten entsetzlich vergnügt.

Milla erstarrte plötzlich.

Da war ein Geräusch! Tiptap, tiptap, klirr. Jemand kam den Flur herauf! Sie spitzte die Ohren. Da! Da war es wieder. Tiptap, tiptap, klirr.

Wer konnte das sein? In die Ahnengalerie durften nur Mitglieder der königlichen Familie. Und ihr Vater war noch immer im Thronsaal.

Milla schlich auf Zehenspitzen hinter die nächstbeste

Säule und spähte dann atemlos dahinter hervor, auf die Stelle, an der der Flur um die Ecke bog. Sie spürte ihr Herz immer schneller schlagen.

Tiptap, tiptap, klirr. Es wurde lauter. In der nächsten Sekunde fiel ein langer Schatten über die hellen Fliesen des Fußbodens und glitt langsam auf sie zu.

Milla erschrak. Ob das ein Blauer Nachtschatten war? Die stahlen sich doch auch immer so heimlich, still und leise an ihre Opfer heran! Auch wenn der hier alles andere als leise war. Milla holte tief Luft. Dann sprang sie auch schon hinter der Säule hervor und riss gleichzeitig ihr Schwert aus dem Gürtel.

Im selben Moment bog eine Gestalt um die Ecke. Sie war

recht dünn und trug ein einfaches Hemd aus hellem Leinen über einer braunen Hose.

»Ha«, brüllte Milla. »Hab ich dich, du ...!« Dann erst erkannte sie Bing, den Küchenjungen. Er war kaum älter als sie selbst und auch nicht sehr viel größer. Es war derselbe Junge, der vorhin so hastig auf die Burg zugerannt war. »Was hast du denn da gemacht? Im Garten gerade eben?«, rief sie auch schon.

Bing war so abrupt stehen geblieben, dass das Tablett in seinen Händen kräftig ins Wanken geriet. Allerlei Kuchen und Törtchen aus Sahne und Obst und kleine Honigbrote lagen darauf, von denen eins fast herunterfiel, doch der Junge fing es geschickt wieder auf. Die Teller schlugen klirrend

aneinander. »Ach, du bist das«, murmelte er. Er wirkte seltsam erleichtert, auch wenn Millas Schwertspitze direkt auf seinen Bauch zielte. Mit einer raschen Bewegung strich er sich die Haare aus der Stirn. Die widerspenstigen Locken fielen ebenso schnell wieder zurück. Sie waren voller Mehl.

»Natürlich bin ich das. Wer sollte ich denn sonst sein?«, rief Milla.

»Was willst du von mir?«, fragte Bing mürrisch, statt zu antworten. »Außer mich mit deinem Spielzeug da erschrecken.« Er packte die Schwertklinge mit einer Hand und drückte sie zur Seite. »Vielleicht solltest du dir mal ein neues aus der Waffenkammer besorgen. Das hier scheint schon ein wenig stumpf zu sein. Und was ist denn mit der Spitze passiert? Ist die etwa abgebrochen, als du deine Puppen verdroschen hast?«, fragte er mit Unschuldsmiene, obwohl er Millas altes, abgenutztes Schwert schon hundertmal gesehen hatte.

»Ich spiele schon längst nicht mehr mit Puppen, du … du Schafskopf«, schrie Milla. War es etwa ihre Schuld, dass ihr Vater sich weigerte, ihr ein anderes Schwert zu geben? Sie kniff wütend die Augen zusammen. »Ich warte noch immer auf eine Antwort«, zischte sie dann.

»Ich war nicht im Garten«, erwiderte Bing, ohne mit der Wimper zu zucken. »Ich war in der Küche. Ich musste doch arbeiten.« Er wies auf das Tablett in seiner Hand.

Milla verschlug es die Sprache, was eher selten geschah. Aber es wagte auch nur selten jemand, sie so unverfroren anzulügen. Natürlich war Bing im Garten gewesen, sie hatte ihn doch ganz deutlich gesehen. Wahrscheinlich hatte er sich die Gaukler angeguckt, dachte sie mit einem Mal. Er war ebenso verrückt nach Gauklern wie sie selbst. »Und? Haben sie einen Feuer spuckenden Seiltänzer dabei?«, fragte sie mit einem heimtückischen Glitzern in den Augen.

Aber Bing war nicht so dumm, auf ihren Trick hereinzufallen. »Ich habe keine Ahnung, wovon du redest«, sagte er, und zwar so betont gleichgültig, dass sie wusste, sie hatte recht. »Und jetzt lass mich endlich vorbei.«

Aber Milla versperrte ihm auch weiterhin den Weg. »Es ist verboten, hier langzulaufen«, knurrte sie und hoffte, dass sie dabei mindestens so bedrohlich klang wie Goodewind.

Bing allerdings wirkte nicht sonderlich beeindruckt. »Wer sagt das?«

»Wer das sagt? Das ist ein Gesetz!«, rief Milla aufgebracht.

»Ach.« Bing winkte ab. »Ich muss die Sachen hier in den Thronsaal bringen. Und dann die Tische in der Großen Halle decken. Ich habe keine Zeit für lange Umwege. Die Küche liegt nämlich genau dort.« Er wies hinter sich. »*Prinzessin*«, fügte er hinzu und verbeugte sich leicht.

»Ich weiß sehr genau, wo die Küche liegt«, fauchte Milla. Wie sie es hasste, wenn Bing sie »Prinzessin« nannte! Bei ihm klang es immer wie eine Beleidigung, so übertrieben unterwürfig, wie er es sagte, und mit diesem leicht idiotischen Lächeln im Gesicht. »Pass bloß auf, *Bursche*«, sagte sie verächtlich, als ob sie mindestens zehn Jahre älter wäre als

er. »Dieses Schwert hier mag stumpf sein, aber ich kann es dir noch immer kräftig über den Kopf ziehen!«

»Pff«, machte Bing nur und trat einen Schritt auf sie zu. Er starrte sie herausfordernd an. »Soll ich dir ein paar spannende Drachengeschichten erzählen, ja?«, wisperte er mit heiserer Stimme. »Soll ich dir erzählen, was Drachen mit den Prinzessinnen machen, die an Pfähle gefesselt vor ihren Höhlen zurückgelassen werden? Nachdem sie von ihrer Familie und ihrem eigenen Volk dorthin geschleppt wurden.« Bing hob die Augenbrauen und beugte den Kopf zu ihr herüber, während er langsam immer näher kam. »Vielleicht sollte ich dir mal von dem bösen, alten Irrsewitz erzählen. Der hat mindestens einhundert kreischende Prinzessinnen vor seiner Höhle entdeckt und sie dann mit Haut und Haaren ...« Er riss plötzlich den Mund weit auf und ließ ihn gleich wieder zuschnappen.

Milla schauderte. Es gab nicht viel, vor dem sie sich fürchtete, aber Drachen gehörten eindeutig dazu. Schon seit sie das erste Mal von ihnen gehört hatte. Seit sie wusste, dass sie Prinzessinnen mochten. Und das im wahrsten Sinne des Wortes! Sie wollte wirklich nicht noch mehr über sie erfahren. »Ach, was weißt *du* denn schon von Drachen?«, rief sie, obwohl sie ganz genau wusste, dass Bing von Drachen ebenso begeistert war wie von Gauklern. Und dass er erschreckend viel über sie erzählen konnte.

Die beiden standen sich nun Nase an Nase gegenüber, das Tablett zwischen sich.

»Du wirst schon sehen! Eines Tages bändige ich einen und dann komme ich auf ihm hier vorbeigeflogen. Und wenn er dich entdeckt, dann …« Wieder schlug er die Zähne kräftig aufeinander.

Milla zuckte nur ganz leicht zusammen, worauf sie mächtig stolz war. Keine Sekunde später explodierte sie vor Wut. »Du wirst sicher nie auf einem Drachen fliegen«, schrie sie. »Nie, nie, nie! Weil nämlich bloß *echte* Drachenbändiger auf Drachen fliegen, und das sind mutige, starke Abenteurer! Krieger oder … Adlige oder … Verrückte eben! Wer sonst würde wagen, sich mit einem Drachen einzulassen?« Milla war nicht mehr zu bremsen. »Kein *Küchenjunge* ist je ein Drachenbändiger geworden! Da können sie noch so lange davon träumen. Niemals! Und wieso auch? Sie sollten gefälligst da bleiben, wo sie hingehören!« Sie musste innehalten, um nach Luft zu schnappen.

Bing stieß ihr das Tablett in den Bauch, dass es nur so klirrte. »Und Prinzessinnen sollten nicht mit Schwertern spielen«, brüllte er zurück. »Und nicht ständig Schwarz tragen und alte Landkarten anstarren und von Orten träumen, wo sie doch nie hinkommen. Jawohl!« Er würdigte sie keines Blickes, als er an ihr vorbei auf den schmalen Durchgang zustiefelte, der in den Thronsaal führte. Die Tür fiel krachend hinter ihm ins Schloss.

Milla starrte ihm aufgebracht nach. Was für ein unverschämter Kerl! Sie stapfte grimmig in die entgegengesetzte Richtung. Ihr Schwert schleifte scheppernd über die Flie-

sen. Vielleicht sollte sie Bing einfach davonjagen! Genau, das sollte sie tun!

Andererseits, dachte sie dann und blieb stehen, lebten nicht gerade viele Kinder auf der Bunten Burg, schon gar nicht in ihrem Alter. Bing war eines der wenigen und im Gegensatz zu den anderen kein bisschen langweilig. Manchmal unternahmen sie was zusammen. Tannenzapfen schießen zum Beispiel. Durch die Wälder rennen. Schwäne jagen. Ja, das war ziemlich lustig. Nur meistens endeten solche Nachmittage im Streit. So wie gerade eben. Bing war einfach unerträglich!

Milla stieß laut schnaufend die Luft aus. Eigentlich hatte sie sich jetzt ja das Lager der Gaukler ansehen wollen. Aber dazu hatte sie mit einem Mal gar keine Lust mehr. Sie hatte plötzlich zu gar nichts mehr Lust. Und das war ganz allein Bings Schuld! Milla steckte ihr Schwert wieder in ihren Gürtel und marschierte mit Riesenschritten zurück in ihr Zimmer.

Kerzen brannten in der Großen Halle und sogar die Fackeln an den Wänden waren angezündet. Sie warfen lustig tanzende Schatten über die langen, üppig gedeckten Tische. Auch in den zwei großen Kaminen loderten Feuer. Nicht, weil es so fürchterlich kalt war. Es war einfach gemütlich, mit den knisternden Flammen und den knackenden Holzscheiten.

Milla hatte es sich in dem Sessel neben ihrem Vater bequem gemacht. Die köstlichsten Gerüche kitzelten ihre Nase. Gegrilltes Fleisch mit verschiedenen Kräutern und Zwiebeln, Knoblauch und Speck. Frisch gebackenes Brot, gebratene Fische und kräftig gewürzter Wein und Blaukirschensaft. Und dann die Kuchen! Es gab mindestens zwei Dutzend davon, die meisten mit Nüssen und Früchten. Neben einigen Schalen mit Obst und Käse lagen weitere Honigbrote. Und jede Menge Törtchen.

Milla häufte sich sechs Stück auf ihren Teller, mit Kirschen und Pfirsichen obendrauf, während sie neugierig auf das Durcheinander um sie herum lauschte. Der ganze Hof war mittlerweile in der Großen Halle versammelt, auch die Freunde des Königs und ein paar Gäste von weiter her. Selbst die Kammerzofen, Gärtner und Gemüseputzer, der Jäger und der Schneider samt seiner Heerschar Näherinnen saßen auf den Bänken in der Nähe des Eingangs und warteten mit glänzenden Augen auf die Gaukler.

Milla hielt nach Bing Ausschau, konnte ihn jedoch nirgends entdecken. Dafür standen auf der Bühne ihr genau gegenüber bereits die Musiker, mit Fideln und Schalmeien, Blockflöten, Trommeln und Lauten in ihren Händen, und spielten lustige Lieder. Milla merkte, wie ihre Füße zu wippen und ihre Finger auf der Tischplatte herumzuklopfen begannen. Gleich darauf fing jemand an zu singen, eine freche, fröhliche Stimme, leise zuerst, dann immer lauter, bis die tiefen, dunklen Töne den ganzen riesigen Raum anfüllten. Es war ein Lied über einen Jungen, der einen Hasen

quer über ein Feld verfolgt. Dann trifft er auf ein Mädchen und die beiden setzen sich zusammen auf eine Bank.

Milla fand es nicht besonders spannend. Sie hörte nicht mehr hin. Sie lutschte an einem Kirschkern herum und ließ den Blick durch die Halle schweifen. Sie entdeckte den Narren, der zwischen zwei alten, weißbärtigen Männern hockte und ihnen allerlei Unsinn zu erzählen schien, denn die beiden schüttelten sich vor Lachen. Fast wäre sie aufgesprungen, um ihn endlich zur Rede zu stellen. Aber dafür war später ja immer noch Zeit. Ein Stück weiter den Tisch hinunter saß Goodewind. Er machte ein ungeduldiges Gesicht, so als ob er nur darauf wartete, dass die ganze Veranstaltung endlich zu Ende ginge. Seine grünen Augen, obwohl sie so hell waren, wirkten dunkel und düster. Er musterte verächtlich die übrigen Anwesenden, die sich schwatzend und lachend über ihr Essen hermachten.

Milla runzelte die Stirn. Dann zuckte sie mit den Schultern. Sie würde sich den Abend bestimmt nicht von Goodewinds übler Laune verderben lassen. Sie packte eine große Portion Spanferkel, die sich mit den Überresten der Sahne mischte, Honigbrot, Obst und Käse auf ihren Teller. Genüsslich kauend griff sie nach dem Becher mit gewürztem Blaukirschensaft, den einer der Diener vor sie hingestellt hatte, und wandte sich wieder der Bühne zu.

Zwei Jongleure in lilafarbenen Hosen standen mittlerweile dort oben, beide auf Stelzen. Der eine wirbelte ein Dutzend Bälle durch die Luft, der andere ein paar große, hölzerne Ringe. Ein Spaßmacher, in bunte Lumpen gehüllt und mit einer Federmaske vor dem Gesicht, sprang plötzlich zwischen ihnen hindurch. Er schlug einen Purzelbaum und hüpfte dann auf den Händen um die zwei herum, immer schneller und schneller. Auch die Trommeln und Flöten wurden nun immer lebhafter, begleitet von lustigem Gelächter – ehe die Musik abrupt verstummte. Der Spaßmacher schlug ein Rad und kam wieder auf die Beine. Er streckte die Arme in die Luft und die Jongleure verbeugten sich rasch, ehe die drei auch schon verschwanden.

Eine brennende Fackel flog plötzlich durch die Halle. Nicht nur Milla zuckte vor Schreck zusammen. In derselben Sekunde tauchte ein riesiger Mann auf der Bühne auf. Er war mindestens zwei Meter groß, mit breiten Schultern und bis auf die muskulösen Oberarme ganz in Leder gekleidet. Er fing die Fackel geschickt auf, ehe sie zu Boden fiel. Zwei weitere Fackeln folgten der ersten, von irgendwo hinter der Bühne. Der Riese schleuderte sie hoch in die Luft, eine nach der anderen, bis sie beinahe die Decke berührten. Feuerfunken regneten auf die Zuschauer herab, die begeistert zu johlen begannen. Eine der Hofdamen kreischte laut auf.

Milla klatschte vor Freude in die Hände. Sie sah sich abermals verwundert nach Bing um. Wo steckte er nur? Das hier würde er doch auf gar keinen Fall verpassen wollen! Bing liebte Feuerspucker fast mehr noch als sie selbst. Wahrscheinlich, weil sie ihn an die Drachen erinnerten, dachte sie. Schließlich entdeckte sie ihn neben der Tür. Bing war

auf eine der Bänke dort geklettert, um besser sehen zu können. Er kippte fast vornüber, während er aufgeregt auf die Bühne starrte, den Mund sperrangelweit offen. Milla grinste breit und drehte sich wieder um.

Zwei der Fackeln steckten inzwischen in einem eisernen Halter, die dritte hielt der Riese noch immer in der Hand, dicht vor seinem Mund. Das Feuer warf dunkle Schatten in sein Gesicht und schien nach seinen Haaren zu tasten. Der Mann nahm einen kräftigen Schluck aus einer kleinen Flasche und spuckte dann in die Flammen. Eine gewaltige Feuerkugel schoss quer durch die Halle und haarscharf an dem tief hängenden Kronleuchter vorbei.

Die Zuschauer schrien auf. Einer der Gärtner duckte sich unter den Tisch. Gleich darauf kam er wieder hervorgekrochen und begann, wie wild zu klatschen, während der Riese das Feuer tanzen ließ. Komische Gesichter formten sich in den Flammen, Tiere und ganze Landschaften schienen durch die Große Halle zu schweben und ihre Geschichten zu erzählen.

Milla war wie verzaubert. Ob der Feuerspucker sich vielleicht noch auf ein Seil wagen würde? Sie sah erwartungsvoll nach oben, aber da war nirgends ein Seil gespannt. Wie schade. Milla setzte sich abrupt auf. Aber das bedeutete ja, dass es überhaupt keinen Seiltänzer gab, dachte sie enttäuscht. Aber das ging doch gar nicht! Gaukler hatten *immer* einen Seiltänzer dabei! Was für eine komische Truppe das war.

Der Feuerspucker jonglierte ein letztes Mal mit seinen Fackeln und löschte sie dann eine nach der anderen in seinem Mund. Er schreckte plötzlich zusammen, als ein dicker, grauer Bär auf den hohen Bretterboden geklettert kam. Das Tier tapste direkt auf ihn zu. Der Riese schien einen Moment wie versteinert. Dann warf er sich ruckartig herum und rannte davon. Die Menge grölte vor Spaß. Vor allem, als sie den Zwerg bemerkte, der mit einem frechen Grinsen im Gesicht gleich hinter dem Bären ging und ihn an einer langen Eisenkette festhielt.

Milla beugte sich neugierig vor. Es schien ein echter Zwerg zu sein und kein zu klein geratener Mann. Er war erstaunlich kräftig. Mit einem einzigen Ruck riss er das gewaltige Raubtier zurück, das dem fliehenden Feuerspucker nachsetzen wollte. Die Kette klirrte laut und der Bär wandte sich widerwillig um. Er grunzte und wackelte mit dem Kopf. Der Zwerg hob die Hand und stampfte mit dem Fuß auf. Doch der Bär schien schlecht gelaunt zu sein. Es dauerte eine Weile, ehe er sich endlich auf die Hinterbeine erhob und begann, sich im Kreis zu drehen.

»Unglaublich!« Milla hatte noch nie einen Zwerg gesehen, der einen Bären dressiert hatte. Normalerweise gruben Zwerge tiefe Gänge in die Erde und suchten nach wertvollen Steinen. Manchmal verkauften sie auch welche davon. Sie selbst besaß ebenfalls einen Zwergenstein. Er war blutrot.

Dem Zwerg und dem Bären folgte ein dünner, ganz in

Schwarz gekleideter Mann. Er hielt ein silbern funkelndes Schwert in der Hand. Millas Augen wurden immer größer, als er sich die lange, schmale Klinge langsam in den Mund schob, bis nur noch der Griff aus ihm herausragte. Sie erschauerte und fasste sich vor Schreck an die Kehle, auch wenn es keineswegs der erste Schwertschlucker war, den sie zu sehen bekam. Sie fuhr plötzlich hoch.

Dichter Rauch füllte die Bühne. Ein paar der Ritter waren aufgesprungen. »Feuer«, brüllte König Windell auch schon und katapultierte vor Schreck seinen Teller vom Tisch. Ein entsetztes Raunen ging durch die Menge. Der Jäger hechtete auf die Wassereimer zu, die für den Notfall in der Ecke bereitstanden.

Milla wollte ihm folgen, hielt dann aber verdutzt inne. Der Rauch hatte sich ebenso schnell wieder verzogen, wie er entstanden war. Zurück blieb ein Mädchen, ein ziemlich zierliches Mädchen in einem langen, blauen Gewand. Es war kaum älter als Milla, aber seine Haare waren so hell, dass sie fast weiß wirkten. Sie hingen ihm in dünnen Strähnen bis zum Po. Sein Gesicht war erschreckend bleich, doch seine schmalen Augen sahen aus wie zwei Kohlestücke. Es hatte die Arme vor dem Bauch verschränkt und schien sich ziemlich unwohl zu fühlen.

Milla konnte den Blick nicht von dem Mädchen wenden. Es war alles andere als hübsch, wie sie fand, aber merkwürdig interessant. Sie hatte noch nie jemanden gesehen, der so aussah. Das Mädchen war das genaue Gegenteil von ihr

selbst. Millas Haare waren dick und schwarz und meist zu einem langen Zopf geflochten, ihre Augen waren grau und viel zu groß, und ihre Haut war so dunkel, als ob sie direkt aus einem der Königreiche im Süden stammte. Vor allem, wenn sie zu lange in der Sonne gewesen war.

Das Mädchen schien Millas Blick zu bemerken. Es wandte unsicher den Kopf zur Seite, starrte dann aber nur auf den Kerzenleuchter, der vor der Prinzessin stand. Es schien furchtbar schüchtern zu sein.

»Was machst du denn da oben? Komm herunter«, rief einer der Ritter auf einmal. »Das ist doch kein Spielplatz für kleine Kinder.« Er lachte laut auf und die Ritter und Hofdamen neben ihm stimmten mit ein.

Milla warf ihnen einen bitterbösen Blick zu. Dann starrte sie zur Bühne, als ob sie das Mädchen hypnotisieren wollte. *Mach etwas!*, dachte sie. *Irgendwas ganz Besonderes!*

Das Mädchen hob den Arm. Es drehte das Handgelenk, als ob es anfangen wollte zu tanzen.

Milla verzog den Mund. *Nicht das! Irgendwas anderes!*

Das Mädchen schnippte mit den Fingern. Und zog auf einmal eine rosafarbene Narrenkappe aus der Luft, einfach so.

Millas Unterkiefer klappte herunter.

Einen Moment lang ließ das Mädchen die Kappe wie

nachdenklich durch seine Finger gleiten. Dann warf es sie vor den Ritter auf den Tisch.

»Ah«, brüllte Nasweis plötzlich los und brachte die Schellen an seiner eigenen Narrenkappe zum Klingeln, »jetzt gibt es zwei von uns!« Er sprang auf den Tisch und robbte auf den Ritter zu, vorbei an Tellern und Schalen und Platten, die hastig zur Seite gerissen wurden, um sie vor ihm in Sicherheit zu bringen. »Brüderchen! Komm!«

Die Große Halle erbebte vor Lachen. Milla presste sich glucksend die Hand vor den Mund. Sie verschluckte sich und trank hastig einen Schluck Saft. Nein, dieser Abend war alles andere als langweilig!

Der Ritter starrte den Narren ärgerlich an. »Verschwinde«, knurrte er und warf einen zornigen Blick zu dem Mädchen hinüber.

Nasweis ließ sich fallen und streckte sich auf dem Tisch aus. Der Schneider stellte seinen Teller auf seinem Rücken ab und aß seelenruhig weiter, was die Zuschauer noch mehr zum Lachen brachte.

Das Mädchen jedoch lachte nicht. Es hielt nun ein rotes Tuch in der Hand, das es behutsam auf dem Boden ausbreitete. Es schien dabei leise zu singen, aber Milla konnte kein einziges Wort verstehen. Die kleine Gauklerin strich mit den Fingerspitzen ein letztes Mal über den Stoff. Dann fasste sie das Tuch genau in der Mitte und zog es ruckartig hoch, während sie zur Seite sprang. Ein ganzer Schwarm schneeweißer Tauben schoss plötzlich unter dem Tuch hervor.

Milla zuckte zurück, als die Tiere direkt auf sie zugeflattert kamen. Doch sie drehten abrupt wieder ab und flogen auf die Fenster hoch unter der Decke zu.

Mit einem Mal war es seltsam still in der Großen Halle. Der ganze Hof sah wie gebannt auf das Mädchen, selbst Goodewind. Er hatte sich leicht vorgebeugt und machte ein ungewöhnlich interessiertes Gesicht.

Das Mädchen knüllte das Tuch zusammen und verbarg es in seinen Handflächen. Dann warf es die Hände in die Luft. Als es sie wieder öffnete, war das Tuch verschwunden. In der nächsten Sekunde regnete es Blumen auf die Zuschauer herab, Ringelwurz und Wassernelken, Topflilien und Gänsekraut, in allen erdenklichen Farben. Sie rochen so süßlich und schwer, dass ihr Duft sogar den Geruch des Feuers und der Gewürze überdeckte. Doch als einige der Hofdamen nach ihnen griffen, zerplatzten sie wie Seifenblasen.

Milla riss die Augen auf. Wie war das möglich? Sie berührte zaghaft die blaue Wassernelke, die neben ihrem rechten Zeigefinger lag. Die dünnen Blütenblätter erzitterten leicht – und zerfielen zu Staub. Milla machte ein erschrockenes Gesicht.

»Ein seltsames Kunststückchen, nicht wahr?«, sagte ihr Vater mit einem Mal. Er zupfte an seinem Bart. »Wo sie das wohl gelernt hat? Und sie ist noch so jung.«

Eine der leeren Rüstungen an der Wand gegenüber setzte sich plötzlich in Bewegung. Milla sah ihr atemlos dabei zu, wie sie mit langen Schritten quer durch die Große Hal-

le marschierte, ein Tischchen umwarf und fast den riesigen Wandteppich herunterriss, ehe sie an ihren Platz zurückkehrte. Bunte Lichter begannen, durch die Halle zu schweben. Gleich darauf flammte ein Blitz auf.

Milla fuhr zusammen. Sie schloss geblendet die Augen, nur um sie gleich wieder aufzureißen.

Das Mädchen war plötzlich verschwunden!

Milla sprang auf. »Wo ist sie hin?«, rief sie.

Ein paar Tänzerinnen wirbelten auf die Bühne, in knöchellangen roten Röcken und kurzen, eng anliegenden Blusen. Die Glöckchen an ihren Fußgelenken klingelten hell, ehe die Musik auch schon wieder anschwoll und immer lauter und schneller wurde.

»Ich habe keine Ahnung«, murmelte ihr Vater.

Milla sah sich immer noch nach dem Mädchen um, konnte es aber nirgends entdecken. Es war auch nicht bei den übrigen Gauklern, die an einem Tisch in der Ecke saßen. Es schien sich in Luft aufgelöst zu haben. »Merkwürdig.« Sie sank in ihren Sessel zurück.

Die Zuschauer schienen wie von einem Bann befreit. Sie begannen aufgeregt durcheinanderzuschwatzen, einige klatschten. Die Große Halle erbebte mit einem Mal vor Leben. Auch etliche der Hofdamen und Ritter tanzten nun durch den Raum. Die weißbärtigen Männer stimmten ein fröhliches Lied an, während sich die Teller und Schüsseln langsam leerten und der Wein und der dicke Blaukirschensaft in den Krügen zur Neige ging.

Der Mond schien mittlerweile durch die schmalen Fenster unter der Decke. Die ersten Kerzen erloschen. Es war spät geworden.

Milla beobachtete träge das Treiben um sie herum. Sie unterdrückte mühsam ein Gähnen, als die Musik mit einem Mal verebbte. Nur noch eine einzelne helle Flöte war zu hören, die seltsam schläfrig klang. Die Gaukler brachen auf. Die Jongleure ließen ein letztes Mal ihre Bälle und Ringe kreisen, während der Spaßmacher quer durch die Große Halle hüpfte. Die Maske rutschte ihm fast vom Gesicht dabei und er musste sie festhalten. Er stellte sich vor den König hin, der ihm lachend ein prall gefülltes Geldsäckchen in die Hände warf. »Hier, meine Freunde. Für den schönen Abend, den ihr uns bereitet habt.«

Der Spaßmacher verneigte sich. »Danke.« Er verneigte sich noch einmal. »Habt vielen Dank, Euer Hoheit.« Abermals beugte er den Rücken vor König Windell. Er hörte gar nicht mehr auf damit, bis der Feuerspucker und der Schwertschlucker ihn schließlich an den Armen packten und fortzerrten. »Nun ist aber gut!« Der Riese rollte mit den Augen.

Der ganze Hof war in Bewegung geraten. Die Dienerschaft war aufgesprungen und leerte ihre Becher, die Ritter und Damen strebten auf den Ausgang zu.

Auch Milla wollte gerade aufstehen und ihrem Vater und ihrer Zofe folgen, als sie plötzlich das hellhaarige Mädchen bemerkte. Es hatte sich sein rotes Tuch um die Hüften ge-

bunden und schob sich seltsam verstohlen an der hinteren Wand entlang auf eine kleine Seitentür zu. In dem ganzen Durcheinander schien es niemandem aufzufallen.

Milla runzelte die Stirn. Was sollte das denn? Wo wollte die kleine Gauklerin denn nur hin?

Das Mädchen drückte bereits an dem Riegel herum. Dann schlüpfte es hastig durch den Türspalt.

Milla war schlagartig hellwach. Sie packte ihr Schwert, das griffbereit unter dem Tisch lag, und sprang aus dem Sessel. Keinen Lidschlag später jagte sie auch schon quer durch die Große Halle und kopfüber in das Zimmer nebenan.

In dem kleinen Raum war es ziemlich düster. Milla hielt einen Moment inne, bis sich ihre Augen an das Halbdunkel gewöhnt hatten. Nur eine einzelne dicke Kerze brannte neben einem frischen Strauß schneeweißer Vergissnimmerblumen. Sie standen in einer tönernen Vase gleich vor dem großen Gemälde an der linken Wand.

Millas Blick wurde von dem Bild geradezu angesogen. Es zeigte eine junge Frau mit schwarzem Haar und freundlichen, dunklen Gesichtszügen. Sie sah Milla ziemlich ähnlich.

Es war ein Porträt ihrer Mutter. Milla konnte sich kaum an sie erinnern. Sie war gestorben, als Milla noch sehr klein gewesen war. Milla spürte plötzlich einen heftigen Stich im

Herzen. So ging es ihr immer, wenn sie sich das Bild ansah. Deshalb kam sie auch nicht oft hierher. Und fast nie ohne ihren Vater.

Sie holte tief Luft und riss sich mühsam von dem Gemälde los, ehe sie sich endlich im Zimmer umsah. Doch es war wie erwartet leer. Das Mädchen musste durch die gegenüberliegende Tür wieder verschwunden sein. Und hatte jetzt einen ordentlichen Vorsprung!

Milla stürmte in den angrenzenden Korridor hinaus. In dem schmalen Gang war es allerdings kaum heller. Nur vereinzelt brannten Fackeln in den eisernen Haltern und tauchten die orange-grün gestrichenen Wände in ein fahles Licht. Aber auch hier war niemand zu sehen.

Milla schien auf einmal ganz allein zu sein. Kein Geräusch drang mehr an ihr Ohr. Es war totenstill. Bis auf die raschelnden Schritte einer kleinen Maus, die erschrocken über die Fliesen sauste, als sie die Prinzessin bemerkte. Milla rieselte ein Schauer über den Rücken. Sie war nicht zum ersten Mal mitten in der Nacht in der Burg unterwegs. Es war nur das erste Mal, dass sie dabei jemanden verfolgte. Jemanden, von dem sie nicht wusste, was er vorhatte. Und wo genau er eigentlich steckte. Aber das Mädchen musste hier irgendwo sein, irgendwo vor ihr. Auch wenn sie es nicht hören konnte. Hier gab es nirgends eine Abzweigung und auch nichts, hinter dem es sich verbergen konnte.

Der Flur weitete sich schließlich zu einem breiten Saal. Milla schlich mit klopfendem Herzen weiter, als sie plötz-

lich einen kühlen Luftzug spürte. Sie fuhr zusammen und riss erstaunt den Kopf herum.

Eine niedrige Holztür, die in die Gärten hinausführte, stand einen Spalt weit auf. Dahinter meinte sie ein leises Tuscheln zu hören. Ob das Mädchen sich etwa Verstärkung holte? Milla zog ganz langsam ihr Schwert aus dem Gürtel, während sie auf Zehenspitzen auf die Tür zuhuschte.

Der Mond warf ein Netz aus silbernem Licht über die üppigen Blumenbeete. Das Wasser in dem großen Teich glitzerte und schimmerte im Glanz der Sterne. Dort draußen war es sehr viel heller als drinnen.

Milla hatte die flüsternden Stimmen schon fast erreicht, als die Tür urplötzlich aufschwang. In der nächsten Sekunde tauchten zwei düstere Gestalten vor ihr auf, die eine recht groß und schlank, die andere eher klein und zierlich. Milla prallte direkt in sie hinein. Sie riss ihr Schwert hoch. »Wer seid ihr?«, schrie sie, und merkte selbst, wie schrill sie mit einem Mal klang.

Aber auch eine der Gestalten vor ihr kreischte laut auf und torkelte wie benommen zur Seite, direkt in den Lichtkreis einer der Fackeln an der Wand. Es war eine Frau!

Milla erkannte sie sofort wieder. Sie trug einen langen roten Rock und eine kurze Bluse, über die sie nun eine Jacke geworfen hatte. Es war eine der Tänzerinnen von vorhin. Neben ihr stand das Mädchen, das Milla verfolgt hatte. Im Mondschein leuchteten seine Haare wie weiße Zwergensteine. »Die Prinzessin!«, rief es atemlos vor Schreck. Seine

Stimme klang erstaunlich dunkel für eine so zierliche Person und seine Worte merkwürdig abgehackt, so als ob es aus einem der nördlichen Königreiche stammte. Wahrscheinlich sah die kleine Gauklerin deshalb so ungesund weiß aus, schoss es Milla durch den Kopf. Dort oben schien ja angeblich nie die Sonne! »Lauf weg, Otilia!«, rief das Mädchen der Tänzerin zu.

Die Frau warf sich herum. Sie rannte wie der Blitz auf die Tür zu, ehe sie auch schon im Garten verschwand. Das Mädchen selbst hatte nicht so viel Glück. Milla hatte es mit der freien Hand gepackt und drängte es gegen eine der Säulen. Sie stieß ihm den Schwertknauf gegen den Bauch.

»Was willst du hier? Uns ausrauben? Hat mein Vater euch etwa nicht genug bezahlt? Nun mach endlich den Mund auf, hörst du? Sonst werde ich dich den Folterknechten übergeben«, drohte sie, auch wenn es auf der Bunten Burg längst keine Folterknechte mehr gab. Das hätte ihr Vater niemals erlaubt. Aber das konnte das Gauklermädchen ja nicht wissen.

»Doch, doch, ich …«, begann es mit erschrockener Miene, verstummte aber dann.

»Oder bist du etwa gekommen, um ihn zu ermorden? Hm? Nun sag schon!« Milla kniff die Augen zusammen.

»Was?« Das Mädchen starrte sie entsetzt an. »Bist du vollkommen übergeschnappt?« Wieder zerhackte es die Worte.

»Ich sollte dich einsperren lassen für deine Unverschämtheiten«, zischte Milla gefährlich leise.

»So wie Vlad, ja?« Die kohleschwarzen Augen des Mädchens schienen mit einem Mal Feuer zu fangen. Es sah plötzlich ziemlich gefährlich aus.

»Wer?« Milla blinzelte irritiert. »Wovon redest du denn jetzt?«

»Na, von dem Jungen, den dein Vater in seinem Kerker gefangen hält!«

Milla war so verdutzt, dass es ihr schon zum zweiten Mal an diesem Tag die Sprache verschlug. Sie machte ein bestürztes Gesicht. »Das meinst du jetzt nicht ernst, oder?«, fragte sie schließlich.

»Natürlich meine ich das ernst!« Die Augen des Mädchens schienen sich in Vulkane zu verwandeln. Doch es versuchte noch immer nicht, sich zu wehren.

»Aber die Kerker der Burg werden schon lange nicht mehr benutzt!«, rief Milla laut, als ob sie sich verteidigen müsste.

Die kleinen, moderigen Zellen befanden sich tief unter der Erde, im ältesten Teil der Burg. Sie stammten noch aus der Zeit, als die gesamte Nebelinsel von grausamen Herrschern regiert wurde. Schreckliche Kriege hatten damals getobt. Manchmal, wenn Milla sich gar zu sehr langweilte auf der Burg, träumte sie davon, in jenen Zeiten zu leben. Nun aber herrschte im Bunten Königreich schon seit mindestens tausend Jahren Frieden. Und so hatten bereits die Vorfahren von König Windell die Kerker verschließen lassen. Was Milla keineswegs daran gehindert hatte, mal einen Blick hineinzuwerfen. Es war dunkel und kalt dort unten. Und herrlich gruselig.

»Mein Vater hat noch nie jemanden eingekerkert. Und das würde er auch niemals tun! Schon gar kein Kind! Wie kommst du nur auf so einen absurden Gedanken?« Milla klang nicht verärgert, eher verwundert. Sie ließ die Arme sinken. Die Schwertspitze schlug scheppernd gegen die Fliesen. Sie trat sicherheitshalber einen Schritt zurück.

Doch das Mädchen rührte sich nicht. Es stand noch immer mit dem Rücken gegen die Säule gepresst da. »Kaum

hatten wir die Grenze eures Königreichs passiert, da ist Vlad auch schon verschwunden«, begann es.

»Und wer ist dieser Vlad?«

»Mein bester Freund. Unser Freund«, fügte das Mädchen rasch hinzu und wies vage in Richtung Tür, durch die die Tänzerin geflohen war. »Der Seiltänzer der Truppe.«

»Also darum war da vorhin kein Seiltänzer dabei«, rief Milla.

Das Mädchen legte den Kopf schief. »Genau. Jemand hat ihn entführt«, sagte es. Doch seine Augen glühten nicht mehr.

»Entführt?«, entfuhr es Milla erschrocken. Im Bunten Königreich war noch niemals jemand entführt worden. Außer einer Braut, kurz nach der Hochzeit, die aber wenig später wieder aufgetaucht war. Milla kannte Entführungen nur aus den Geschichten, die der Narr oft erzählte.

»Ja. Ein paar Bauern haben beobachtet, wie er von einem eurer Ritter verschleppt wurde. Das war in der Nähe des – wie nennt ihr ihn? – Dreieichenwaldes, ja, genau. Der Ritter hat gesagt, dass er Vlad in den Kerker werfen würde. Ich weiß nicht, warum. Vlad hat ganz sicher nichts angestellt«, fügte das Mädchen hastig hinzu. »Der Ritter hatte einen Helm auf, haben die Bauern erzählt, keiner von ihnen hat sein Gesicht erkennen können. Doch er trug euer blaues Banner auf seiner Rüstung. Woher sonst soll er gekommen sein, wenn nicht von hier?«

Milla runzelte die Stirn. Was für eine merkwürdige Geschichte. Wieso sollte einer ihrer Ritter einen Seiltänzer entführen? Das war doch verrückt!

»Vielleicht könnten wir mal nachsehen?«, schlug das Mädchen vorsichtig vor.

»Wo? Im Verlies, meinst du?«, erwiderte Milla und seufzte. »Sehr gern. Ich weiß nur nicht, wie. Der Schlüssel für die Eingangstür ist weg.« Sie hatte ihn vor Jahren zufällig in einer kleinen Kiste in der Waffenkammer gefunden und ihn nach ihrem Besuch in den Kerkern auch wieder dorthin zurückgelegt. Aber als sie das nächste Mal ins Verlies hinunter gewollt hatte, war der Schlüssel verschwunden gewesen. »Und ohne den kriegen wir die dicke, schwere Holztür hinter den Vorratsräumen beim besten Willen nicht auf.« Das hatte sie schon mehr als einmal probiert!

Das Mädchen lächelte zum ersten Mal, was sein Gesicht vollkommen veränderte. Die Augen begannen vergnügt zu glitzern. Es war nun fast hübsch. »Das lass mal meine Sorge sein«, sagte es und wies auf die Tür hinter sich. »*Die* da habe ich ja auch aufbekommen.«

»Stimmt.« Milla grinste mit einem Mal breit. Was für eine einmalige Gelegenheit, endlich mal wieder in den Kerkern herumzustöbern! Sie hatte damals nur einen Bruchteil von ihnen gesehen. Und vielleicht konnte sie dabei sogar lernen, verschlossene Türen zu öffnen! »Deine Kunststücke da vorhin in der Großen Halle waren übrigens ziemlich beeindruckend«, schmeichelte sie.

»Danke«, sagte das Mädchen, plötzlich verlegen.

»Vielleicht könntest du mir ein paar davon ja mal beibringen?«

»Das kann ich versuchen. Aber ich fürchte, es ist nicht ganz so einfach. Wollen wir los, ja?«

»Sicher. Wie heißt du eigentlich?«

»Edda.«

»Also gut, Edda. Dann komm. Wenn auch nur, um dir zu beweisen, dass du unrecht hast.«

2.

Milla führte Edda mit leisen Schritten quer durch die Burg. Die Vorratsräume und der Eingang zum Verlies lagen im nördlichen Teil und der Weg dorthin brachte sie geradewegs an den Gemächern des Königs vorbei. Die Mädchen mussten gut aufpassen, um nicht erwischt zu werden. Immer wieder trafen sie auf Ritter, die in den langen Korridoren Wache standen. Weniger, um Eindringlinge abzuwehren, denn die hatte es schon seit Ewigkeiten nicht mehr gegeben auf der Bunten Burg. Sie sollten vielmehr verhindern, dass ein Feuer ausbrach. Denn auch in der Nacht brannten pechgetränkte Fackeln an den Wänden und hier und da flackerte eine Kerze auf einem kleinen Tischchen. Dazwischen aber gab es genügend Schatten, um sich zu verbergen. Sollte sie jemand bemerken, wäre ihr Ausflug sicher sehr viel früher beendet als beabsichtigt. Und das vermutlich mit einem ziemlichen Donnerwetter. König Windell, so sanftmütig er auch war, mochte es nicht besonders, wenn seine Tochter so spät noch auf den Beinen war. Und Millas Zofe mochte das noch viel weniger.

»Pass auf. Da hinten ist schon wieder einer.« Milla wies auf den Ritter am anderen Ende des Korridors und hechtete

hinter einen Vorhang. Ihr machte dieses Versteckspiel ziemlichen Spaß.

Edda hingegen wirkte noch blasser als ohnehin schon, falls das überhaupt möglich war. Sie zog hastig den Vorhang hinter ihnen zu, während auf der anderen Seite bereits der Ritter an ihnen vorbeistapfte. Ein schrilles Pfeifen ertönte plötzlich in der Stille. Es kam aus Eddas Richtung.

»Schscht«, machte Milla. »Was ist das denn? Du wirst uns noch verraten.«

»Ich kann nichts dafür«, wisperte Edda unglücklich zurück. »Das ist meine Nase. Passiert mir immer, wenn ich nervös bin.«

»Dann atme doch durch den Mund!«

Wieder pfiff es lautstark aus Eddas Nase.

»Pst!«

»Ja doch! Ich versuche es ja.«

Der Ritter war inzwischen vor einer Tür angekommen, keine zehn Schritte von ihnen entfernt, die er leise aufzog.

Die Mädchen spähten vorsichtig hinter dem Vorhang hervor und hasteten dann um die nächste Ecke. Sie schlichen an der Schneiderstube vorbei, in der jemand fröhlich vor sich hin summte, und dann durch eine kleine, mit allerlei Gerümpel vollgestopfte Kammer, deren schmale Fenster sich zum Innenhof hin öffneten.

Milla warf einen flüchtigen Blick nach draußen. Eine Gestalt stand neben dem Brunnen. Doch sie konnte nicht erkennen, wer es war, ehe sie auch schon wieder in den

Korridor hinaustrat – und fast mit einem Mann zusammenprallte, der gerade an ihnen vorbeischlenderte. Er war ziemlich hager, sein Kinn war erstaunlich spitz und er trug ein erdbraunes Nachthemd.

Die Mädchen hielten abrupt inne.

Edda presste sich hastig die Hand vor die Nase, aus der es schon wieder gefährlich fiepte.

Doch der Mann schien die beiden überhaupt nicht zu bemerken. Er hielt einen gewaltigen Weinkrug umschlungen und sang leise vor sich hin.

»*Ward ein Fräulein einst gegeben*
zur Frau mir unter einem Bäumelein,
liebt' sie wie mein eig'nes Leben,
doch sie ließ mich bald allein.«

Die Melodie klang schrecklich traurig. Der Mann seufzte denn auch herzerweichend.

»Wer ist das?«, raunte Edda, die ihre Nase endlich wieder unter Kontrolle hatte.

»Mein Lehrer«, murmelte Milla ungläubig und hob die Augenbrauen.

»Was ist denn mit ihm?«

Sie zuckte unsicher mit den Schultern. »Keine Ahnung.« Normalerweise erzählte Herr Ignosius ihr irgendwas über Zahlen und alte, verstaubte Bücher und sang keine Lieder von Fräuleins unter irgendwelchen Bäumen. Wenn die alle so waren wie das hier, wollte sie bestimmt nicht noch mehr davon hören.

Doch Millas Lehrer war noch nicht fertig.

»Ach, du treulos' Herz,
bereitest dem Manne stets Kummer …«,

fuhr er auch schon fort und schniefte leise, ehe er den riesigen Krug an seine Lippen führte.

»… und Schmerz«,

schmetterte er dann plötzlich laut los und wischte sich genüsslich schmatzend über den Mund.

Die Mädchen zuckten erschrocken zusammen. Nicht, dass er noch die ganze Burg aufweckte!

Aber Herr Ignosius brummte nur noch leise und unverständlich vor sich hin. Er schwankte auf unsicheren Beinen den Korridor hinunter.

Die Mädchen warteten noch eine Weile, bis er endlich in einem der Zimmer verschwand. Erst dann rannten sie weiter.

Hinter der nächsten Ecke erreichten sie schließlich den Flur, in dem sich die Vorratsräume befanden. Sie wichen zwei Rittern aus, die die ausgebrannten Fackeln austauschten, als Milla Edda plötzlich am Arm packte und ruckartig hinter einen Schrank zerrte.

»Was ist los?«, flüsterte Edda erschrocken.

»Da ist meine Zofe!«

Eine dürre, furchtbar säuerlich guckende Person kam mit einem Mal auf sie zu. Sie spähte in jede Ecke und in jeden Winkel und öffnete sogar die Wäschetruhen, die sich an der Wand aneinanderreihten.

»Ich glaube, sie sucht nach dir«, wisperte Edda unnötigerweise.

Milla knirschte mit den Zähnen. Ihre Zofe war erstaunlich gut darin, sie zu *finden!* Nicht mehr lange und sie hatte sie erreicht. Milla schob sich tiefer in den Schatten hinter dem Schrank.

Ein metallisches Geräusch – wie von einer quietschenden Ritterrüstung – ließ die Frau vor ihnen mit einem Mal innehalten. Es kam aus der entgegengesetzten Richtung. Die Zofe drehte sich um. Und eilte dann den Weg zurück, den sie gekommen war.

Milla machte ein ungläubiges Gesicht. »Na, das nenn ich Glück«, kicherte sie. Doch dann kam ihr ein Gedanke. »Oder war das etwa eines deiner Kunststückchen?«, fragte sie Edda aufgeregt.

Die kleine Gauklerin lächelte nur, sagte aber nichts.

»Wie machst du das?«

»Ich glaube, wir sollten schnell weiter. Bevor deine Zofe zurückkommt. Wo lang?«

Milla wies auf eine grüne Tür fast am Ende des Korridors. »Aber nachher musst du mir unbedingt zeigen, wie das geht. Das mit der Rüstung, meine ich, ja?« Sie wollte auch schon loslaufen, als sie im Augenwinkel plötzlich eine Bewegung wahrnahm. Ein Schatten flog auf sie zu. Jemand sprang kopfüber zu ihnen hinter den Schrank.

Eddas Nase flötete in den schrillsten Tönen. Sie wollte sich gar nicht mehr beruhigen.

Milla war so verblüfft, dass sie vergaß, ihr Schwert zu ziehen. Sie hob bloß abwehrend die Arme. Einen Moment lang glaubte sie, es wäre ihre Zofe, die sich nun von hinten an sie herangeschlichen hätte. Dann sah sie genauer hin.

Es war Bing! Sein Gesicht war feuerrot und er keuchte und japste, als ob er dreimal um die ganze Burg gelaufen wäre.

Milla stieß erleichtert die Luft aus. »Du bist es! Aber was soll denn das?«, schimpfte sie gleich darauf los. »Willst du uns etwa zu Tode erschrecken? Was machst du hier?«

Wie als Antwort schoss plötzlich der Koch aus dem angrenzenden Korridor. Er schwang einen gewaltigen Holzlöffel in der Hand. »Wo steckt der Bursche nur?«, knurrte er.

Die Kinder drängten sich dicht aneinander, doch der Koch jagte an ihnen vorüber, ohne auch nur in ihre Richtung zu sehen. Er hatte sie nicht bemerkt.

»Was hast du angestellt?«, wisperte Milla.

»Nichts! Der Dickwanst kann mich bloß nicht leiden.« Bing spähte hinter dem Schrank hervor, dem Koch hinterher. »Was kann ich dafür, wenn diese blöde Schüssel so nah an der Tischkante steht? Ich hab sie sicher nicht mit Absicht heruntergestoßen«, brummte er, als sein Blick mit einem Mal an Edda hängenblieb. »He, du bist doch das Mädchen mit den Zauberkunststücken«, rief er plötzlich begeistert. Und ein wenig zu laut. »Das war ganz unglaublich! Aber was machst du hier? Mit ihr?« Er wies auf Milla und sah verdutzt zwischen den beiden hin und her.

»Wir haben keine Zeit für Erklärungen.« Milla schob Bing ungeduldig beiseite und riss zwei brennende Fackeln aus ihren Halterungen an der Wand. Eine davon drückte sie Edda in die Hand, ehe die Mädchen auch schon auf die Vorratsräume zu eilten. Milla fummelte an dem Riegel herum und stieß die Tür auf.

»Aber wo wollt ihr denn hin?« Bing war ihnen gefolgt. »Habt ihr etwa noch immer nicht genug gegessen?«

Milla warf ihm einen verächtlichen Blick zu. Doch noch ehe sie etwas erwidern konnte, kehrte lautstark fluchend der Koch zurück. Es war erstaunlich, wie schnell er mit seinem dicken Bauch war.

Bing erschrak. Er stieß die Mädchen vor sich her in den düsteren Raum und warf die Tür hinter ihnen zu, die krachend ins Schloss fiel.

»Das hat er bestimmt nicht mitgekriegt«, meinte Milla mit todernster Miene.

Hastige Schritte trampelten auf die Tür zu.

Bing stürmte durch die Kammer. Doch bis auf die beiden Fackeln der Mädchen war es in den Vorratsräumen stockfinster. Er stieß sich das Schienbein an einer Holzkiste, in der offenbar einige Krüge standen, denn es klirrte laut. Bing stöhnte auf. Er versuchte, hinter ein Regal zu klettern, in dem unzählige Töpfe mit Honig standen. »Kommt hierher! Hier ist Platz für uns alle«, wisperte er.

»Als ob der Koch uns da nicht findet!«

»Dann macht die Fackeln aus!«

»Ganz sicher nicht!« Milla lief auch schon voraus in die angrenzende Kammer. Hier roch es köstlich nach Schinken, Speck und Würstchen, nach Brot und Kuchen, Marmelade und Zuckerkraut, obwohl die Holzdeckel der Krüge und Kisten fest verschlossen waren.

Milla lief das Wasser im Mund zusammen. Wie dumm nur, dass sie gar keinen Hunger mehr hatte! Sie griff trotzdem nach ein paar Keksen, entdeckte ein Stück Honigkuchen und stopfte sogar noch ein Obsttörtchen in den kleinen Lederbeutel, der an ihrem Gürtel hing.

Bing gluckste leise. »Hätte ich gewusst, dass du so verrückt nach dem Zeug bist, hätte ich glatt noch mehr davon gemacht«, wisperte er.

»Wieso? Du? *Du* machst diese Törtchen?«, flüsterte Milla. Sie wandte sich verblüfft zu ihm um. »Aber der Koch …«

»Pah! Dieser Dickwanst von einem Koch ist doch viel zu blöde dafür. Suppe ist alles, was er kann, und manchmal gelingt ihm auch ein Spanferkel. Aber mehr nicht.«

Milla starrte ihn begeistert an, so als sähe sie ihn gerade zum ersten Mal. Sie konnte kaum glauben, dass Bing die Süßigkeiten machte, die sie so liebte. »Aber alle schwärmen für diese Kuchen … Und alle denken, dass der Koch … Oh, wir müssen es ihnen sagen …«

»Ach.« Bing winkte ab. »Das ist nun wirklich nichts Besonderes. Oje!« Die Schritte im Flur klangen lauter jetzt, sie schienen von mehr als nur einer Person zu stammen!

Die Mädchen begannen zu rennen.

»Wartet doch auf mich«, keuchte Bing, der die beiden hastig wieder einholte. »Wo wollt ihr denn hin?«

Im Nebenraum lagerten der Käse und die Butter, dahinter standen die Fässer mit eingelegtem und getrocknetem Fisch. Es gab noch eine weitere Kammer für das Obst. Das Gewölbe ganz hinten füllten riesige Weinfässer.

Milla blieb stehen.

Im selben Moment flog hinter ihnen die Tür auf. »He da«, brüllte eine ziemlich unfreundliche Stimme. »Wo steckst du, du verdammter Bengel?«

»Prinzessin!« Das war ihre Zofe!

»Was auch immer du jetzt machst, mach es schnell«, wandte sich Milla fast flehend an Edda. Sie wies auf eine pechschwarze Tür gleich neben dem Weinfass direkt vor ihnen, der einzige schwarze Gegenstand auf der gesamten Burg außer Millas Kleidung.

»Dreht euch um«, sagte Edda. Es war das Erste, was sie sagte, seit Bing zu ihnen gestoßen war. Ihre ohnehin schon dunkle Stimme klang in den düsteren Vorratsräumen noch viel dunkler.

Bing riss die Augen auf. Er sah fragend zu Milla hinüber, die nur die Schultern hob.

»Dreht euch um. *Bitte.*«

»Aber …« Milla wollte lautstark protestieren. Eigentlich hatte sie vorgehabt, Edda ganz genau auf die Finger zu schauen, um herauszufinden, wie das ging, was sie da mit

der Tür machte. Aber jetzt war wohl kaum die Zeit für lange Diskussionen.

Die Schritte kamen immer näher! Und Eddas Nase stieß schon wieder einen langen Pfeifton aus.

Milla wirbelte herum. Sie riss Bing mit sich, der Edda verblüfft anstarrte. »Mach schnell!«, zischte sie.

»Ja doch.« Eddas Fingernägel kratzten über das Holz der Tür. Oder zumindest klang es so. Sie begann leise vor sich hin zu murmeln. Dann knackte es mit einem Mal. »Fertig.«

»Komm heraus, Rotzlöffel«, knurrte der Koch.

»Prinzessin! Bist du hier?«, rief die Zofe. Sie klang jetzt ziemlich ärgerlich.

Milla und Bing wandten sich hastig wieder der Tür zu. Doch sie war immer noch geschlossen.

»Ich glaube, sie klemmt«, wisperte Edda.

»*Was?*«

Bing holte auch schon Anlauf. Und warf sich dann mit voller Wucht gegen die dicke, schwere Holztür. Sie flog laut knarrend auf und krachte gegen die Steinwand. »Mist!«

Der Lichtschein einer Fackel wurde im Nebenraum sichtbar.

Die Kinder stürzten kopfüber durch die Tür. Kalte, muffige Luft schlug ihnen entgegen. Vor ihnen war es pechfinster.

Gleich darauf knackte es abermals. Offenbar hatte Edda die Tür schon wieder verschlossen. Und wieder hatte Milla nichts gesehen!

Die Schritte erreichten die Weinfässer. Und verharrten dann.

Milla, Edda und Bing hielten den Atem an.

»Wo ist er denn … Aber ich habe doch gesehen … Die Kinder … ganz sicher … Das gibt es doch gar nicht«, donnerte der Koch.

»Nun, wie es scheint, hast du dich geirrt«, bemerkte die Zofe spitz. »Hier ist niemand. Vielleicht solltest du jetzt besser ins Bett gehen und morgen in der Früh weiter aufräumen. Das viele Essen heute Abend und dazu der schwere Wein, das ist nicht gut für den Verstand.«

Der Koch grunzte verärgert. »Aber was war das denn da eben für ein komisches Geräusch? Du hast es doch auch gehört, nicht wahr?«

Schritte stampften auf die Tür zu, hinter der die Kinder standen. Gleich darauf knarzte und knackte das Holz. Offenbar drückte jemand von der anderen Seite dagegen. Doch die Tür gab nicht nach.

»Sie werden doch sicher nicht so verrückt sein und da runtergehen«, hörten sie die plötzlich besorgte Stimme der Zofe.

»Prinzessin Milla?«, dröhnte der Koch. »Der ist alles zuzutrauen!«

Milla runzelte die Stirn. Sie war nicht sicher, ob das ein Kompliment war.

»Ja, da hast du wohl recht«, erwiderte die Zofe. »Aber ich wüsste nicht, wie sie da reingekommen sein sollten. Es gibt

keinen Schlüssel mehr für diese Tür, den hat unser König einschmelzen lassen. Nur zur Sicherheit. Wer weiß, was da unten haust«, wisperte sie heiser. »Nein, da können sie nicht sein. Ich muss wohl woanders nach der Prinzessin suchen. Herrje, was ist dieses Kind anstrengend«, seufzte sie.

Milla machte ein empörtes Gesicht. Was redete ihre Zofe denn da? Sie war doch nicht *anstrengend!* Eine Sekunde lang wäre sie am liebsten nach draußen gestürmt und hätte ihr gehörig die Meinung gesagt. Im Licht der Fackeln konnte sie Bings breites Grinsen sehen, was sie noch viel mehr auf die Palme brachte. Sie funkelte ihn wütend an, doch sie wagte nicht, sich zu rühren.

»Gut. Lass uns gehen.« Die Schritte entfernten sich zögernd. Der Koch und die Zofe schienen sich noch eine Weile in den angrenzenden Kammern umzusehen. Doch schließlich schloss sich die Tür, die in den Korridor hinausführte.

Die Kinder stießen erleichtert die Luft aus.

»Das war aber knapp«, wisperte Milla.

»Was war das mit dem Schlüssel, der *zur Sicherheit* eingeschmolzen wurde? Warum?«, fragte Edda sofort.

»Nun, weil es dort unten gefährlich ist«, erwiderte Milla mit blitzenden Augen. Sie wandte sich begeistert um. Und fuhr erschrocken zurück. Die Treppe! Die hatte sie ja völlig vergessen! Direkt vor ihr begann eine enge, steile Treppe, die geradewegs in die Finsternis hinunterführte. Ihre Stufen sahen ziemlich ausgetreten aus.

»Wie unheimlich!« Bing schien zu frösteln, denn er fuhr sich mit den Händen über die Oberarme. »Hier hat es wohl ganz schön viele Gefangene gegeben, was?«

»Hm«, machte Milla nur und ging bereits voran.

»Ihr wollt da nicht wirklich runter?«, rief Bing alarmiert. »*Wer weiß, was da unten haust!* Das hat doch auch deine Zofe gesagt.«

»Feigling.«

»Das hat rein gar nichts mit Feigheit zu tun. Das ist gesunder Menschenverstand.« Er schob das Kinn vor.

»Willst du lieber zu deinem Koch zurück?«

»Aber was ist denn da unten so Wichtiges?«, fragte Bing schnell.

»Vlad«, meinte Edda nur und folgte Milla auch schon.

»Vlad? Was ist denn ein Vlad, um Himmels willen?«, rief Bing ihnen nach und verschränkte die Arme.

»Nicht *was! Wer!* Aber er ist nicht hier«, ertönte Millas Stimme. »Das kann gar nicht sein!«

»Was? Ich verstehe kein Wort.«

»Hör mal, entweder du bleibst da oben und wartest auf uns oder du kommst mit. Aber wir zwei müssen jetzt schleunigst weiter«, rief sie von unten herauf. Sie konnte Bing schon gar nicht mehr sehen.

Bing schien zu zögern. Dann hörte sie seine tastenden Schritte auf der Treppe. »Könnte mir wohl mal jemand leuchten?«, brummte er. »Mist. Igitt! Was ist das denn?« Schließlich tauchte er im Lichtkreis von Eddas Fackel auf.

Er starrte auf seine Hand und wischte sie hektisch an seiner Hose ab. »Ich komme wohl besser mit«, murmelte er. »Wenn dir hier unten was passieren sollte, gar nicht auszudenken, was der König dann mit mir anstellt.« Er setzte sich widerstrebend ans Ende der kleinen Kolonne.

»Was soll denn schon passieren?«, meinte Milla, während sie sich im Gänsemarsch an den Abstieg in die Kerker hinunter machten. »Wir müssen eben vorsichtig sein. Außerdem, ich war schon mal da unten und bin unversehrt zurückgekehrt.«

»Du warst schon mal da unten?«, rief Bing erschrocken. »Aber das hast du mir nie erzählt!«

»Ich muss dir doch nicht alles erzählen«, murmelte Milla.

»Aber im Verlies soll es grauenhaft sein!«

»Oh ja, das ist es allerdings«, krächzte Milla mit heiserer Stimme. Auch wenn sie sich nicht an allzu viel Grauenhaftes erinnern konnte. Sie hatte nur die ganze Zeit das Gefühl gehabt, dass dort irgendetwas lauerte. Irgendetwas, das sie die ganze Zeit beobachtete. Aber vielleicht war das auch nur Einbildung gewesen. »Aber keine Angst, ich werde schon gut auf dich aufpassen«, sagte sie dann und umklammerte ihren Schwertgriff.

»Ich hätte nichts gegen einen anständigen Drachen an meiner Seite. Statt eines stumpfen Schwertes«, brummte Bing kaum hörbar.

»Das habe ich … Aaah!«, brüllte Milla plötzlich los. Ihr glitten die Beine weg. Der Stein unter ihren Füßen war auf einmal entsetzlich schmierig und glatt. Eine Sekunde lang schien sie zu fliegen. Sie ruderte wie wild mit den Armen und suchte verzweifelt nach Halt. Doch es gab kein Geländer, an dem sie sich festklammern konnte. Die dicken Steinquader der Wände überzog nur glitschiger Schleim, dem sie lieber nicht zu nah kommen wollte. Dann stürzte sie auf die Stufen hinunter. »Aua.« Sie rutschte auf dem Hosenboden weiter, die Fackel weit von sich gestreckt.

»Milla!«

»Prinzessin!«

Bing und Edda stießen sich fast gegenseitig um, als sie hinter ihr herjagten. Bing bekam sie am Arm zu fassen und zog und zerrte daran, bis sie endlich abbremste. »Alles in Ordnung?«

»Ja, ja, danke. Du liebe Güte, ist das rutschig«, keuchte Milla und ließ sich umständlich wieder auf die Beine helfen. Als sie das letzte Mal hier gewesen war, war das aber noch nicht so gewesen, oder? Sie sah nach unten, während sie ihr Kleid zurechtzupfte. Die Treppe war dick mit Moos überzogen.

»Dagegen hilft wohl auch kein Schwert, was?«, sagte Bing. Er guckte ganz ernst, aber Milla hätte schwören können, dass seine Augen spöttisch funkelten.

»Deine Drachen aber auch nicht«, knurrte sie, während sie sich vorsichtig wieder in Bewegung setzten.

»Wer weiß«, meinte Bing. Sie blieben nun dicht beieinander, um sich im Notfall gegenseitig festhalten zu können.

»Du interessierst dich wohl sehr für Drachen?«, fragte Edda.

Bing nickte nur.

»Drachen können Kinder nicht ausstehen«, bemerkte sie. »Kinder sind ihnen unheimlich, glaube ich.«

»Ich werde schon nicht ewig ein Kind bleiben«, brummte Bing. »Außerdem, woher willst du das wissen?«

»Ich habe mal versucht, mir einen zu halten«, erwiderte Edda im Plauderton.

Bing blieb stehen. »Einen Drachen? Du wolltest dir einen Drachen halten? Willst du etwa auch ein Drachenbändiger … eine Drachenbändiger*in* werden?«, rief er verwundert.

»Nein … nicht so direkt«, murmelte sie. »Ich hatte die Wahl zwischen einem Lachschwanzhasen und einem Schwarzzackendrachen«, fuhr sie zögernd fort. »Und ein Drache schien mir irgendwie … passender. Aber er konnte mich nicht leiden.« Sie hob die Schultern.

»*Passender?* Wofür?«, fragte Bing verwirrt. Er runzelte die Stirn.

»Als … äh … so eine Art … Haustier«, stotterte Edda mit einem Mal unsicher.

Auch Milla war stehen geblieben und starrte Edda an.

»Als *Haustier?*«, rief Bing ungläubig. »Einen Feuer speienden Drachen als *Haustier?*« Er hob die Augenbrauen. »Du bist schon ein bisschen seltsam, oder?«, entfuhr es ihm dann.

»Die Gaukler fanden mich nie seltsam. Und Vlad erst recht nicht«, brachte Edda wie zu ihrer Verteidigung hervor. Sie sah nun wieder fast so schüchtern aus wie am Abend, als sie ganz allein auf der Bühne gestanden hatte.

»*Wir* finden dich auch nicht seltsam«, meinte Milla schnell. Sie warf Bing einen finsteren Blick zu.

»Nein, nein«, murmelte der hastig. »Aber wer ist dieser Vlad denn nun eigentlich?«, fragte er gleich darauf. Und während sie langsam immer weiter in die Dunkelheit hinabstiegen, erzählte Edda ihm dasselbe, was sie Milla kurz zuvor erzählt hatte. Bing riss ungläubig die Augen auf.

Das Licht ihrer Fackeln warf düstere Schatten über die Wände. Spinnweben streiften ihre Wangen und die Reste uralter Stofffetzen, die aus irgendeinem Grund von der Decke herabhingen. Es wurde kälter und die Luft stickig und feucht. Nicht nur Milla fröstelte, trotz der Fackel in ihrer Hand.

Plötzlich raschelte es über ihnen. Gleich darauf begann es zu kratzen und zu rauschen.

»Was ist das?«, rief Bing, ziemlich laut.

»Nicht …«, flüsterte Edda noch. Doch es war schon zu spät.

Ein Schatten huschte die Decke entlang. In der nächsten Sekunde schoss ein gewaltiger Schwarm Fledermäuse über die Kinder hinweg, so dicht, dass die Flügel der Tiere sich in ihren Haaren verfingen.

Bing schrie entsetzt auf und begann um sich zu schlagen.

Milla schwang ihre Fackel hin und her. Die Tiere schienen auf einmal überall zu sein!

Edda presste sich nur die Arme vors Gesicht. Sie stand da wie versteinert.

Keinen Moment später war der Spuk auch schon vorbei.

Milla ließ die Fackel sinken. Ihr Herz klopfte ihr noch immer bis zum Hals.

»Sind sie weg?« Edda spähte zwischen ihren Fingern hindurch. »Hoffentlich gibt es hier nicht noch mehr davon«, murmelte sie unbehaglich. »Diese garstigen kleinen Biester!«

»Du magst wohl keine Fledermäuse?«, fragte Milla unnötigerweise.

»*Sie* mögen mich nicht.« Edda strich sich ihre zerzausten Haare zurecht.

Milla und Bing warfen sich einen raschen Blick zu.

»Solange wir hier unten nichts anderem begegnen als Fledermäusen, bin ich eigentlich schon ganz zufrieden«, sagte Bing und starrte in die Finsternis vor ihnen.

Die Treppe schien einfach kein Ende zu nehmen. Sie führte nur immer noch tiefer in die Erde hinab.

Dann plötzlich lag ein Stuhl auf den Stufen.

Bing blieb wie angewurzelt stehen. »Was soll das denn?«

Edda spähte verdutzt an ihm vorbei.

Auf den Stufen darunter lag ein zerbrochener Tisch. Gleich dahinter türmte sich ein ganzer Berg zertrümmerter

Möbelstücke auf, Betten, Sessel, Regale, weitere Stühle und Truhen, alle halb vermodert und kaputt und vor allem furchtbar alt.

»Auf dem Sofa da hat mal meine Ururgroßmutter gelegen«, kicherte Milla und zeigte auf eine zerfledderte Liege. »Zumindest auf dem Gemälde oben in der Ahnengalerie.«

»Aber was macht der ganze Krempel hier?«

Milla hob die Schultern. »Alles, was oben in der Burg nicht mehr gebraucht wurde, wurde wohl einfach hier runtergeschmissen. Nachdem die Kerker nicht mehr als Kerker benutzt wurden, seit Hunderten von Jahren. Kommt schon, da entlang geht es noch am besten.« Sie kletterte bereits über einen Wandschrank hinweg. Was gar nicht so einfach war mit der Fackel in der einen Hand und dem bis zu den Knien geschürzten Kleid in der anderen.

Edda war da sehr viel schneller. Sie huschte scheinbar mühelos an ihr vorbei.

Milla versuchte, ihr ebenso schnell zu folgen, als sie plötzlich mit ihrem Schwert hängen blieb. In ihrer Hast glitt ihr die Fackel aus der Hand. »Nein!«, schrie sie auf. Einen panischen Moment lang fürchtete sie, den halben Kerker und sich selbst in Brand zu stecken. Das morsche Holz und die alten Teppiche dort brannten sicher ganz wunderbar! Im Augenwinkel sah sie Bing auf sich zufliegen. Er hechtete über einen langen Esstisch – und fing die Fackel gerade noch auf, ehe sie zwischen zwei Kissen verschwand.

»Willst du uns alle umbringen?«, keuchte er.

»Danke«, murmelte Milla kleinlaut. Ihr stand der Schweiß auf der Stirn. »Du kannst sie gerne einen Moment behalten«, bot sie großzügig an und wies auf die Fackel.

»Ist wohl auch besser so«, brummte Bing.

Sie kletterten um ein paar Körbe herum und erreichten schließlich die andere Seite der Möbellawine. Über eine mit rosafarbenem Plüsch bezogene Bank rutschten sie wieder nach unten. Edda riss einen löchrigen Kessel mit sich, der laut scheppernd auf dem Boden aufschlug. Das Geräusch hallte dumpf von den Wänden wider.

»Geschafft!« Sie standen endlich am Fuß der Treppe. Vor ihnen begann ein breiter Gang. Hier und da lagen noch immer ein Stuhl, ein Kistchen, Holzbretter und die Scherben zerbrochener Krüge und Vasen herum. Die Kinder stiegen eilig darüber hinweg.

Rechts von ihnen öffnete sich mit einem Mal ein Durchgang. Er führte in einen großen, kahlen Raum aus dicken, dunklen Steinquadern. Er war vollkommen leer. Auch die Tür, die wohl einst an den verrosteten Scharnieren gehangen hatte, gab es nicht mehr.

»Das hier war früher mal die Wachstube«, erklärte Milla. Sie wies auf einen weiteren Durchgang an ihrem hinteren Ende. »Und dort wurden wohl die Waffen verwahrt. Das winzige Kämmerchen daneben war sicher das Klo …«

»Und wo sind die Kerker?«, unterbrach Edda sie ungeduldig.

»Oh, natürlich. Hier entlang.«

Sie kehrten rasch in den Gang zurück und gelangten schon bald an eine Abzweigung. Edda leuchtete mit ihrer Fackel hinein, aber sie konnten kaum etwas erkennen. »Und jetzt? Wo lang?«

»Geradeaus. Der andere Weg hier ist eine Sackgasse. Er endet vor einer Mauer.«

»Was für ein Unsinn, einen Gang zu bauen, der nirgendwo hinführt«, sagte Bing.

»Ich glaube, hinter der Mauer sind die Folterkammern.« Milla wisperte auf einmal. »Die sollen so furchterregend sein, dass sie schon vor Jahrhunderten zugemauert wurden. Damit niemand jemals wieder auch nur einen Blick hineinwerfen kann«, fügte sie hinzu, während die drei mit großen Augen in den pechfinsteren Gang hineinstarrten.

Bing räusperte sich schließlich. »Könnten wir jetzt vielleicht weitergehen? Ja?« Er eilte bereits voran.

Gleich hinter der Abzweigung stießen sie auf die ersten Kerker. Enge, niedrige Öffnungen in der Mauer führten in ebenso enge, niedrige Kammern. Sie bestanden aus denselben dunklen Steinquadern wie das übrige Verlies auch. Die Türen fehlten fast alle und die, die noch da waren, waren längst morsch und halb vermodert und standen weit auf.

»Hier ist nichts. Und niemand.«

»Weiter!«

Einige Zellen waren durch herabgestürzte Steinbrocken verschlossen, andere waren winzig klein wie Hasenställe und nicht einmal ein Kind hätte hineingepasst.

»Wozu die wohl gedacht waren?«

»Das will ich mir lieber nicht vorstellen!«

Wenig später trafen sie auf eine Kreuzung. Links und rechts zweigten breite Gänge ab.

»Bis hier bin ich das letzte Mal gekommen«, erklärte Milla und blieb stehen. »Und dann bin ich umgekehrt. Ich wollte mir Kreide holen, um Pfeile an die Wände zu malen. Damit ich mich nicht verlaufe. Aber daraus ist dann nichts geworden.«

»Du hast jetzt nicht zufällig Kreide dabei?«, fragte Bing hoffnungsvoll.

Milla schüttelte zerknirscht den Kopf. Sie hatte ja aber auch nicht vorgehabt, heute hier herunterzusteigen!

»Wir sollten erst einmal geradeaus weitergehen«, meinte Edda. »*Die* Richtung können wir uns am leichtesten merken, nicht wahr?«

Verrostete Eisenketten und Lederriemen lagen in dem Gang, dem sie nun folgten. Die Kinder sahen sich beklommen an. Eine Kerkerzelle reihte sich hier an die nächste. Die meisten besaßen noch Türen, die sich laut knarrend öffneten, als sie daran zogen. Einige fielen auch sofort aus den Angeln und brachen knirschend auseinander.

Bing sprang hastig zur Seite, um dem Holzbrett auszuweichen, das ihm entgegenkam. »Willst du dir wirklich jeden einzelnen Kerker ansehen?«, fragte er unglücklich.

»Wenn es nötig ist«, sagte Edda und schob entschlossen das Kinn vor.

Er seufzte. »Na, das kann ja dauern. Wie viele Zellen gibt es hier wohl?«

»Ein paar hundert«, erwiderte Milla und ging an ihm vorbei.

»Ein paar ... *was?*« Bing hielt abrupt inne. »Ich hätte mir wohl besser was zu essen mitgebracht!«

Milla nahm ihren Lederbeutel vom Gürtel und hielt ihn Bing unter die Nase. »Kekse. Kuchen ...« Sie zuckte plötzlich zusammen. »Was war das?«, flüsterte sie erschrocken.

Auch Bing und Edda standen da wie erstarrt.

Ein seltsam platschendes Geräusch kam auf sie zu, aus der Finsternis direkt vor ihnen. Die Kinder rissen die Köpfe herum.

Keine Sekunde später tauchte eine Gestalt im Gang auf.

3.

Milla wich unwillkürlich zurück. Edda aber machte einen Schritt auf das Wesen zu. Im ersten Moment dachte sie wohl, es wäre Vlad. Dann blieb sie wie angewurzelt stehen.

Die Gestalt war viel zu groß, um ein Junge zu sein. Und sie hatte einen langen Bart. Es war ein Mann! In zerlumpter Kleidung und mit ausgefransten Sandalen an den Füßen, die bei jedem Schritt schlappten und platschten, als ob sie voller Wasser wären. Die Haare hingen ihm wirr ins Gesicht. Sie waren weiß.

»Hallo«, krähte Bing heiser. »Wer ... wer sind denn Sie?«

Der Mann hielt abrupt inne. Er sah hoch, und seine Augen weiteten sich mit einem Mal, bis sie aussahen wie gigantische Bälle. Trotz der Fackeln schien er die Kinder erst jetzt zu bemerken.

»Und was machen Sie hier? He!«

Der Mann drehte sich ruckartig um – und rannte davon!

»Aber was denn ...?«, begann Milla verblüfft.

Bing jagte ihm auch schon nach. »He!«, rief er noch einmal. »Wo wollen Sie denn hin? Wir tun Ihnen doch nichts. Haben Sie vielleicht einen Jungen hier irgendwo gesehen? Hallo! Nun bleiben Sie doch mal stehen.«

Doch der Mann dachte gar nicht daran. Er sauste durch den Gang, als ob der Teufel hinter ihm her wäre.

Bing war ihm dicht auf den Fersen. Und auch Edda raste nun hinter ihm her. Das Feuer ihrer Fackeln zuckte über die Wände und die Schatten huschten nur so an ihnen vorbei. Milla blieb nichts anderes übrig, als ihnen zu folgen, wollte sie nicht allein in der Dunkelheit zurückbleiben.

»He! Hallo!«

Der Mann bog in einen Gang, der sich plötzlich rechts von ihnen auftat, und dann sofort in den nächsten, der sich nach links öffnete. Und so ging es immer weiter, links, rechts, rechts, links, an unzähligen Kerkern und geschlossenen Türen vorbei. Der Mann schien sich hier unten blind zurechtzufinden, er zögerte nicht ein einziges Mal. Und er war schneller als die Kinder.

Sie konnten noch immer seine platschenden Schritte vor sich hören, aber sie verloren ihn allmählich aus den Augen. Als sie um die nächste Ecke jagten, hatte ihn die Dunkelheit endgültig verschluckt.

»Wo ist er hin?«

Bing lief noch ein Stück weiter. Doch er konnte ihn nicht mehr sehen. Der Mann war verschwunden. Die Kinder blieben keuchend stehen.

»Was war denn das für ein komischer Kauz? Wie kommt der bloß hierher?«, japste Milla, sie hielt sich die Seiten. »Auf dem gleichen Weg wie wir sicher nicht.«

»Dann gibt es wohl noch einen anderen«, meinte Bing.

Milla schüttelte den Kopf. »Ich habe die Burg schon mehr als einmal gründlich durchsucht und dabei keinen Geheimgang ins Verlies entdeckt.«

»Na, womöglich gibt es hier Ecken und Winkel, die auch *du* nicht kennst!«

»Ich glaube, der ist schon ziemlich lange hier. So wie der aussah«, bemerkte Edda mit einem Mal.

Milla fuhr sich fröstelnd über die Oberarme. Was für eine Vorstellung! »Ob er sich hier versteckt hat?«

»Vor wem?«

»Vielleicht hat er sich ja auch verlaufen?«

»So wie wir«, entfuhr es Bing plötzlich.

Die Mädchen zuckten entgeistert zusammen. Oje! Bing hatte recht! Sie hatten während ihrer wilden Verfolgungsjagd überhaupt nicht mehr darauf geachtet, wohin sie eigentlich rannten. Sie hatten keine Ahnung, wo es zu den Vorratsräumen und in die Burg zurückging.

»Was machen wir denn jetzt?« Bing schwenkte leicht panisch die Fackel hin und her.

»Weiter nach Vlad suchen. Deshalb sind wir doch hier«, meinte Edda und warf den anderen einen raschen Blick zu. »Und vielleicht finden wir so ja auch einen Weg hier wieder heraus«, fügte sie hastig hinzu, noch ehe die beiden etwas sagen konnten.

Milla nickte zögernd. Was sollten sie auch sonst tun?

Edda wies wahllos nach links. »Wir gehen da entlang, ja?«

Die Kerker, auf die sie nun stießen, waren ein wenig größer als die anderen, aber ebenso kahl. Hier und da lag ein Stück Holz am Boden, Scherben und einmal gar ein löchriger Eimer. Ein paar der Türen waren verschlossen und die Riegel davor schon so angerostet, dass sie kaum aufgingen. Die Luft in den engen Verliesen dahinter war erdrückend, doch auch im Gang wurde es bald immer stickiger. Es roch nach Schimmel und faulen Eiern.

Milla versuchte, nicht allzu tief einzuatmen. Sie zerrte mühsam eine weitere Tür auf, die sich knarrend und knackend einen winzigen Spaltbreit öffnete, als ihr urplötzlich etwas ins Gesicht sprang. Sie konnte kaum mehr als einen Schatten erkennen.

Milla kreischte laut auf. Sie torkelte entgeistert einen Schritt zurück. Im ersten Moment dachte sie, der komische Mann hätte ihr aufgelauert. Dann verspürte sie einen schmerzhaften Stich. Das Etwas biss ihr in die Nase!

»Was ist das? Was ist das? Was ist das?«, brüllte sie los und schlug um sich. Sie bekam etwas Haariges zwischen die Finger und schleuderte es weit von sich. Es landete quiekend in einem ganzen Schwarm kleiner, haariger Wesen, die mit einem Mal aus der Kammer vor ihr schwärmten. Sie reichten ihr gerade mal bis zur Wade. Trotzdem sahen sie ziemlich gefährlich aus. Sie hatten winzige Augen und riesige Ohren, seltsam dicke, runde Nasen und vor allem – erstaunlich spitze Zähne!

Milla bekam eine Gänsehaut.

Die Winzlinge begannen auf einmal zu singen, mit hel-

len, fast weinerlichen Stimmchen. Sie hüpften dabei am Boden herum, als ob sie einen Kriegstanz aufführten.

»Was machen die …«, flüsterte Bing verdattert. Weiter kam er nicht. Die kleinen Wesen setzten sich plötzlich in Bewegung. Sie stürmten wie auf Kommando alle gleichzeitig los. Direkt auf die Kinder zu!

Milla wurde blass. Sie wich hastig einen Schritt zurück, während sie gleichzeitig ihr Schwert aus dem Gürtel zerrte. Auch Bing taumelte rückwärts. Er fuchtelte wild mit seiner Fackel herum, die durch den Luftzug fast erlosch. Edda hatte ihre längst zu Boden geworfen. Im ersten Moment glaubte Milla, sie wollte davonlaufen. Aus Eddas Nase drang ein schrilles Pfeifen, das Bing vor Schreck aus dem Gleichgewicht brachte. Er stolperte fast über seine eigenen Füße.

Aber Edda dachte gar nicht daran, wegzulaufen. Sie stand noch immer an derselben Stelle wie zuvor. Einen Augenblick lang schien sie unschlüssig. Dann riss sie ruckartig die Hände hoch. In der nächsten Sekunde blitzte es hell auf. Feuerfunken stoben durch den Gang. Sie kamen direkt aus Eddas Fingerspitzen!

Milla blieb der Mund offen stehen. Was war denn das?

Abermals blitzte es. Ein greller Lichtstrahl jagte genau zwischen die haarigen Angreifer.

Die Winzlinge sausten wie Kanonenkugeln durch die Luft und krachten rücklings gegen die Wand. Sie quiekten und kreischten laut auf, während sie in panischer Hast wild durcheinanderkrabbelten.

Ein wahres Leuchtfeuer schoss nun aus Eddas Fingern. Es füllte den ganzen Gang mit blendend hellem Licht.

Die Winzlinge klopften hektisch auf ihre qualmenden Pelze ein. Sie hüpften wütend heulend auf und ab, ehe ein letzter gigantischer Blitz sie in den Kerker zurücktrieb, aus dem sie gekommen waren. Hinter ihnen schlug wie von Geisterhand die Tür ins Schloss. Der Riegel schob sich laut quietschend davor.

Dann war es plötzlich totenstill.

Keiner von ihnen sagte ein Wort. Milla und Bing starrten

Edda nur mit weit geöffneten Augen an, Schwert und Fackel noch immer wie drohend von sich gestreckt.

Edda ließ langsam die Hände sinken. Sie schien auf etwas zu warten. »Wutzel«, meinte sie nach einem kurzen Moment, als die zwei noch immer nichts sagten. Sie wirkte seltsam verlegen.

»Was?«

Edda wies auf die verschlossene Tür. »Die haarigen Winzlinge da. Das sind Wutzel«, wiederholte sie und räusperte sich. »Da, wo ich herkomme, gibt es ziemlich viele von ihnen«, fuhr sie im Plauderton fort. »Sie lieben dunkle, feuchte Orte. Und sie beißen in alles, was ihnen vor die Nase kommt.« Sie lächelte schwach. »In der Hoffnung, dass etwas Essbares darunter ist.«

»Aber ich bin nicht essbar«, meinte Milla entsetzt.

»Nein, normalerweise essen sie auch keine Menschen.«

»*Normalerweise?*«

Edda hob ihre Fackel auf. »Nun, es gibt da ein paar sehr merkwürdige Geschichten«, sagte sie.

»Ich kenne noch eine merkwürdige Geschichte«, sagte Bing mit einem Mal. »Über eine Gauklerin, die Blitze aus ihren Fingern schießt. Wo lernt man solche Kunststücke? Wenn es denn Kunststücke waren«, fügte er fragend hinzu.

Edda hielt inne und schüttelte dann zögernd den Kopf. Sie starrte schweigend zu Boden.

»Du bist gar keine Gauklerin, nicht wahr?«

»Nicht wirklich.«

»Du bist eine *Hexe!*«, rief Milla aufgeregt. Sie hatte noch nie eine Hexe getroffen. Es gab viele Hexen auf der Nebelinsel, das wusste sie aus Erzählungen, aber ins Bunte Königreich verirrte sich selten eine. Wahrscheinlich war es nicht düster und geheimnisvoll genug, dachte sie.

Edda ließ die Schultern hängen. »Aber keine besonders gute, fürchte ich. Ich bin höchstens für ein bisschen Hokuspokus zu gebrauchen. Wie vorhin. Und zum Türenöffnen.« Sie lächelte schief.

Oh, nein!, dachte Milla enttäuscht. Was für ein Mist! Wenn das mit der Tür vorhin Hexerei gewesen war, dann würde sie nie lernen, verschlossene Türen zu öffnen. Für die Hexerei war sie so geeignet wie ein Fisch zum Fliegen. Als Hexe wurde man geboren, so wie als Prinzessin, wie als Küchenjunge.

Milla hielt inne. War *das* wirklich dasselbe? Sie warf einen unsicheren Blick zu Bing hinüber.

»So eine schlechte Hexe kannst du gar nicht sein«, meinte der gerade. »Das, was du da eben gemacht hast, war ziemlich beeindruckend.«

»So was kann ich nur, wenn ich Angst habe.« Edda schniefte leise. »Aber, ach, wie soll man den ganzen Hexenkram auch anständig lernen, wenn man ständig von zwei keifenden Althexen beobachtet wird! Den beiden ist einfach nichts gut genug«, sprudelte es dann plötzlich aus ihr heraus. »Ich bin eine solche Enttäuschung für meine Mutter! Nach sieben Söhnen bekommt sie endlich eine Tochter, die

auch tatsächlich ihr Hexentalent geerbt hat! Und dann schickt sie mich voller Stolz in die Lehre zu ihren alten Hexenschwestern und ich entpuppe mich als vollkommen unfähig. Außerdem habe ich kein Tier.«

»Was? Wieso? Was willst du denn mit einem Tier?«, fragte Milla verwirrt.

»Alle echten Hexen haben irgendein Tier. Und die meisten Zauberer auch. Aber«, sie zog kräftig die Nase hoch, »ich komme mit Tieren einfach nicht zurecht. Am schlimmsten sind Kaninchen oder Mäuse. Ihr denkt vielleicht, dass das süße kleine Fellknäuel sind, die man unbedenklich streicheln kann. Oh nein! Das sind Monster! Monster! Mit ihren langen Zähnen und scharfen Krallen. Die sind schlimmer als die Wutzel da«, rief sie mit hochroten Wangen. Ihre dunkle Stimme mit dem abgehackten Akzent hallte wie ein Hagelschauer durch den Gang.

Milla und Bing warfen sich einen raschen Blick zu. »Sehen Kaninchen und Mäuse in eurem Königreich vielleicht irgendwie anders aus als in unserem?«, erkundigte sich Milla vorsichtig.

»Ach Unsinn. Kaninchen und Mäuse sehen doch überall gleich aus. Ich habe auch hier schon ein paar von den Biestern entdeckt. Und glaubt nur nicht, dass die Tauben, die ich vorhin herbeigehext habe, besonders freundlich waren.«

Bing zog die Augenbrauen hoch, sagte aber nichts.

»Die anderen Hexen haben mich ständig damit aufgezogen. Ohne Tier keine richtige Hexe, haben sie gesagt. Im

Notfall hätte es, glaube ich, auch eine Küchenschabe getan. Aber die finde ich ziemlich ekelig. Und irgendwann hatte ich die Nase voll.«

»Du bist weggelaufen?«, rief Milla.

Edda nickte mit grimmiger Miene. »Aber zurück zu meiner Familie wollte ich nicht. Ich habe mich viel zu sehr geschämt, vor allem vor meiner Mutter. Sie wäre sicher böse mit mir gewesen. Dass eine Hexe ihren Lehrmeisterinnen davonläuft, das hat es seit hundert Jahren nicht mehr gegeben!« Sie seufzte. »Und so bin ich bei den Gauklern gelandet. Die sind sehr freundlich zu mir. Vor allem, seit sie wissen, was ich kann. Aber sie wissen nicht, warum ich das kann. Zumindest haben sie nie danach gefragt«, fügte sie hinzu. »Erzählt habe ich es nur Vlad. Er ist wie ein Bruder für mich. Besser als ein Bruder, denn meine eigenen Brüder waren nie sehr nett zu mir. Ich will ihn wiederhaben!« Sie stampfte mit dem Fuß auf, und einen Moment lang schien es Milla, als ob der Boden unter ihr erbebte.

Auch Bing machte ein erschrockenes Gesicht. Er streckte beruhigend die Hand nach Edda aus. »Wenn dein Vlad hier irgendwo ist, werden wir ihn schon finden«, sagte er.

»Auch wenn es Tage dauert«, fügte Milla hinzu. »Obwohl ich ja hoffe, dass wir nicht ganz so lange hier herumirren müssen«, meinte sie dann.

»Notfalls können wir uns von deiner Nase ernähren. Die scheint ja äußerst schmackhaft zu sein.« Bing grinste frech.

»Notfalls«, erwiderte Milla und grinste ebenso frech zu-

rück. Sie steckte nun endlich ihr Schwert weg. »Aber wir sollten sehr sparsam damit umgehen. Meine Nase ist nicht sehr groß, wie du sehen kannst.«

Edda prustete leise los. Sie wischte sich über die Augen. »Das mit der Nase ist eine gute Idee«, gluckste sie. »Ich bin nämlich nicht sehr gut darin, Essen herbeizuhexen. Fliegen kann ich übrigens auch nicht richtig. Und wenn ich Schluckauf habe, dann«, sie schwieg unsicher, »dann verwandel ich alles um mich herum in … Kröten.« Sie verzog unglücklich den Mund.

»Kröten? Na, das kann ja heiter werden«, murmelte Bing. Er bog hastig um die nächste Ecke. Und blieb plötzlich wie angewurzelt stehen.

Milla, die dicht hinter ihm war, rannte direkt in ihn hinein. »Was ist denn?«, rief sie und spähte aufgeregt über seine Schulter.

»Pst!«

Vor ihnen schimmerte mit einem Mal ein schwaches Licht auf.

Im ersten Moment dachten die Kinder, es wäre eine Laterne, die auf sie zukam. Doch das Licht bewegte sich nicht, es flackerte nur leicht, wurde aber nicht größer. Zögernd schlichen sie darauf zu, vorbei an weiteren Abzweigungen, bis zu einer Tür fast am Ende des Gangs. Fahles, gelbliches Licht quoll darunter hervor. Es schien von einer Kerze zu stammen. In dem Kerker dahinter musste jemand sein!

»Vlad!«, flüsterte Edda heiser.

Milla presste bereits ihr Ohr gegen das Holz.

»Und?«

»Ich kann nichts hören.« Sie wollte nach dem Riegel greifen, als sie merkte, dass die Tür gar keinen Riegel mehr besaß. »Sie ist offen«, wisperte sie ungläubig und zog an dem Griff. Aber die Tür ging nicht auf.

»Lass mich mal.« Bing schob sie ungeduldig zur Seite und zerrte nun ebenfalls an dem Knauf. Doch die Tür bewegte sich keinen Millimeter. »Sie klemmt.«

»Nicht! Hört auf!«, raunte Edda plötzlich. »Hört sofort auf!« Sie wich ängstlich einen Schritt zurück.

Milla und Bing hielten verdutzt inne. »Was ist los?«

»Die Tür klemmt nicht. Sie ist mit einem Zauber belegt!« Edda war bleich geworden. »Jemand hat die Tür mit einem Zauberspruch versperrt. Einem Zauberspruch, der meine Kräfte bei Weitem übersteigt.«

Bing ließ abrupt den Griff los, als hätte er sich die Finger verbrannt. »Spürst du so was?«, fragte er ehrfürchtig.

»Nein. Da oben links in der Ecke ist ein kleines grünes Siegel.« Edda wies auf den Rahmen oberhalb der Tür und hielt ihre Fackel ein Stück höher. »Seht ihr?«

Milla kniff die Augen zusammen. »Da!« Tatsächlich. Das Siegel, wie Edda es nannte, war nicht mehr als ein Punkt, ein kleiner, grüner Punkt mit einem schwarzen Fleck in der Mitte. Er war kaum zu erkennen, schon gar nicht für jemanden, der nicht danach suchte. Aber Edda schien so etwas nicht zum ersten Mal zu sehen.

»Das ist das Zeichen eines mächtigen Zauberers«, hauchte sie.

»Ein Zauberer? Hier bei uns?«, sagte Bing ungläubig. Zauberer waren im Bunten Königreich noch viel seltener als Hexen.

»Es gibt keine andere Erklärung, nein«, meinte Edda. »Aber was will er nur mit Vlad? Vlad ist doch bloß ein harmloser Seiltänzer.«

»Wenn dein Vlad denn überhaupt hier drin ist«, murmelte Milla. Sie hob die Hände und wollte gegen das Holz schlagen, als Bing plötzlich ihren Arm packte und sie zurückriss. Er wies mit dem Kinn hektisch auf eine Tür schräg gegenüber, die mit einem Mal aufschwang. Ein heller Streifen Licht fiel in den Gang.

Milla schnaufte vor Schreck. Sie warf sich ruckartig herum und rannte los, kopfüber um die nächste Ecke. Bing und Edda schleuderten ihre Fackeln blindlings in eine der Kammern dort, damit ihr Lichtschein sie nicht verriet.

Dann spähten die drei mit klopfenden Herzen in den Gang zurück.

Die Tür war nun weit geöffnet. In dem Raum dahinter konnten sie die eine Hälfte eines Tischs erkennen. Bücher, kleine Fläschchen und allerlei seltsame Apparate, die sie noch nie gesehen hatten, standen darauf. Das Licht kam von ein paar Kerzen in riesigen Leuchtern an der Wand.

Milla schob den Kopf noch ein Stück weiter vor. Gleich neben dem Tisch befand sich ein großer Kessel, in dem es zu brodeln schien. Ein stechender Geruch ging von ihm aus. Sie rümpfte die Nase.

Eine dürre, struppige Gestalt erschien mit einem Mal im Türrahmen. Sie trug die blau-weiße Kleidung der Ritter, wenn auch keine Rüstung, und das blaue Banner des Bunten Königreichs auf ihrer Brust.

Milla hielt die Luft an.

»Siehst du? Das ist bestimmt der Ritter, von dem die Bauern erzählt haben«, raunte Edda kaum hörbar in ihr Ohr.

Milla brummte leise vor sich hin. Was hatte das nur zu bedeuten? Ob Eddas Geschichte etwa doch wahr war? Sie hatte den Ritter dort noch nie gesehen. Diese unglaublich langen Vorderzähne, wie bei einer Maus, wären ihr sicher aufgefallen. Aber wahrscheinlich war er sowieso kein echter Ritter.

»Da ist niemand, Meister«, rief die Gestalt plötzlich in einem merkwürdigen Singsang, der Milla die Haare zu Berge stehen ließ.

»Aber ich habe doch etwas gehört«, knarrte eine zweite Stimme.

Milla runzelte die Stirn. Irgendwie kam ihr die Stimme bekannt vor.

Eine weitere Gestalt tauchte hinter der ersten auf. Sie war sehr viel größer und in einen moosgrünen Umhang gehüllt.

Milla blieb fast das Herz stehen vor Schreck. Goodewind! Ausgerechnet Goodewind! Aber was machte er denn hier?

Der Berater des Königs stand nun vor dem Kessel und

tauchte einen langen Stock hinein. Sein Gesicht war finster verzogen und in seine Augen hatte sich ein so boshafter Ausdruck geschlichen, dass Milla ein kalter Schauer über den Rücken rann. Goodewind hatte noch nie besonders freundlich ausgesehen, aber jetzt wirkte er geradezu furchterregend.

»Soll ich mich besser ein wenig umsehen, Meister?«

Den Kindern stockte der Atem. Sie pressten sich noch

enger gegen die Mauer in ihrem Rücken, während sie gleichzeitig versuchten, nur ja nichts zu verpassen.

»Nein, nein, schon gut«, knurrte Goodewind. »Komm her.« Er legte den Stock beiseite und griff nach einer kleinen Laterne, die er seinem Diener in die Hand drückte. »Warte.« Goodewind verschwand im hinteren Teil des Raums und kehrte einen Moment später mit einem Lederbeutel zurück. »Nimm.«

»Ja doch, Meister.« Der Diener hängte sich den Beutel mit einer knappen ergebenen Geste über die Schulter. »Habt ihr auch nichts vergessen, Meister?« Seine Stimme wurde zu einem unterwürfigen Winseln.

»Werde nicht unverschämt, Fiepser.« Goodewind warf ihm einen so kalten Blick zu, dass sich der andere an die Wange fasste, als hätte er ihn geschlagen.

»Sehr wohl, Meister.« Der Diener verbeugte sich demütig.

»Nun komm. Es wird Zeit.« Die beiden traten in den Gang hinaus. Goodewind sah sich wachsam um und wandte sich nach links, auf die Kinder zu, die hastig die Köpfe einzogen. Er marschierte geradewegs auf die verschlossene Tür zu. Dicht davor blieb er stehen und legte beide Hände flach gegen das Holz. Er war nun kaum zehn Schritte von den Kindern entfernt.

»Seht nur«, wisperte Bing aufgeregt.

Goodewind schloss für einen Moment die Augen, während er leise zu wispern begann.

Milla verstand kein einziges Wort von dem, was er sagte. Aber Edda wurde auf einmal unruhig. »Er also«, murmelte sie ganz leise.

Das winzige Siegel flammte plötzlich hell auf. Und verglühte. Es knackte ganz leise. Gleich darauf schwang die Tür wie von Geisterhand auf. Flackerndes Kerzenlicht fiel in den Gang.

Milla blieb der Mund offenstehen.

»Soll ich ihn holen, ja, Meister?«, jaulte der Diener.

Doch Goodewind beachtete ihn gar nicht. Er verschwand auch schon in der Zelle.

»Er? *Er* ist der Zauberer?«, hauchte Milla. Sie merkte selbst, wie empört sie klang. »Aber er ist der Berater meines Vaters!«

Das also hatte der Narr gemeint, schoss es ihr plötzlich durch den Kopf, als er Goodewind als Betrüger bezeichnet hatte. Er hatte ihn offenbar schon lange durchschaut. Aber selbst wenn er mit dem König darüber gesprochen hatte, ihr Vater hatte ihm sicher nicht zugehört. Windell konnte sich einfach nicht vorstellen, dass jemand böse und hinterlistig war.

»Deshalb hat er mich vorhin, als ich auf der Bühne stand, auch so neugierig angestarrt«, flüsterte Edda. »Er hat gemerkt, dass meine Kunststückchen gar keine Kunststückchen waren. Er weiß, was ich bin.«

Goodewind trat wieder aus dem Kerker heraus. Er zerrte einen Jungen hinter sich her, der mehr stolperte als ging, er konnte sich kaum auf den Beinen halten und wirkte völlig verstört.

»Vlad!« Eddas Nase begann leise zu fiepen. »Vlad! Das ist Vlad«, wisperte sie mit zitternder Stimme.

Der Junge war vor Angst käseweiß im Gesicht. Sein langes Hemd war völlig verdreckt und seine Hose zerrissen. Auch sein Gesicht war schmutzig und in den zerzausten, braunen Haaren hingen dicke Spinnweben. Ihm knickten

abermals die Knie ein, aber Goodewind riss ihn ungerührt mit sich.

»Wie kann er es wagen, ihn so zu behandeln«, zischte Milla.

»Siehst du, ich hatte recht«, murmelte Edda unglücklich.

Milla nickte mit zusammengepressten Lippen. Aber ihr Vater hatte hiermit ganz gewiss nichts zu tun. Sie zuckte zusammen, als Edda sich mit einem Mal an ihr vorbeischob. Sie wollte auf den Jungen zulaufen, doch Milla und Bing hielten sie erschrocken fest.

»Was machst du denn? Selbst wenn wir ihn befreien könnten, wo sollten wir denn hin? Wir wissen doch gar nicht, wie wir hier rauskommen«, flüsterte Bing.

Edda knirschte mit den Zähnen, so laut, dass sie schon fürchteten, Goodewind würde sie hören. Doch der war noch immer mit Vlad beschäftigt. »Was stehst du da so einfältig herum?«, fuhr er seinen Diener an, der auch schon ehrerbietig näher huschte. »Trag ihn.« Er stieß den Jungen auf ihn zu, der ins Straucheln geriet und fast hinfiel. »Wir müssen uns beeilen. Noch schlafen alle wie betäubt nach diesem dummen Fest.« Goodewind streckte den Zeigefinger aus und die Kerkertür fiel krachend ins Schloss. Dann nahm er dem anderen die Laterne aus der Hand. Er wirbelte herum und eilte mit wehendem Umhang den dunklen Gang hinunter, weg von den Kindern.

Sein Diener packte Vlad unter den Armen und schleifte ihn hinter ihm her.

»Wir müssen ihnen folgen«, wisperte Edda.

»Ja, Goodewind weiß ganz sicher einen Weg hier heraus. Und wenn wir erst einmal wieder in der Burg oben sind, können wir Vlad befreien. Mein Vater und seine Ritter werden uns dabei helfen.«

Bing lief los, um die Fackeln zu holen. Doch sie glimmten nur noch ganz schwach. »Mist.«

»Na, dann muss es eben ohne gehen. Vielleicht ist es sogar besser so. Los, hinter der Laterne her. Wir dürfen sie auf keinen Fall aus den Augen verlieren«, kommandierte Milla.

Goodewind bog bereits um die nächste Ecke. Es wurde dunkel dort, wo die Kinder standen. Nur noch ein schwacher Schimmer verriet ihnen, wohin die anderen verschwunden waren. Sie rannten ihm hastig nach und folgten dem tanzenden Lichtpunkt vor ihnen dann einen schier endlos scheinenden Gang hinunter, immer dicht an der Wand entlang.

»Anschließend brechen wir sofort ins Tiefe Moor auf«, hörten sie Goodewind auf einmal. Seine Stimme hallte rau von den Wänden wieder.

»Jawohl, Meister«, erwiderte der Diener.

»Ah, wie ich mich darauf freue, endlich wieder nach Hause zurückzukehren.« Goodewind trat in den Gang zu seiner Linken, der sehr viel schmaler war als der, aus dem sie kamen.

»Oh, ja, ja! Ich mich auch, Meister, ich mich auch.« Der Diener kratzte sich schabend am Kopf.

»Dieses Bunte Königreich ist einfach schauderhaft, mit all den Blumen und Farben und diesen ekelhaften Gerüchen.« Goodewind schüttelte sich.

»Widerlich, Meister«, nickte sein Diener. »Widerlich! Bäh!«

Millas Hand zuckte wütend zu ihrem Schwert. Am liebsten hätte sie es den beiden da vorn kräftig über den Kopf gezogen.

Bing griff beruhigend nach ihrem Arm. »Nicht«, raunte er.

»Der einzig erträgliche Ort ist hier unten«, knurrte Goodewind derweil weiter.

»Genau, Meister.«

»Aber wenn wir erledigt haben, weshalb wir gekommen sind, wird es dieses Königreich ja vielleicht nicht mehr lange geben.« Er lachte hässlich.

Milla und Bing warfen sich einen erschrockenen Blick zu. Was sollte das denn bedeuten? Was hatte Goodewind vor?

»Wir sollten vielleicht die Kerker behalten, Meister«, grunzte der Diener.

»Eine sehr gute Idee.«

Milla wurde eiskalt. Sie zog unwillkürlich den Kopf zwischen die Schultern, als Goodewind plötzlich stehen blieb.

Auch die Kinder hielten abrupt inne und drückten sich gegen die Wand. Im ersten Moment dachte Milla, Goodewind hätte sie entdeckt. Dann erst sah sie die Treppe. Das Licht der Laterne fiel auf ein paar unebene Stufen. Sie führten steil nach oben. Aber es war nicht die Treppe, die in die Vorratsräume zurückführte. Sie war viel zu breit und der Möbelberg fehlte. Es gab also tatsächlich noch einen anderen Eingang ins Verlies, wie Bing vermutet hatte.

Goodewind bückte sich nach etwas, das am Boden lag, ehe er eilig die Stufen hinaufstieg. Der Diener schubste Vlad hinter ihm her.

»Schnell.« Die Kinder huschten auf Zehenspitzen auf die Treppe zu.

»Seht mal!« Bing wies auf die dicken Steinbrocken, die überall herumlagen. »Ich glaube, hier stand mal eine Mauer, die den Eingang versperrt hat«, wisperte er so leise, dass ihn die anderen kaum verstehen konnten. »Goodewind muss sie aufgebrochen haben!«

»Aber wie? Ohne, dass jemand es bemerkt hat? So was macht doch Krach«, flüsterte Milla.

»Ich sage doch, er ist ein mächtiger Zauberer.« Edda eilte bereits die Stufen hinauf, als das Licht über ihnen auf einmal verschwand. Es wurde stockfinster.

»Oje.« Milla streckte automatisch die Hand nach der Wand aus und zuckte zurück. Sie hatte in etwas Weiches gegriffen.

»Los, weiter«, zischte Bing hinter ihr.

»Ja doch!« Milla griff aufseufzend abermals nach der Wand und tastete sich unsicher vorwärts, bis die Treppe plötzlich eine scharfe Kurve machte. Sie verlief im Kreis weiter nach oben. Das Licht tauchte wieder auf, es leuchtete

nun direkt über ihnen. Sie waren auf einer Wendeltreppe gelandet. »Wir sind im Turm«, wisperte Milla verdutzt. Aber in welchem?, überlegte sie dann. Es gab ja vier von ihnen, in jeder Himmelsrichtung einen. Doch die Fenster der Türme waren völlig verschmutzt, weil sie fast nie benutzt wurden. Sie konnte nicht hinaussehen.

Gleich darauf erreichten sie einen winzigen Treppenabsatz. Rechts von ihnen war eine schmale, niedrige Tür, die aufschwang, kaum dass Bing dagegendrückte. Sie führte in einen dämmrigen Flur, der nur von zwei fast heruntergebrannten Fackeln an den Wänden erleuchtet wurde.

»Der Weg in die Freiheit! Da lang geht es in die Burg zurück.« Bing sah Milla fragend an.

Sie zögerte. Was sollten sie jetzt tun? Sollten sie versuchen, Hilfe zu holen? Aber das würde viel zu lange dauern. Oder sollten sie weiter Goodewind folgen und herausfinden, was genau er eigentlich vorhatte? Womöglich ging es nun nicht mehr nur darum, Vlad zu retten, sondern das ganze Königreich!

Edda hastete weiter und Milla folgte ihr schließlich.

»Ich weiß nicht, ob das eine so gute Idee ist«, raunte Bing. Doch dann rannte er den Mädchen auch schon nach.

Über ihnen knarrte es mit einem Mal leise. Kühle, frische Luft wehte die Treppe herunter, die die Kinder dankbar einsaugten. Es roch nach Blumen und den Wäldern, die die Burg umgaben. Wie gut das tat nach dem muffigen Gestank in den Kerkern!

»Sie sind auf der Turmspitze«, sagte Milla.

»Aber was wollen sie denn da? Da oben ist doch überhaupt nichts. Und weg können sie von da auch nicht«, erwiderte Bing stirnrunzelnd.

Flink huschten sie die letzten Meter nach oben. Die Wendeltreppe endete abrupt vor einer breiten Tür. Sie war nur angelehnt. Helles Mondlicht fiel durch den Spalt, und das gelbliche Leuchten der Laterne. Mit angehaltenem Atem spähten die drei nach draußen.

Vor ihnen befand sich eine runde Plattform, über der ein fast voller Mond hing. Sie war von einer hohen, steinernen Brustwehr umgeben. In ihrer Mitte standen Vlad, der noch bleicher aussah als zuvor, und der Diener, die Laterne vor sich am Boden. Goodewind schlang gerade ein Seil um die Mauerkrone. Das andere Ende warf er mit einer blitzartigen Bewegung über die Zinnen hinweg in die silbrige Dunkelheit. Dann streckte er leise murmelnd eine Hand aus. Das Seil, statt nach unten zu fallen, schlängelte sich horizontal durch die Luft. Geradewegs auf den Wald zu, der dem Turm genau gegenüberlag. Gleich darauf konnten sie es schon nicht mehr sehen.

»Das ist für Vlad«, flüsterte Edda. »Er will, dass Vlad da rüberläuft! Zum Wald hinüber. Aber warum?« Sie starrte mit zusammengekniffenen Augen in die mondhelle Nacht. »Was ist denn in dem Wald dort?«

Bing hob die Schultern. »Bäume, Vögel, Farne. Was halt so in einen Wald hineingehört«, murmelte er.

»Bing und ich sind schon oft dort unterwegs gewesen. Da gibt es nichts Ungewöhnliches. Ich bin sogar auf jeden einzelnen Felsen geklettert, um mich ganz genau umzusehen.«

»Auf jeden, bis auf einen«, wisperte Bing. »An dem bist du gescheitert, weißt du nicht mehr? Du bist immer wieder abgerutscht und auf deinem …«, er grinste breit, »königlichen Hinterteil gelandet.«

»Das war aber auch ein sehr seltsamer Felsen«, verteidigte sich Milla sofort, sie musste aufpassen, nicht zu laut zu werden. »Der war glatt wie gefrorenes Wasser, aber pechschwarz. Und er sah aus wie eine spitze Nadel. Oder mehr wie ein Turm, ja. Wie ein spitzer, hoher Turm aus schwarzem Eis.« Sie schüttelte den Kopf. »Es war unmöglich, ihn hinaufzuklettern.«

Edda erstarrte plötzlich. Sie drehte sich ganz langsam zu ihr um. »Was sagst du da?«, wisperte sie. »Ein schwarzer Felsen, der aussieht wie ein Turm, ein Turm aus gefrorenem Wasser?« Sie griff nach Millas Arm und drückte ihn so fest, dass Milla fast aufgeschrien hätte. »Mit einer kreisrunden Öffnung ganz oben, genau in der Mitte, und einem schwarzem Fleck gleich darunter, als hätte jemand mit Ruß ein Gesicht hineingeritzt?«, fragte sie dann sehr schnell.

»Ja, genau. Woher weißt du das? Warst du schon mal dort?«, fragte Milla verdutzt.

»Nein, noch nie. Aber ich kenne diesen Ort.« Edda holte tief Luft. »Alle Hexen und Zauberer kennen diesen Ort. Es weiß nur niemand, in welchem Königreich er liegt. Zumindest bis vor Kurzem nicht. Dieser Goodewind hat es offenbar herausgefunden.« Sie presste sich die Hand vor den Mund, ließ sie aber gleich wieder sinken. »Dass sich dieser Felsen ausgerechnet in eurem Königreich befindet, im schönsten und buntesten von allen, das ist … irgendwie logisch, ja«, murmelte sie dann, mehr zu sich selbst. »Es ist wohl das sicherste Versteck.«

»Versteck? Versteck wofür? Wovon redest du denn eigentlich?« Milla fühlte sich auf einmal ziemlich unbehaglich.

»Von einer uralten Geschichte, die sich Hexen und Zauberer schon seit vielen Jahrhunderten erzählen …«, begann Edda, brach aber plötzlich ab.

Vlad kletterte gerade auf das Seil, das nun ziemlich straff aussah. Er machte ein paar vorsichtige Schritte vorwärts, während Goodewind und sein Diener drohend hinter ihm standen.

»Geh!«, befahl der Zauberer. »Und wage nicht, mit leeren Händen zurückzukehren! Du weißt, was dir dann blüht.«

Der Junge nickte ängstlich. Er setzte sich auch schon in Bewegung, langsam zuerst, und dann immer schneller, bis er fast zu rennen schien.

Milla klappte der Mund weit auf. Dieser Vlad war ein ganz erstaunlich guter Seiltänzer. Offenbar fühlte er sich dort oben auf dem Seil sehr viel wohler als unten auf der Erde. Er hatte doch tatsächlich gelächelt, ehe er hoch über der Burg in der Nacht verschwand. Vielleicht hoffte er ja, dort irgendwo zu entkommen, dachte Milla. Aber das war

unmöglich, wenn er denn wirklich zu diesem komischen Felsen unterwegs war, der Edda so zu erschrecken schien. Den konnte er nie und nimmer herunterklettern.

»Da geht es ziemlich tief nach unten«, hauchte Bing entsetzt, der dem Jungen mit den Augen folgte, bis er nicht mehr zu sehen war.

»Vlad ist noch nie von einem Seil gefallen. Nicht mal als Baby, erzählen die Gaukler«, meinte Edda mit so was wie Stolz in der Stimme. »Er ist der beste Seiltänzer auf der ganzen Nebelinsel, sagen sie.«

»Deshalb also hat Goodewind ausgerechnet ihn entführt!«

»Ja, ganz sicher. Denn es gibt keinen anderen Weg in diesen Felsenturm hinein. Und weil er ein gutes Herz hat. Nur jemand mit einem guten Herzen und einem reinen Gewissen kann es wagen, den Eisturm zu betreten, so wird erzählt«, wisperte Edda.

»Darum bist du also an dem Felsen abgerutscht«, raunte Bing Milla zu und wich dann hastig ihrem Ellbogen aus, der auf seine Rippen zuflog. Er stieß gegen die Tür dabei, die leise knarrend noch ein Stück weiter aufschwang. Die Kinder hielten vor Schreck die Luft an, doch Goodewind und sein Diener hatten nur Augen für das Seil vor ihnen. Sie schienen nichts gehört zu haben.

»Aber was ist denn nun in diesem Felsen?«, hakte Milla nach, die endlich wieder zu atmen wagte.

Wie als Antwort auf ihre Frage kam Vlad zurück, beide

Arme von sich gestreckt, um das Gleichgewicht zu halten. In seiner linken Hand schimmerte es hell.

Milla fielen fast die Augen aus dem Kopf, so angestrengt starrte sie auf seine Finger. »Eine Glaskugel?«, flüsterte sie ungläubig.

»Das ist nicht einfach nur eine Glaskugel. Das ist die legendäre Murmel von Alabaster. Tatsächlich!« Edda sank gegen die Mauer. »Wer sie in seinen Besitz bringt, kann die Herrschaft über die gesamte Nebelinsel an sich reißen.«

»Aber es ist doch nur eine kleine Glaskugel!« Milla wandte den Blick nicht von Vlads Hand. Das Mondlicht spiegelte sich in der Kugel, es schien regelrecht darin zu tanzen.

»In den falschen Händen kann diese kleine Kugel sehr viel Unheil anrichten. Sie kann uns alle und alle Tausend Königreiche tief ins Verderben stürzen«, raunte Edda unheilvoll.

Milla starrte sie an. Sie konnte kaum glauben, was sie da hörte. Der offenbar gefährlichste Gegenstand der ganzen Nebelinsel befand sich ausgerechnet in ihrem Königreich. Direkt vor ihrer Nase! Und sie hatte bis gerade eben nichts davon gewusst!

»Dann müssen wir verhindern, dass Goodewind die Kugel in die Finger bekommt«, wisperte Bing, »denn *seine* Hände sind ganz sicher die falschen.«

»Nur wie?«

Vlad hatte den Zauberer schon fast erreicht. Goodewind streckte bereits die Arme nach dem Seiltänzer aus.

»Kann er schwimmen?«, fragte Milla auf einmal.

»Was?«

»Dein Freund Vlad? Kann er schwimmen?«, wiederholte sie ungeduldig.

»Ja …«

Milla zögerte keine Sekunde. Sie warf sich gegen die Tür und stürzte auf die Plattform hinaus.

Goodewind und sein Diener wirbelten herum. Sie starrten Milla verdutzt an, die laut kreischend auf sie zuraste und dabei ihr Schwert aus dem Gürtel zerrte. Milla jagte auf die Brustwehr zu. Sie holte weit aus. Und zerschlug das Seil, auf dem Vlad stand.

4.

Milla war selbst überrascht, dass es klappte. Ihr altes, halb kaputtes Schwert war ziemlich stumpf, doch sie brauchte nur zwei Schläge, um den Strick zu zerhacken.

Vlad schrie entsetzt auf, als das Seil unter seinen Füßen nachgab. Einen Augenblick lang ruderte er panisch mit den Armen. Dann fiel er wie ein Stein in die Tiefe.

Edda schrie ebenfalls. Sie rannte auf die Brüstung zu und stürzte fast über die Mauerkrone, als sie nach unten sah.

Goodewinds Diener schlich sich von hinten an sie heran.

Milla wollte sie warnen, aber Goodewinds spitze Fingernägel bohrten sich mit einem Mal schmerzhaft in ihren Oberarm. Sie zuckte zusammen, als der Zauberer sie wutschnaubend an sich zerrte. Seine grünen Augen funkelten hasserfüllt. »Du dummes …!« Weiter kam er nicht. Ein Stein traf ihn plötzlich an der Schulter. Er fuhr herum.

Bing hielt bereits einen zweiten Stein in der Hand und holte aus.

Goodewind tobte vor Zorn. Er schleuderte Milla zur Seite und wandte sich dem Jungen zu. Milla sah noch, wie der nächste Stein durch die Luft sauste, ehe sie auch schon Kopf voran über den Boden rutschte. Sie verlor ihr Schwert aus

der Hand, das klirrend gegen die Mauer prallte. Hastig rollte sie herum.

Goodewind hatte beide Hände gehoben. Sie zielten genau auf Bing.

Milla kam japsend auf die Knie und robbte auf allen vieren auf ihr Schwert zu.

Ein einziger weißer Lichtstrahl schoss aus Goodewinds Fingerspitzen. Er traf den Jungen wie ein Pfeil im Magen. Bing sackte zusammen. Er schlug mit einem schauderhaften Geräusch auf dem Steinboden auf und blieb reglos liegen.

»Nein«, brüllte Milla mit sich überschlagender Stimme. »Nein!« Sie ließ ihr Schwert, wo es war, und hievte sich auf die Beine. Sie rannte auf Goodewind zu, um ihn von Bing abzulenken, aber der Zauberer beachtete den Jungen schon gar nicht mehr. Er eilte mit langen Schritten über die Plattform und sprang ohne anzuhalten über die Mauerkrone hinweg hinter Vlad her.

Milla war noch immer in voller Fahrt. Sie stolperte über die Laterne und prallte gegen die Brustwehr. Edda, die ihr in die Quere kam, riss sie einfach mit sich.

»Auu!«, jammerte die Hexe. Der Diener hatte sie an den Haaren gepackt, ließ sie nun aber los. Er rannte ebenfalls auf die steinerne Einfassung zu und lehnte sich weit vor. »Meister! Meister!«, winselte er.

Goodewinds Umhang hatte sich aufgebläht wie ein gigantischer grüner Pilz, er bremste seinen Sturz. Der Zauberer segelte sachte auf den großen See zu, der sich an die Südseite des Turms schmiegte. Unter ihm kroch gerade Vlad aus dem Wasser. Der Junge schüttelte sich wie ein Hund.

»Ich dachte, du wolltest ihn umbringen«, schluchzte Edda auf.

»So ein Unsinn«, empörte sich Milla. »Oh nein!«, rief sie dann. »Sieh nur!«

Vlads Hand war noch immer fest um die Kugel geschlungen. Grelles Licht schimmerte zwischen seinen Fingern hindurch. Die gläserne Murmel schien von innen heraus zu leuchten.

»Du Dummkopf«, wisperte Edda. »Warum hast du sie nicht fallen gelassen?«

Vlad sah plötzlich hoch, als hätte er sie gehört. Ihre Blicke trafen sich, und für einen kurzen Moment meinte Milla, ein Lächeln auf seinem Gesicht zu sehen. Er hatte Edda erkannt.

»Wirf sie weg«, schrie die Hexe den Turm hinunter. Ihre sonst so dunkle Stimme klang erstaunlich schrill. »Hörst du nicht? Wirf die Murmel in den See!«

»Ich glaube, er kann nicht«, sagte Milla ganz langsam.

Vlad sah wieder auf seine Hand hinunter. Er schüttelte sie kräftig und versuchte, die kleine Glaskugel von sich zu schleudern, doch sie schien regelrecht an ihm zu kleben.

Goodewind war nun fast bei ihm.

Vlad fasste die Kugel mit der anderen Hand und wollte sie zwischen seinen Fingern hervorziehen, aber es klappte

nicht. Er riss ängstlich den Kopf herum, als der Zauberer auch schon sicher wie ein Vogel neben ihm im Gras landete.

»Lauf«, brüllten die Mädchen wie aus einem Mund. »Los, lauf weg!«

Vlad machte hastig einen Schritt zur Seite, aber Goodewind hatte ihn bereits erreicht. Er packte den Jungen am Ellbogen und zog ihn zu sich heran, bis die Kugel direkt vor seiner Nase war. Dann begann er plötzlich zu lachen. Es war ein so schauerliches Lachen, dass Milla die Haare zu Berge standen.

Im Burghof wurde es mit einem Mal laut. Aufgeregtes Geschrei und Getrampel drang bis zur Turmspitze herauf. »Was ist das für ein Lärm?«, brüllte jemand. Waffen klirrten.

»Die Wachen! Das sind die Wachen«, rief Milla erfreut.

Goodewind schien sie ebenfalls gehört zu haben. Er wandte sich dem großen Südtor zu, das sich bereits knirschend öffnete. Hastig schlang er seinen Umhang um sich und Vlad. Es blitzte. In der nächsten Sekunde waren die beiden verschwunden. Nur noch eine schmale Rauchsäule hing in der Luft, genau an der Stelle, an der sie keinen Lidschlag zuvor noch gestanden hatten.

Milla klappte der Mund weit auf. Wie war das möglich?

»Meister«, kreischte der Diener. »So wartet doch, Meister. Lasst mich nicht hier zurück! Nehmt mich mit!« Er sprang abrupt herum und jagte fast panisch auf die Tür zum Turm zu. Noch ehe die Mädchen ihm nachsetzen konnten, fiel sie krachend hinter ihm ins Schloss.

Im Hof wurde es immer lauter. Die halbe Burg schien sich inzwischen dort versammelt zu haben. Doch auch vor dem Tor waren nun die ersten Rufe zu hören. »Was ist hier los?«, schrie jemand.

»Mir geht es gut. Danke, dass ihr so besorgt um mich seid«, krächzte eine heisere Stimme hinter den Mädchen.

»Bing!« Milla wirbelte herum und warf sich neben ihm auf die Knie. Fast hätte sie ihm die Haare aus dem Gesicht gestrichen, so blass und mitgenommen, wie er aussah. »Wie geht es dir?«, fragte sie besorgt. »Geht es dir gut? Bist du verletzt?«

Bing hatte sich halb aufgerichtet, er hielt sich noch immer den Bauch. »Dagegen ist der Koch gar nichts«, ächzte er. »Ich werde sicher nie wieder vor ihm davonlaufen. Erinnere mich daran, Milla, wenn ich dir das nächste Mal in irgendwelche finsteren Verliese folgen will.« Er stemmte sich mit Millas Hilfe umständlich wieder auf die Beine.

»Oh, Bing!« Milla konnte sich nicht länger beherrschen, sie schlang die Arme um ihn und drückte ihn an sich.

»Aua!«

»Entschuldige. Ach, ich bin ja so froh, dass dir nichts Schlimmes passiert ist«, schluchzte sie auf.

»Schon gut, schon gut«, murmelte Bing verlegen. »Wo ist Vlad?«, fragte er hastig.

»Er ist weg. Sie sind alle weg.« Edda stand vor ihnen. Sie ließ den Kopf hängen, Tränen in den Augen.

»Oh weh. Und was ist mit der Murmel von … hab-ich-vergessen?«

Milla hob ihr Schwert auf und schob es in den Gürtel zurück, während sie Bing erzählte, was gerade passiert war.

Er machte ein düsteres Gesicht. »Wir haben also nicht nur Vlad nicht retten können, wir haben auch diese Glaskugel verloren?« Er lehnte sich aufseufzend gegen die Zinnen.

»Für den Moment.« Milla starrte nachdenklich vor sich hin. »Aber wir werden ihm die Murmel schon wieder abnehmen. Wir *müssen* ihm die Murmel wieder abnehmen! Er hat gedroht, unser Königreich zu vernichten! Und das werde ich auf keinen Fall zulassen.« Sie verschränkte die Arme und machte ein entschlossenes Gesicht. »Und dass er Vlad weiter einsperrt, auch nicht.«

»Wir sollten mit deinem Vater sprechen«, sagte Bing schnell. »Sicher wird er Truppen gegen Goodewind entsenden!«

Milla grunzte. »Falls mein Vater unsere Geschichte überhaupt glaubt. Was ich bezweifle. Außerdem, was für Truppen? Wie viele Ritter hast du gezählt auf der Burg?«

»Na, dann werden wir uns eben mit den Nachbarkönigreichen verbünden«, rief Bing. »Die sind doch ebenfalls in Gefahr.«

»Aber das dauert viel zu lange.«

»Was willst du denn sonst tun? Glaubst du etwa, wir drei könnten Goodewind ganz allein besiegen?« Bing sah sie plötzlich misstrauisch an.

»Ich will ihn nicht besiegen. Ich will ihm nur abnehmen, was ihm nicht gehört«, erklärte Milla.

»Aber wir wissen doch noch nicht einmal, wo er jetzt ist. Wo wir nach ihm suchen müssen.«

»Doch, das wissen wir«, meldete sich Edda zu Wort. Sie lächelte nun wieder. »Hast du Goodewind und seinem Diener vorhin im Kerker nicht zugehört?«

Bing runzelte die Stirn. »Sie wollten nach Hause zurückkehren«, sagte er dann. »Ins Tiefe Moor«, fügte er langsam hinzu. »Wo liegt das? Das Tiefe Moor?«, fragte er gleich darauf.

»Weit, weit im Osten«, erwiderte Milla. Sie erinnerte sich nur zu genau an den schwarzen Kreis auf der großen Landkarte im Thronsaal. Direkt dahinter war die Karte völlig zerfranst. Ihr Herz begann vor Aufregung wild zu hämmern. Hatte sie dorthin nicht schon immer gewollt? »Mindestens tausend Tagesreisen von hier.« Ihre Augen leuchteten.

»Das ist ziemlich weit weg«, seufzte Edda. »Selbst wenn ich richtig fliegen könnte.«

»Wir werden schon einen Weg dorthin finden.«

»Du bist verrückt«, rief Bing entgeistert. »Das ist viel zu gefährlich. Außerdem, dein Vater wird das niemals erlauben.« Er verschränkte die Arme.

»Mein Vater wird das niemals erfahren. Und wenn du mich verrätst«, murmelte Milla ganz leise und machte einen Schritt auf ihn zu, »werde ich dich dort unten in einen der

Kerker sperren. Ich schwöre!« Sie hob zur Bekräftigung drei Finger und drückte sie gegen ihr Herz.

Edda warf ihr einen erschrockenen Blick zu.

»Wenn ich dich *nicht* verrate, sperrt mich der *König* in einen der Kerker da unten«, entgegnete Bing unglücklich.

»Da hast du wohl keine andere Wahl.« Milla lächelte hinterhältig. »Du wirst uns begleiten müssen.«

Bing schnaubte aufgebracht. »Und wie genau stellst du dir das vor? Willst du etwa zu Fuß gehen? Pferde gibt uns dein Vater sicher nicht für unsere Reise. Aber ohne werden wir nie ankommen, nicht bevor wir hundert sind.«

»Nein, nicht wahr?«, murmelte Milla. Sie starrte in Gedanken versunken in den Innenhof hinunter. Er war noch immer voller Wachen. Zwischen ihnen entdeckte sie mit einem Mal ihren Vater.

König Windell stand unter dem steinernen Torbogen in der Nähe des Brunnens. Er trug eine blaue Mütze und ein langes Nachthemd, über das er eine Jacke geworfen hatte. Er sah ziemlich verschlafen aus.

»Aber ja doch.« Milla lachte plötzlich und schlug sich vor die Stirn. »Packt eure Sachen«, rief sie dann und wirbelte herum. »Und morgen früh, sobald die Sonne aufgeht, kommt in meine Gemächer. Mir ist gerade eingefallen, wie wir zumindest einen Teil des Weges bequem zurücklegen können.«

»Früher einmal, vor langer, langer Zeit, tobten auf der Nebelinsel furchtbare Kriege. Ein Königreich kämpfte gegen das andere, viele lagen in Trümmern und ein paar von ihnen wurden für immer ausgelöscht. Andere hingegen existierten noch gar nicht, das Bunte Königreich zum Beispiel oder das Königreich der Singenden Schlangen.«

»Ich weiß, ich weiß. Weiter«, drängte Milla.

»Die Menschen damals litten an Hunger und Krankheiten und viele starben. Aber auch die Hexen und Zauberer bekämpften einander, was alles nur noch schlimmer machte. Sturmfluten verwüsteten das Land, manchmal regnete es tote Mäuse vom Himmel, ganze Gebirge lösten sich in Luft auf, nur um woanders wieder aufzutauchen. Es war das reinste Chaos.«

»Die Murmel!«, erinnerte Bing.

»Zu jener Zeit lebten drei der mächtigsten Zauberer, die es auf der Nebelinsel je gegeben hatte. Sie stammten allesamt aus dem Königreich Alabaster.«

»Das kenn ich gar nicht. Wo liegt das?«, fragte Milla.

»Das Königreich Alabaster gibt es schon lange nicht mehr. Damals aber war es ein Land, das vor Magie nur so sprühte. Sonderbare Dinge passierten dort und die seltsamsten Wesen lebten innerhalb seiner Grenzen, auch viele Drachen. Die Drachen liebten Alabaster, sie wurden dort verehrt und respektiert und niemand kam auf die Idee, sie zu jagen.«

»Wer *jagt* denn Drachen?«, rief Bing entsetzt.

»In vielen Königreichen wurden früher Drachen gejagt, das war nicht ungewöhnlich, so barbarisch uns das heute auch erscheinen mag. Ihre Schuppen waren sehr begehrt. Wie auch immer. Auch das Königreich Alabaster blieb vom Krieg nicht verschont und die drei Zauberer zogen sich in eine Höhle zurück, die tief in einen gewaltigen Berg hineinführte. Dort schmiedeten sie einen Plan, wie sie ihr Königreich retten und dieses furchtbare Gemetzel ein für alle Mal beenden konnten.«

»Mithilfe der Murmel«, raunte Milla.

»Im Mittelpunkt der Höhle gab es einen See und über dem See öffnete sich ein Krater, der den Blick freigab auf den Himmel darüber. Es war ein mystischer Ort, von dem seit jeher eine eigenartige Magie ausging. An jenem Ort schufen die drei Zauberer einen ganz besonderen Gegenstand, wie, das wird auf ewig ihr Geheimnis bleiben. Sicher ist nur, dass es viele Monate dauerte, ehe in einer düsteren Neumondnacht schließlich eine kleine Kugel über dem dunklen Wasser schwebte – eine kleine Kugel aus Glas, in der sich das erste Schimmern des Neuen Mondes verfing, bis sie von innen heraus zu leuchten begann. Die Murmel von Alabaster.«

Milla und Bing machten aufgeregte Gesichter.

»Diese Murmel, so wird erzählt, erfüllt einem jeden Wunsch, man muss nur den richtigen Zauberspruch kennen. So kann man über alles herrschen, was auf der Nebelinsel existiert, über Menschen und Tiere, den Wind, das

Feuer und die Flüsse, ja sogar über den Erdboden selbst, heißt es. Eben über alles und jeden.«

»Du liebe Güte«, rief Bing erschrocken.

Millas Augen aber flackerten mit einem Mal. Sie dachte an ihre Mutter, die sie nie richtig kennengelernt hatte. Ob es wohl auch möglich war, sich *das* zu wünschen?

»Aber dann gerieten die drei Zauberer in einen heftigen Streit. Nur einer von ihnen konnte der Murmel ihre Wünsche mitteilen und das sollte natürlich der Beste von ihnen sein. Doch wer war der Beste? Um das herauszufinden, traten die drei zu einem Wettstreit an. Sie brauten seltsame Tränke und flogen wie Vögel umher, sie ließen es regnen und schneien und blitzen in ihrer Höhle und verwandelten sich gegenseitig in Felsen und Kröten oder wurden ganz plötzlich unsichtbar. Was sie bei all ihrem Eifer jedoch nicht bemerkten, war, dass sie jemand belauschte. Ein Krieger aus dem verfeindeten Nachbarkönigreich hatte sich in ihre Höhle verirrt und jedes Wort mit angehört. Auch den geheimen Zauberspruch.«

»Oje!«, entfuhr es Milla.

»Natürlich wollte er die Murmel nun unbedingt haben. Und als die Zauberer gerade als Hund, Katze und Maus durch das Labyrinth der Höhle jagten, nutzte er die Gelegenheit und stahl ihnen den so kostbaren Gegenstand.«

Bing verschränkte die Arme und zog den Kopf zwischen die Schultern, als wüsste er genau, wie die Geschichte weiterging.

»Doch der Krieger träumte nicht vom Frieden wie die Zauberer, im Gegenteil. Er wollte erst Alabaster unterwerfen und dann die übrigen Königreiche erobern und plündern. Und die Murmel erfüllte ihm seine Wünsche, zumindest einen Teil davon. Es dauerte nur einen einzigen Tag und Alabaster lag in Schutt und Asche. Auch die Höhle, in der sich die drei Zauberer befanden, wurde völlig zerstört. Der gewaltige Berg stürzte unter lautem Getöse in sich zusammen, der Krater füllte sich mit Steinen und die Zauberer wurden für immer verschüttet. Als am nächsten Morgen die Sonne aufging, existierte das Königreich Alabaster nicht mehr.«

Milla erschauderte.

»Aber auch der Krieger lebte nicht mehr. Er war von einem Freund erschlagen worden, dem er das Geheimnis der Murmel anvertraut hatte. Doch jener Freund war kaum klüger. Auch er zerstörte ganze Königreiche und wurde dann ebenfalls ermordet. So ging die Kugel von Hand zu Hand, viele, viele Jahre lang. Mal kämpften Verbündete um sie, mal verfeindete Armeen. Aber alle wollten sie immer das Gleiche, nämlich Reichtum und Macht und die Herrschaft über die Nebelinsel. Nur wenige versuchten die Glaskugel zu zerstören, aber sie entpuppte sich als unzerstörbar.«

»Was?«, riefen Milla und Bing erschrocken.

Edda nickte düster. »Dann eines Tages stahlen zwei hungernde Kinder die Murmel.«

Bing beugte sich erwartungsvoll vor.

»Die beiden hatten sich im Gebüsch versteckt, um von der Schar Krieger, die gerade an ihnen vorüberzog, nicht bemerkt zu werden. Da sahen sie auf einmal, wie einer der Krieger eine kleine, schimmernde Kugel aus seiner Tasche hervorholte. Er strich mit der flachen Hand darüber und hielt sie sich dann dicht vor die Augen, ehe er ein paar seltsam klingende Worte murmelte. Gleich darauf hielt er plötzlich ein halbes Dutzend fetttriefender, köstlich duftender Hühnchen im Arm, die er lachend an seine Begleiter verteilte.«

»Wie praktisch«, murmelte Bing. »Diese Kugel wäre was für den Koch.«

»Schscht!«, machte Milla.

»Den Kindern fielen fast die Augen aus dem Kopf. Ihre Bäuche begannen so laut zu knurren und zu rumpeln, dass sie schon fürchteten, die Männer würden sie hören. Tatsächlich hielten die Krieger auch an, aber nur, um ihr Nachtlager aufzuschlagen, denn es dämmerte bereits. Sie machten ein Feuer, um sich zu wärmen, verspeisten die Hühner und noch eine Hammelkeule und leerten zwei riesige Krüge Wein, die ebenfalls wie aus dem Nichts auftauchten. Eine Weile wirkten sie ganz vergnügt miteinander. Aber dann begannen sie mit einem Mal zu streiten. Natürlich ging es dabei um die Murmel, die einer dem anderen nun gierig aus der Hand riss. Schließlich prügelten sie mit den Fäusten aufeinander ein. Die kleine Glaskugel fiel in dem

ganzen Durcheinander unbemerkt zu Boden, nicht weit von dem Gebüsch entfernt, in dem noch immer die beiden Kinder kauerten.«

Milla und Bing begannen aufgeregt mit den Füßen zu wippen.

»Zunächst zögerten die beiden. Was, wenn die Krieger sie bemerkten? Aber was hatten sie schon zu verlieren? Ohne die Murmel dort würden sie sowieso vor Hunger sterben. Mit zitternden Knien und halb tot vor Angst wagten sie sich endlich aus dem Gestrüpp heraus. Keiner der Krieger sah auch nur in ihre Richtung. Sie huschten auf Zehenspitzen auf die kleine Glaskugel zu – und nahmen sie hastig an sich. Dann rannten sie auch schon davon. Sie rannten und rannten die halbe Nacht, so schnell und so weit sie nur konnten, bis sie keuchend und völlig entkräftet gegen einen verrotteten Baumstumpf sanken.«

»Und dann?«, rief Milla. »Was haben sie sich gewünscht?«

»Oder haben sie sich ebenfalls gestritten?«, fragte Bing und warf Milla einen Blick von der Seite zu.

»Das erste Kind sprach die Zauberformel und wünschte sich etwas zu essen. Ein riesiger Berg Brot und Wurst, Pfannkuchen, Hühnchen und Hammelkeulen türmte sich im nächsten Moment vor ihm auf – es war genau das, was es vor sich gesehen hatte, als es seinen Wunsch ausgesprochen hatte. Die beiden Kinder machten sich eifrig darüber her, bis nicht ein Krümelchen mehr übrig war.«

»Und das andere Kind?«

»Dann nahm auch das zweite Kind die Murmel in die Hand und sprach den Zauberspruch. Es schloss die Augen dabei, ganz fest, und wünschte sich einen einzigen friedlichen Ort in all dem Chaos. Einen Ort, an dem man keine Angst zu haben braucht und niemals mehr Hunger leiden muss. Und so entstand das erste Königreich seit vielen Jahrhunderten, in dem es keinen Krieg mehr gab. Dasselbe Königreich, in dem die beiden Kinder nur wenig später die Murmel versteckten …«

»Das Bunte Königreich!«, riefen Milla und Bing wie aus einem Mund. Sie sahen sich mit großen Augen an.

»Genau. Und da die beiden Kinder nun alles hatten, was sie sich je erträumt hatten, versteckten sie die Murmel …«

»In einem Felsen.«

»In einem Turm, einem alten Wachturm, der über die Jahrhunderte hinweg immer mehr einem Felsen glich, bis niemand mehr wusste, was er ursprünglich gewesen war. Das Letzte, was sich die Kinder von der Murmel wünschten, war, dass niemand, der Böses mit ihr vorhat, sie je aus dem Turm herausholen kann.«

»Und so ist es ja auch gewesen. Vlad wollte sicher nichts Böses mit ihr anstellen«, meinte Milla.

»Nein, er wusste ja nicht einmal, was er da in Händen hält.«

»Also haben die beiden Kinder den Krieg beendet?«, fragte Bing.

»Nein, der Krieg war damit noch lange nicht zu Ende.

Aber es war der Anfang vom Ende. Endgültig beendet wurde er von … Aber das ist jetzt nicht wichtig. Nun wisst ihr, wie gefährlich diese Murmel von Alabaster ist«, schloss Edda ihre Geschichte. Sie stand am Fenster in Millas Zimmer und sah mit düster zusammengezogenen Augenbrauen in die Gärten hinunter. Die Sonne war gerade erst aufgegangen und brachte die Fuchsarien zum Glühen. Feuerrot ergossen sie sich über die alten Mauern des Obstgartens.

Milla nickte mit unbehaglicher Miene und stand auf. »Es wird Zeit«, sagte sie. »Wir müssen los.« So sehr sie sich auch nach einem Abenteuer gesehnt hatte, dieses hier war ihr mit einem Mal fast ein wenig *zu* abenteuerlich.

Die Pferde schnaubten und tänzelten unruhig. Das Geschirr klirrte laut, als eines der Tiere seine prächtige schwarze Mähne schüttelte.

König Windell stand vor der himmelblauen Kutsche gleich neben dem Brunnen und zupfte sein zitronenfarbenes Halstuch zurecht. Er war mehr als erstaunt gewesen, als Milla ihm einen kleinen Ausflug vorgeschlagen hatte. Nach Tand! Dabei wusste er ganz genau, wie ungern seine Tochter nach Tand fuhr. Tand, das Nachbarkönigreich im Osten, wurde von seinem Bruder Tandor regiert, den Windell schon eine ganze Weile nicht mehr gesehen hatte. Milla begleitete ihn nur selten dorthin. Und niemals freiwillig! König Windell hatte augenblicklich ihre Sachen packen lassen, ehe sie es sich noch einmal anders überlegte.

Er hatte auch ohne zu zögern zugestimmt, dass Bing und Edda sie begleiteten. Obwohl er schon ein wenig erstaunt gewesen war. Viel erstaunter allerdings war der Koch gewesen, als der König ihm mitgeteilt hatte, dass sein Küchenjunge für ein paar Wochen verreisen würde. Aber er hatte nicht gewagt, etwas dagegen einzuwenden.

Und nun, da die Sonne über den Zinnen des östlichen Turms stand, waren sie endlich zur Abreise bereit. Ein halbes Dutzend Ritter würde sie begleiten. Sie saßen bereits in ihren blitzenden Rüstungen auf ihren prächtig geschmückten Pferden, zwei vor und vier hinter der Kutsche, und machten wichtige Gesichter.

»Hallo, mein Liebes. Da seid ihr ja«, rief Windell vergnügt, als Milla in den Burghof eilte. Hinter ihr kam Edda in ihrem blauen Kleid, das rote Tuch um ihre dünnen Schultern geschlungen, denn es war noch recht kühl so früh am Morgen. Ein großer Lederbeutel hing quer vor ihrem Bauch.

»Vielleicht sollten wir doch besser zu Fuß gehen«, murmelte die junge Hexe mit einem misstrauischen Blick auf die vielen Pferde.

»Unsinn. Die tun dir schon nichts. Hast du deinen Gauklerfreunden eigentlich gesagt, wohin du gehst?«, fragte Milla.

Edda schüttelte den Kopf. »Nein, ich habe ihnen nur gesagt, dass ich Vlad zurückbringe. Sie waren ziemlich erstaunt. Ein paar wollten sogar mitkommen, auch der Zwerg

und der Bär«, sie grinste, »den hätten wir sicher gut gebrauchen können, nicht wahr? Aber das geht ja wohl schlecht.« Sie warf einen Blick auf die Kutsche. »Und jetzt sind sie fort, auf dem Weg nach Quidor. Wo sie auf mich warten. Auf mich und Vlad.«

»Wir werden ihn schon aus Goodewinds Klauen befreien. Vorausgesetzt, der da beeilt sich mal ein bisschen«, schrie Milla über die Schulter gewandt zurück.

Bing schlenderte gemächlich über den Burghof, so als hoffte er, dass die Kutsche noch

abfahren würde, bevor er ankam. In seiner Hand hielt er einen langen Spazierstock, an dem ein kleiner, prall gefüllter alter Mehlsack mit seinen Habseligkeiten festgemacht war. »Ich komme ja schon«, brummte er. König Windell wies einladend auf die offenstehende Kutschentür. »Auf nach Tand«, rief er fröhlich und ging dann rasch seinem Diener zur Hand, der mit dem Kutscher zusammen gerade die letzte Truhe auf das Wagendach hievte. Sie banden sie mit dicken Stricken fest.

»Tand?«, raunte Bing ungläubig.

»Aber ja. Tand liegt auf direktem Weg ins Tiefe Moor«, flüsterte Milla zurück, während sie ihren Vater anstrahlte.

»Aber du hasst Tand!«

»Unsinn. Ich habe überhaupt nichts gegen Tand. Es ist ein hübsches Königreich.«

»Aber Tatü …«, begann Bing abermals.

»Ich habe keineswegs die Absicht, lange in Tand zu bleiben«, zischte Milla aus dem Mundwinkel. »Ich werde meinem Cousin schon nicht begegnen.«

»Was ist denn so schlimm an diesem Tatü?«, wisperte Edda neugierig.

»Das wirst du hoffentlich nie herausfinden«, murmelte Milla. Sie kletterte bereits in die Kutsche, als sie plötzlich entgeistert zurückzuckte.

Ihre Zofe saß vor ihr.

Oh nein! Das konnte doch wohl nicht wahr sein! Wieso nur musste

ihr Vater die unbedingt mitnehmen? Mit ihrer Zofe in der Nähe würde es fast unmöglich sein, unbemerkt zu entwischen.

Die Zofe sah Milla säuerlich an. »Hierhin, junge Dame«, sagte sie. »Wo ich dich sehen kann«, fügte sie spitz hinzu und wies auf den Platz neben sich.

Milla wollte protestieren, überlegte es sich dann aber anders. Für den Moment war es wohl das Beste, wenn sie gehorchte. Sie seufzte ergeben und legte ihr Schwert unter die Bank. Dann ließ sie sich in die weichen Kissen sinken.

Bing und Edda setzten sich ihr gegenüber. Sie pressten ihre Bündel an sich, als auch der König und sein Diener die Kutsche bestiegen. Es war nun ziemlich eng. Windell schien den Bauch einzuziehen, er lächelte ein wenig gequält, während einer der Ritter mit einem lauten Knall die Tür zuschlug. Keinen Augenblick später gab es einen heftigen Ruck und die Kutsche setzte sich schwankend in Bewegung. Die Hufe der Pferde klapperten laut auf dem alten Kopfsteinpflaster und die großen Kutschenräder rollten polternd über die schmale Holzbrücke, die über den winzigen Wasserlauf vor der Burg führte. Dahinter begann ein breiter Weg, der sich in sanften Kurven durch die riesigen Gärten gen Osten schlängelte.

Milla sah hinaus und holte tief Luft. Die Reise hatte begonnen.

5.

Butterlinden und Triefende Bierken wuchsen neben allerlei tiefroten Polineren und grünen und blauen Wachanderbüschen, an denen kleine braune Beeren hingen, mit denen das Fleisch in der Küche gewürzt wurde. Glockennelken, Jakobsrosen, Honigblümchen und Ringelrein – ein Meer aus Farben und Gerüchen zog an ihnen vorüber.

Edda lehnte sich weit aus dem Fenster. Sie schien gar nicht genug zu bekommen von all den Blumen. »Wie wunderschön es hier ist«, seufzte sie nach einer Weile.

Nicht nur der König zuckte entgeistert zusammen. Auch sein Diener und die Zofe starrten das zierliche Mädchen mit der so tiefen, zackigen Stimme sprachlos an.

Windell fing sich als Erster wieder. »Äh … Du bist sicher schon weit herumgekommen, nicht wahr?«, fragte er im Plauderton. Er hielt sich an dem Griff fest, der an der Tür befestigt war, um nicht die ganze Zeit hin und her geschleudert zu werden. »Ich meine, ihr Gaukler, ihr habt bestimmt schon die ganze Nebelinsel gesehen, oder?«

»Nein, nicht die ganze«, sagte Edda ausweichend. Sie wirkte mit einem Mal verlegen und sah hastig wieder aus dem Fenster.

Es dauerte viele, viele Stunden, ehe sie die Blumenbeete und Parkanlagen endlich hinter sich ließen. Am späten Nachmittag erreichten sie ein hohes Tor aus dünnen Messingstäben, das in eine niedrige Mauer gesetzt war. Es stand weit offen. Die Kutsche ratterte hindurch auf eine große leere Wiese hinaus und dann an ein paar saftigen Weiden vorbei, auf denen Kühe und Schafe grasten. Und einige kleine gelbe Heckenschweinchen, die sich normalerweise eher selten in die Nähe anderer Tiere oder gar Menschen verirrten. Sie fuhren und fuhren, bis es zu dämmern begann und die Ritter, die vor ihnen herritten, sie schließlich zu einem der großen Bauernhöfe brachten, die wie bunte Farbkleckse über die Landschaft verteilt waren. Sie wurden mehr als herzlich empfangen.

Am nächsten Morgen, bei strahlendem Sonnenschein, ging es dann weiter. Sie rumpelten an unzähligen Feldern vorbei, auf denen Mühlenroggen und Hafergerste wuchs, und an Dutzenden üppig blühenden Obst- und Gemüsegärtchen. Bald gelangten sie in ein Dorf, wo der König und sein Gefolge erfreut begrüßt wurden. Sie blieben ein paar Stunden, um zu essen und sich auszuruhen, denn in der Kutsche war das unmöglich, dort wurden sie die ganze Zeit durchgeschüttelt. Jedes Steinchen auf der ohnehin schon holprigen Straße ließ sie hoch bis an die Decke hüpfen. Am Anfang war das noch lustig gewesen, aber nach ein paar Stunden spürte nicht nur Milla jeden Muskel im Leib. Es war schon weit nach Mittag, als sie wieder aufbrachen, und so erreichten sie ihr Nachtquartier im nächsten Ort erst in der Dunkelheit.

In den folgenden Tagen wurde die Landschaft immer hügeliger und kleine Wälder und Seen tauchten links und rechts der Straße auf. Ziegen weideten auf den Anhöhen und manchmal stand dort eine schmale Hütte. Am dritten Morgen wurden sie von einer Herde Wildpferde überholt.

»Schneller, schneller«, feuerte Milla den Kutscher begeistert an. Doch mit dem schwer beladenen Wagen war es unmöglich, mit den Pferden mitzuhalten. Dann flog auf einmal ein dunkler Schatten über sie hinweg, viel zu schnell für eine Wolke.

Bing sprang auf. Er fiel fast aus dem Kutschenfenster, so schnell schob er den Kopf nach draußen. »Ein Drache«, hauchte er aufgeregt, seine Augen waren groß wie Wagenräder. »Ein Drache!«

Die anderen knieten auch schon neben ihm und die Kutsche neigte sich gefährlich auf die Seite.

»Sieh dir den an«, brummte der König anerkennend. Sein Diener und Edda nickten stumm. Die Zofe stieß ein gurgelndes Geräusch aus. Sie presste sich erschrocken die Hände vor die Brust. Im Bunten Königreich bekam man nur selten einen Drachen zu sehen. Und wenn, endete es meist mit verkohlten Häusern und abgebrannten Feldern.

Milla zog unwillkürlich den Kopf zwischen die Schultern. Der Drache war riesengroß. Und er flog nicht gerade hoch! Seine Schuppen glitzerten grünlich gelb im Sonnenlicht

und seine gewaltigen Flügel, die unablässig auf und ab schlugen, schienen zum Greifen nah. Fast meinte sie, einen Luftzug auf ihren Wangen zu spüren. Wenn er sie nur nicht bemerkte!

Doch der Drache schien sich nicht im Geringsten für sie zu interessieren. Er sah kein einziges Mal zu ihnen herunter. Gleich darauf verschwand er hinter den nächsten Hügeln.

»Was glaubt ihr, wo der hinfliegt?«, fragte Edda.

»Nach Osten«, murmelte Milla unbehaglich.

»Ja, nach Osten«, wisperte Bing. Er sank verträumt auf die Bank zurück.

Eine Weile folgten sie nun einem breiten Fluss, bis sich der Weg mit einem Mal gabelte. Die Kutsche fuhr geradeaus weiter, doch schon nach wenigen Hundert Metern blockierten mehrere umgestürzte Baumstämme die Straße.

Einer der Ritter tauchte am Fenster auf. »Hier geht es nicht weiter, Hoheit. Wir müssen wohl oder übel den anderen Weg nehmen«, sagte er. Er wirkte nicht allzu glücklich darüber.

König Windell nickte unschlüssig, als die Kutsche auch schon umständlich wendete. »Ach, wie unangenehm«, murmelte er kopfschüttelnd.

»Wieso? Was stimmt denn mit dem anderen Weg nicht?«, fragte Milla verwundert.

Ihr Vater wedelte mit der Hand in der Luft herum. »Es heißt, der Weg durch den Dunklen Wald dort sei gefährlich«, erklärte er. Er rutschte nervös auf der Bank herum und katapultierte Bing dabei fast auf Eddas Schoß, ohne es zu merken.

»Gefährlich?« Millas Augen blitzten.

Windell nickte. »Ja, deshalb sind wir auch noch niemals dort entlanggefahren. Es soll dort Räuber geben.«

»Räuber?«, echote Milla abermals. Sie machte große Augen. Sie war noch niemals echten Räubern begegnet, sie kannte Räuber nur aus Geschichten. Aber so aufregend das auch war, sie hatten es furchtbar eilig. Wenn die Wegelagerer sie nur nicht aufhielten! Später konnte sie ja immer noch mal wiederkommen.

Bing verschränkte grimmig die Arme.

Die schwer beladene Kutsche holperte zu der Weggabelung zurück und bog dann auf die schmalere Straße Richtung Norden. Sie führte durch ein weites, unbewohntes Tal.

»Wir nähern uns langsam der Grenze des Bunten Königreichs«, erklärte der König.

Am frühen Nachmittag schließlich tauchte der Dunkle Wald vor ihnen auf. Er war sehr viel größer als die anderen, die sie bisher durchquert hatten, und vor allem sehr viel düsterer. Der Himmel verschwand, kaum dass sie die ersten Bäume hinter sich gelassen hatten, die dichten Baumwipfel sperrten die Sonne aus.

König Windell sah sich nervös um. Auch die Ritter waren unruhig. Immer wieder zuckten ihre Hände zu ihren Schwertgriffen. Winzige Lichtpünktchen flatterten zwischen ihnen hindurch und tauchten dann wieder ins Geäst der

Bäume. Offenbar gab es hier Elfen! Bald verengte sich die Straße zu einem schmalen Pfad und die Sträucher am Wegesrand wuchsen bis dicht an die Kutsche heran.

Milla pflückte ein paar Beeren von einem Ast, um sie genauer zu betrachten, als sie im Augenwinkel plötzlich eine Bewegung wahrnahm. Die Büsche neben ihr wackelten

kräftig. Es knackte und raschelte mit einem Mal laut. Gleich darauf sah sie eine Gestalt an sich vorüberhuschen. Doch ihr blieb keine Zeit, die anderen zu warnen.

In der nächsten Sekunde hallte ein markerschütternder Schrei durch den Wald. Die Pferde begannen, panisch zu wiehern.

»*Haaalt!*«, brüllte eine Stimme direkt vor ihnen.

Die Kutsche kam mit einem heftigen Ruck zum Stehen.

»Ach du liebe Güte«, jammerte die Zofe und schlug sich die Hände vors Gesicht.

Milla aber hatte bereits ihr Schwert gepackt. Ihr Herz klopfte heftig gegen ihre Rippen. Sie stieß ohne zu zögern die Tür auf und hechtete mit einem einzigen langen Satz ins Freie.

»Nein!« Ihr Vater versuchte noch, sie festzuhalten, aber Milla war nicht zu bremsen. Sie riss drohend ihr Schwert hoch.

Eine wild aussehende Gestalt stand auf dem Pfad und versperrte ihnen den Weg. Sie hielt einen langen Säbel in der einen Hand und einen Sack in der anderen. Auf dem Kopf trug sie einen riesigen Hut mit roten Federn daran, der ihr Gesicht halb verdeckte. Ihre Jacke und ihre Hose hatten wohl schon bessere Zeiten gesehen, sie waren alt und zerlumpt und übersät mit bunten Flicken. Kein Zweifel, es war ein Räuber! Ein ziemlich kleiner Räuber allerdings.

»Für so einen Blödsinn haben wir jetzt wirklich keine Zeit«, brüllte Milla ihn an.

Der Räuber wich erschrocken einen Schritt zurück. »Geld ... Geld oder Leben«, rief er mit zitternder Stimme. »Und ... all euren Schmuck, ja?«, fügte er zaudernd hinzu.

Eine Sekunde lang war es totenstill. Dann prusteten die Ritter plötzlich los. Einer von ihnen bekam einen Schluckauf vor Lachen. Er wischte sich über die Augen. »Was bist du denn für einer?«, johlte er.

»Ein Junge! Aber das ist ja nur ein kleiner Junge«, schrie Milla auf einmal. Der Räuber vor ihr schien kaum älter als sie selbst zu sein. Sie stürmte auch schon auf ihn zu. »Geh endlich aus dem Weg«, herrschte sie ihn an.

Der kleine Räuber zuckte zusammen. Er hob unsicher seinen Säbel.

Milla war schneller. Sie riss ihr Schwert hoch und schlug ihm mit einer einzigen raschen Bewegung die Waffe aus der Hand.

»Elsmoth! Du Idiot«, grölte eine wütende Männerstimme aus dem Dickicht. In der nächsten Sekunde brach das Chaos aus. Eine ganze Horde grimmiger, langbärtiger Gesellen strömte hinter den Büschen hervor. Sie waren bis an die Zähne bewaffnet. Die einen griffen die Ritter an, während sich die anderen auf die Kutsche stürzten.

Die Zofe kreischte laut auf. Der Diener wurde bereits aus dem Wagen gezerrt. Ein dürrer, rothaariger Räuber mit Augenklappe warf ihn zu Boden und setzte sich dann auf seinen Bauch. König Windell wollte ihm zu Hilfe eilen, aber irgendjemand stellte ihm ein Bein. Er strauchelte. Bing sprang ihm nach und stützte ihn, bevor er hinfiel. Ein weiterer Räuber mit einer langen Narbe im Gesicht preschte auf die beiden zu. Edda schlug ihm kurzentschlossen die Wagentür vor die Nase. Dann ließ sich der Kutscher mit verwegener Miene auf seinen Rücken fallen und hielt ihm die Augen zu.

Der dickste der Räuber löste sich plötzlich aus dem Getümmel. Er stampfte direkt auf Milla zu. Seine Augen glühten pechschwarz, auch seine Haare und sein Bart waren schwarz und wild zerzaust. »Elsmoth«, brüllte er abermals den Jungen an, der noch immer regungslos vor ihr stand. »Was in drei Teufels Namen treibst du da eigentlich?«

Der Junge ließ die Schultern hängen. »Die Kutsche überfallen, Vater?« Es klang wie eine Frage.

Zwei weitere Räuber tauchten hinter dem ersten auf. Sie grinsten finster und entblößten eine ganze Reihe fauler Zähne dabei.

»Keinen Schritt weiter«, schrie Milla mit schriller Stimme. »Oder …« Sie stupste Elsmoth drohend ihre stumpfe Schwertspitze gegen den Bauch.

Der Junge quiekte vor Schreck.

Die Räuber hielten unschlüssig inne.

Milla schielte hastig zu ihren Reisegefährten hinüber. Um die Kutsche herum tobte noch immer ein wildes Gerangel. Die Angreifer waren eindeutig in der Überzahl, aber die Ritter setzten sich tapfer zur Wehr. Helle Lichtpünktchen flatterten um sie herum. Offenbar wollten die Elfen herausfin-

den, was der Lärm in ihrem Wald zu bedeuten hatte. Ein paar von ihnen flogen den Kämpfenden in die Haare und die Männer schrien laut auf. Die Zofe setzte sich gegen zwei weitere Räuber zur Wehr, während sie versuchte, König Windell in den Wagen zurückzuziehen. Der Kutscher nutzte das Durcheinander und kletterte flink auf seine Bank hinauf. Er hielt bereits die Zügel in der Hand, als zwei der Wegelagerer nach seinen Beinen griffen.

»Vorsicht«, brüllte Milla. Für einen kurzen Moment war sie abgelenkt. Sie senkte sogar ihr Schwert.

Der dicke Räuber nutzte die Gelegenheit sofort. Er stürzte grölend auf sie zu.

Milla drehte sich wie in Zeitlupe herum. Der Wegelagerer hatte sie schon fast erreicht. Sie hob ihr Schwert, viel zu langsam, als plötzlich ein Stein durch die Luft sauste. Er klatschte dem Mann vor ihr direkt gegen die Stirn.

In der nächsten Sekunde packte jemand Milla an den Armen und zerrte sie auf die Büsche zu. Zuerst dachte sie, es wären die Räuber. Doch die hatten sich nun um ihren dicken Kumpan versammelt, der jaulend und fluchend in die Knie gegangen war. Erst dann erkannte sie Bing neben sich. »Was machst du denn da?«, schimpfte sie lauthals.

»Dich retten«, brummte Bing und schleifte sie ungeduldig weiter.

»Lass das! Ich gehe nicht ohne meinen Vater!«

»Dem helfen gerade sechs ausgewachsene Ritter«, brüllte Bing aufgebracht. »Das sollte doch wohl reichen.«

»Los, los.« Edda tauchte auf ihrer anderen Seite auf. »Verstecken wir uns für eine Weile.«

Elsmoth, den Milla am Jackenärmel zu fassen bekam und mit sich zog, sah Edda verdutzt an. »Warum sprichst du so komisch?«, fragte er.

Doch die anderen beachteten ihn gar nicht.

»Verstecken?«, rief Milla entrüstet. »Warum lässt du es nicht wieder Blitze regnen?«

»Nicht gegen Menschen, so weit bin ich noch nicht«, murmelte Edda. »Und schon gar nicht in einem Wald!«

Milla seufzte. Was half es, eine Hexe zu kennen, wenn die sich weigerte zu hexen? Das konnte doch wohl nicht wahr sein!

»Auf sie!«, donnerte plötzlich eine Stimme dicht hinter ihnen. Der dicke Räuber war wieder auf den Beinen. Er zeigte wutentbrannt auf die Kinder. Seine Spießgesellen stürzten bereits auf sie zu.

Milla zögerte nicht länger. Sie rannte los. Sie wollte Elsmoth mit sich reißen. Eine Geisel zu haben würde sicher noch nützlich sein.

Doch der Junge war schon von ganz alleine losgelaufen, auf das Dickicht zu. Er schien es noch viel eiliger zu haben als sie selbst.

Das Letzte, was die Kinder sahen, ehe das dichte Unterholz sie verschlang, waren die großen Kutschenräder, die sich langsam in Bewegung setzten. Dann stolperten sie auch schon kopflos durch den Wald.

Hinter sich hörten sie lautes Gebrüll und Gezeter, Äste knackten. Die Räuber waren ihnen dicht auf den Fersen.

Die Kinder wurden schneller. Sie schoben sich hastig durch ein Meer aus Farnen und dann an einer Ansammlung gewaltiger Bäume vorbei immer tiefer in den Wald hinein. Bald gelangten sie an einen schmalen Bach. Sie wateten ohne anzuhalten hindurch und rannten immer weiter und weiter, bis die Geräusche hinter ihnen endlich leiser wurden – und schließlich ganz verstummten. Erst dann blieben sie keuchend stehen.

Sie waren auf einer kleinen Lichtung gelandet. Spärliches Sonnenlicht drang durch das Geäst über ihnen. Eine Biene summte um einen Strauch Heggenlilien herum.

Bing packte plötzlich Elsmoth am Arm und schleifte ihn auf den nächsten Baum zu. Der kleine Räuber war viel zu erschöpft, um zu protestieren. Den großen Hut mit den prächtigen Federn hatte er längst verloren. Kurze, feuerrote Haare waren darunter zum Vorschein gekommen. Bing zog eine dünne Schnur aus seiner Hosentasche, die er Elsmoth eilig um den Bauch schlang. Seinen Stock und sein Bündel hatte er in der Kutsche zurücklassen müssen, ebenso wie Edda ihren Ledersack. Die Kinder hatten nichts weiter dabei als die Kleider, die sie am Leib trugen, und Millas Schwert.

Milla ließ sich japsend ins Gras fallen. Es war ziemlich feucht, aber das war ihr egal. »Glaubt ihr, mein Vater und die anderen sind entkommen?«, fragte sie besorgt.

»Bestimmt. Zumindest sah es gerade so aus.« Edda hockte sich neben sie und versuchte, mit den Fingern ihre langen Haare zu kämmen, die wirr in alle Richtungen abstanden. Sie zupfte ein paar Blätter und Disteln heraus.

»Sie haben uns einfach hier zurückgelassen«, rief Milla empört.

»Was hätten sie sonst tun sollen? Aber sicher suchen sie schon nach uns«, meinte Bing. Er fesselte Elsmoth mit raschen Bewegungen an den Baumstamm.

»Fragt sich nur, *wo* sie nach uns suchen. Der Wald ist riesig! Und wir wissen ja selber nicht mal, wo genau wir eigentlich sind.« Milla seufzte. »Dabei waren wir nur noch zwei Tagesreisen von der Burg meines Onkels entfernt. Zu Fuß dauert es mindestens eine Woche! Falls wir je hier herausfinden. Sag mal, was machst du da eigentlich?«, meinte sie dann an Bing gewandt.

Bing zog den Knoten fest. »Verhindern, dass der Bursche wegläuft und uns verrät! Immerhin hat er uns überfallen, schon vergessen?«

»Ich glaube nicht, dass er in nächster Zeit zu seinen Räubern zurückwill. Nicht wahr?«, wandte sie sich an Elsmoth.

Der Junge ließ den Kopf hängen. »Nein. Da kann ich mich vorerst nicht blicken lassen. Mein Vater ist furchtbar böse auf mich. Er wird mich verhauen, kaum dass ich ihm unter die Augen trete.«

»Deshalb also bist du so gerannt«, grinste Milla. »Du liebe Güte, du warst ja noch viel schneller als wir!«

Elsmoth nickte unglücklich. »Mein Vater ist der Räuberhauptmann, Hauptmann Schwarzbart. Wilder Schwarzbart nennen ihn die meisten, weil er so schrecklich streitsüchtig und böse ist. Ihr habt ihn ja gerade gesehen«, sprudelte es mit einem Mal aus ihm heraus. »Er überfällt jeden, der durch diesen Wald kommt. Und damit ich auch endlich ein richtiger Räuber werde, so ein wilder Räuber wie er, hat er mir befohlen, eure Kutsche auszurauben.« Der Junge seufzte. Er wollte die Hand an sein Gesicht heben, aber sie war ebenfalls gefesselt, er konnte sie nicht bewegen. »Ach, ich bin eine solche Enttäuschung für ihn!«

»Ja, du bist wirklich ein hundsmiserabler Räuber«, erklärte Milla frei heraus.

»Aber ich will überhaupt kein Räuber sein!«, rief Elsmoth plötzlich heftig. »Das wollte ich noch nie! Nie!« Er hatte hektische rote Flecken im Gesicht. »Nur weil alle in meiner Familie Räuber sind und ich unter Räubern lebe, heißt das doch nicht, dass ich auch ein Räuber sein muss. Oder?«

»Na ja …«, begann Milla unschlüssig.

»Was willst du denn lieber sein?«, fragte Bing mit einem Mal neugierig.

»Ein Gelehrter!«

»Ein *was?*«, entfuhr es Milla ziemlich laut. »Was soll das denn sein?«

»Ein Gelehrter ist jemand, der Bücher liest und ganz viel weiß. Und so einer will ich auch sein. Jawohl!« Elsmoth strahlte plötzlich übers ganze Gesicht bei dem Gedanken.

»Pft«, machte Milla und verschränkte die Arme. Bücher lesen gehörte nicht gerade zu ihren Lieblingsbeschäftigungen. Sehr zum Leidwesen ihres Lehrers. Aber sie fand, sie wusste auch ohne Bücher eine ganze Menge.

»Wozu soll das denn gut sein?«, murmelte Bing verächtlich. Er starrte den Jungen an, als hätte er vollkommen den Verstand verloren.

Elsmoth aber schien nichts davon zu bemerken. »Wisst ihr, hier in der Nähe gibt es ein Kloster, Rhindaal, das liegt fast am Rande des Waldes. Und dort haben sie eine riesige Büchersammlung«, fuhr er lebhaft fort. »Eine ganze Halle voll mit Büchern, das müsst ihr euch mal vorstellen!« Seine Augen leuchteten vor Begeisterung. »Die Mönche, die in dem Kloster leben, haben mir erlaubt, sie zu besuchen, so oft ich will, und in ihrer Bibliothek herumzustöbern. Das habe ich auch schon ganz oft getan. Ihr glaubt gar nicht, was man dabei so alles erfährt. Mein Vater darf das natürlich nicht wissen«, fügte er hastig hinzu. »Obwohl, nun ist es eh egal. Ich darf ja niemals mehr ins Kloster hinein.« Er presste die Lippen aufeinander und starrte zu Boden.

»Wieso? Was ist denn passiert?«, wollte Milla wissen.

»Im Kloster ist eine Schriftrolle gestohlen worden«, schniefte der Junge. Er drehte den Kopf zur Seite und wischte sich die Nase an der Schulter ab. »Vor zwei Tagen war das.«

»Ah«, machte Milla. »Und jetzt denken alle, du warst das. Nur weil du ein Räuber bist!«

»Unglaublich, nicht wahr?«, meinte Bing mit hochgezogenen Augenbrauen.

»Aber ich bin kein Räuber«, rief Elsmoth. »Und ich werde das auch beweisen. Ich muss nur diese Schriftrolle wiederbeschaffen. Ach, wenn ich doch nur wüsste, wo ich nach ihr suchen soll.« Er sah die anderen plötzlich aufgeregt an. »Könnt ihr mir nicht helfen?«

»Wir haben es ziemlich eilig«, erklärte Edda.

»Ja, deshalb müssen wir jetzt auch schnell weiter.« Milla stand auf. »Sag, wo geht es aus dem Wald heraus?«

Elsmoth zögerte und lächelte dann mit einem Mal. »Das«, meinte er, »verrate ich euch nur, wenn ihr mir helft.« Er schob das Kinn vor.

Bing schnaufte laut durch die Nase. »Lasst uns gehen. Wir kommen schon alleine zurecht. Soll der Bursche doch bis in alle Ewigkeit da an dem Baum festkleben.« Er wandte sich bereits um.

»Sollt ihr doch bis in alle Ewigkeit durch den Wald hier irren«, rief Elsmoth, nun doch ein wenig beunruhigt. Er zerrte an seinen Fesseln. »Der ist ziemlich groß, wisst ihr.«

Milla baute sich drohend vor ihm auf und verschränkte die Arme. »Wenn wir dich losbinden, führst du uns dann auf die Landstraße nach Tand zurück?«

»Gut, einverstanden.«

»Aber deine Rolle, die musst du schon selber suchen.«

»Ja doch, in Ordnung.«

»Gib mir dein Wort darauf.«

»Ich schwöre!«

»Wir sollten ihm nicht trauen.« Bing schüttelte noch immer misstrauisch den Kopf.

»Uns bleibt wohl nichts anderes übrig«, raunte Milla ihm zu, »wenn wir nicht noch mehr Zeit verlieren wollen. Nun binde ihn schon los.«

»Besonders nett finde ich euch allerdings nicht«, erklärte Elsmoth, während Bing die Schnur um seinen Bauch löste. Der Junge stemmte sich hastig auf die Beine.

»Ach, ach, wie gut das tut«, flüsterte plötzlich eine sanfte Stimme dicht neben ihnen. Sie klang wie warmer Wind in den Ohren.

Die Kinder fuhren erschrocken zusammen. Ungläubig starrten sie den Baum an, an den Elsmoth eben noch gefesselt war.

Es war ein ziemlich hoher Baum und er schien schon sehr, sehr alt zu sein, denn er war breit und knorrig.

»Warst … warst du das?«, stotterte Elsmoth entgeistert.

»Na, wer denn sonst? Du hättest mir beinah die Rinde zerdrückt, du. Uuuh.« Ein Zittern ging durch den Baum hindurch, von den Wurzeln bis zur Krone.

Die Jungen sprangen entgeistert zur Seite. Edda schnellte hoch.

»Ihr braucht nicht wegzulaufen, nein«, wisperte es. Zwei dicke Astknoten hoch über ihnen bewegten sich mit einem Mal. Es sah aus, als ob zwei Augen aufklappten. Ein rundes Loch etwas tiefer verzog sich zu einem Halbmond. Ein

Gesicht war plötzlich in dem Baumstamm zu erkennen. Es lächelte.

»Das ist doch …«, hauchte Milla. »Bist du wirklich …«

»Ein Flüsternder Baum«, raunte Edda ehrfürchtig.

»Aber ja. Was sollte ich sonst sein?« Die Augen zwinkerten der jungen Hexe freundlich zu.

»Ich habe noch nie einen wie dich gesehen.«

»Ich auch nicht«, krächzte Elsmoth. »Und ich lebe im Wald.«

»Ich glaube, es gibt nicht mehr sehr viele von uns«, raschelte der Baum. »Ich habe zumindest schon lange keinen anderen Baum mehr flüstern hören.«

Milla nickte kaum merklich. Flüsternde Bäume waren auf der Nebelinsel so selten geworden wie Einhörner! Aber das sagte sie nicht.

»Von eurer Sorte hingegen scheint es in letzter Zeit immer mehr zu geben.« Der Baum seufzte. »Vorhin erst sind zwei hier gewesen ...«

»Das waren wohl Räuber«, meinte Elsmoth wie entschuldigend. »Wir ... *die* haben sich für einen Überfall gesammelt.«

»Räuber, so, so«, säuselte der Baum. »Die sind inzwischen wohl überall. Obwohl«, die Baumspitze wiegte sich sacht hin und her, »die beiden sahen gar nicht aus wie Räuber. Der Junge war so ängstlich. Der andere war ein ziemlich großer, dürrer Mann mit einem seltsamen Umhang und einem spitzen Hut, wie ihn normalerweise Zauberer tragen. Oder sehen Zauberer heutzutage anders aus als früher? Hach je! Ich habe ja schon so lange keinen mehr gesehen«, wisperte es in den Zweigen.

»Ein Junge?«, rief Edda. Ihre Nase begann so laut zu fiepen und zu pfeifen, dass Elsmoth sie entgeistert ansah.

»Und ein Zauberer, sagst du?«, meinte Bing.

»War der Umhang grün?«, fragte Milla eilig.

Elsmoth machte ein verdutztes Gesicht.

Die Blätterkrone tänzelte hin und her und neigte sich dann leicht nach unten. »Ja, so grün wie das Samtmoos auf dem Stamm einer Tausendjährigen Hornkiefer.«

»Goodewind!«, riefen die drei wie aus einem Mund. Sie starrten sich aufgeregt an. »Und Vlad!«

»Ja, kein Zweifel«, sagte Milla. »Sie waren hier in diesem Wald! Aber warum?«

»Vorhin erst, sagst du, ja?« Edda zog auffordernd an einem tief hängenden Ast. »Wann genau?«

»Nicht so wild, du«, flüsterte der Baum. Er schüttelte sich leicht und eine Eichel plumpste Edda auf den Kopf. »Entschuldige. Lass mich mal überlegen.« Die dunkle Rinde oberhalb der Augen schob sich mit einem Mal zusammen. Es sah aus, als ob der Baum die Stirn runzelte. »Vorhin ... oder gestern ... oder gar vorgestern?«, säuselte er ganz leise. »Hm. Ich weiß es nicht mehr, nein, wirklich nicht. Es tut mir leid. Eure Stunden sind wie Sekunden für mich.«

»Aber wer sind die beiden denn nun? Freunde von euch?«, fragte Elsmoth neugierig.

»Der eine ja«, rief Edda.

»Der andere eher nicht«, fügte Bing hinzu.

»Wir müssen sie unbedingt finden! Weißt du vielleicht, in welche Richtung sie gegangen sind?«, wandte sich Milla an den Baum.

»Ja.« Einer der unteren Zweige geriet raschelnd in Bewegung. Er wies nach rechts. »Dort entlang. Die beiden hatten es ziemlich eilig.« Ein Knarren und Knacken hallte plötzlich über die Lichtung, so als ob zwei Äste kräftig aneinanderrieben. Der Baum schien zu lachen. »Das muss an den Stunkelfen gelegen haben«, wisperte er. »Oh, die haben die zwei ganz schön geärgert.«

»Stunkelfen? Du meinst die lustigen kleinen Lichtpünktchen, die hier überall im Wald herumschwirren?«, fragte Milla.

»Lustig?« Elsmoth machte ein grimmiges Gesicht. »Stunkelfen sind ganz und gar nicht lustig. Das sind garstige kleine Biester!«

»Ja, manchmal sind sie tatsächlich ein wenig anstrengend«, flüsterte der Baum. »Sie haben nichts als Unsinn im Kopf. Sie ärgern einfach jeden, der ihnen über den Weg läuft.« Die Äste knarrten und knackten noch immer. »Auch den Zauberer und den Jungen. Die beiden hatten es plötzlich so eilig, dass sie nicht einmal gemerkt haben, dass sie etwas verloren haben. Keine drei Schritte von mir entfernt.«

Milla horchte auf. »Verloren? Was denn? Eine kleine Glaskugel etwa?«, rief sie hoffnungsvoll.

»Eine Glaskugel?«, überlegte der Baum. »Nein, eine Glaskugel war es sicher nicht. Es sah eher aus wie Papier. Und wo ich jetzt darüber nachdenke, es muss dasselbe Stückchen Papier gewesen sein, das der Junge dem Zauberer erst kurz zuvor gegeben hat.«

»Papier?« Milla runzelte die Stirn. »Aber warum sollte Vlad Goodewind ein Stückchen Papier geben?«

»Das kann ich dir auch nicht sagen«, wisperte der Baum »Aber die beiden schienen hier verabredet zu sein, zumindest haben sie sich hier getroffen. Zusammen gekommen sind sie jedenfalls nicht.«

»Sie haben sich hier *getroffen?*«, rief Milla. »Aber warum ist Vlad dann nicht einfach vorher weggelaufen? Als Goodewind nicht bei ihm war?«

»Wahrscheinlich hat er ihm gedroht«, sagte Edda. »Oder er hat ihn irgendwie verzaubert.« Sie machte ein ängstliches Gesicht.

Elsmoth zappelte plötzlich unruhig herum, die Augen weit aufgerissen. Er trat näher an

den Baum heran. »War es vielleicht zusammengerollt?«, rief er. »Das Stückchen Papier, von dem du gesprochen hast? Mit einem Bändchen daran, das zu einer fünffachen Schleife gebunden war?«

»Eine *fünf*fache Schleife? Wie geht das denn?«, murmelte Milla verdutzt.

»Zusammengerollt?«, säuselte der Baum nachdenklich. »Ich glaube, ja. Und ein Bändchen mit Schleifen, sagst du? Ja, ja, da könnte so ein Bändchen gewesen sein.«

»Oh, dann muss es die Schriftrolle aus dem Kloster sein! Die, die gestohlen wurde!« Elsmoth klatschte vor Begeisterung in die Hände.

Die anderen aber machten skeptische Gesichter. »Es gibt sicher viele Papierrollen …«, begann Bing.

»Aber nicht viele mit so einem besonderen Bändchen daran«, unterbrach ihn Elsmoth ungeduldig. »Die Mönche in Rhindaal verschnüren ihre Schriftstücke nämlich immer mit diesen dünnen Bändern, die sie zu einer fünffachen Schleife binden, um sie zu kennzeichnen. Und um ganz sicherzugehen, dass sie nicht wieder aufgehen. Das kann nämlich sehr, sehr gefährlich sein, je nachdem, was drinsteht. Es gibt Worte, die man nicht auf die Welt loslassen darf, und Wissen, das nicht für jeden bestimmt ist.«

»Himmel! Nun red doch nicht so hochgestochen«, schimpfte Milla.

»Wie auch immer«, Elsmoth klang ein wenig beleidigt, »es *muss* einfach die verschwundene Rolle sein. Wo genau haben die beiden sie denn verloren?«, fragte er den Baum.

»Dort im Gras.« Ein Zweig wies raschelnd nach rechts, auf ein paar heruntergedrückte Halme. Daneben wuchsen blaue Tölpelblümchen.

»Aber da ist nichts«, rief Elsmoth enttäuscht.

»Aber nein, natürlich nicht. Die beiden sind ja noch einmal zurückgekommen …«

»Nein!«

»… aber da war die Rolle schon nicht mehr da«, fuhr der Baum flüsternd fort. »Kurz vor ihnen liefen nämlich ein paar wild aussehende Gestalten hier herum, die waren mit Säbeln und Dolchen bewaffnet und haben furchtbar grimmig geguckt. Ich habe mich ganz schön gegruselt.« Ein Beben ging durch den Baum. »Der Grimmigste und Dickste von allen, er hatte einen langen schwarzen Bart, der hat die Papierrolle schließlich entdeckt und in einen Sack gesteckt.«

Elsmoth wurde leichenblass. »Mein Vater«, hauchte er. Sein Gesicht nahm einen panischen Ausdruck an. »Das war mein Vater!«

6.

»Wenn *er* die Schriftrolle hat, bin ich verloren. Ich werde nie wieder ins Kloster zurückkehren«, murmelte der Räuberjunge mit tonloser Stimme.

»Du musst sie ihm halt wieder abnehmen«, meinte Bing.

»Das kann ich nicht! Niemand bestiehlt Räuberhauptmann Schwarzbart! Er ist der beste Räuber im ganzen Dunklen Wald. Er wird mich erwischen und verhauen und …« Elsmoth verstummte vor Schreck.

»Dann werde ich es eben tun.« Milla verspürte plötzlich ein seltsames Kribbeln im ganzen Körper. Einen echten Räuber bestehlen, das war so ziemlich das Verrückteste, was sie sich vorstellen konnte. Dafür lohnte es sich sicher, ihre Reise ins Tiefe Moor ein wenig aufzuschieben. »Eine Frage hätte ich allerdings noch«, wandte sie sich noch einmal an den Baum, der sich aufhorchend zur Seite neigte. »Hat dieser Zauberer die Schriftrolle gelesen?«

»Nein«, summten die Zweige, ohne zu zögern, »gelesen hat er sie nicht. Dafür war keine Zeit.«

Milla wusste nicht warum, aber sie war sehr erleichtert.

»Warum? Was soll das? Wenn wir erwischt werden, ist unsere Reise hier zu Ende, Milla«, flüsterte Bing. Er und die beiden Mädchen standen am Rande der Lichtung und hatten die Köpfe zusammengesteckt, während Elsmoth ein Stück abseits gelbe Beeren von einem Busch pflückte und sie ins Unterholz warf. Er sah immer wieder erwartungsvoll zu ihnen herüber. Der Flüsternde Baum wiegte sich sacht hin und her. Er schien die Kinder voller Neugier zu beobachten.

»Bing hat recht«, sagte Edda. »Dann werden wir den Wald hier wahrscheinlich niemals mehr verlassen.«

»Wir müssen eben vorsichtig sein«, wisperte Milla.

»Das hab ich doch schon mal gehört«, brummte Bing.

Milla warf ihm einen finsteren Blick zu. »Überlegt doch mal. Diese Schriftrolle ist Goodewind wichtig. Wichtig genug, dass er noch mal umkehrt, um den Wald nach ihr zu durchforsten«, raunte sie. »Und sollte es wirklich die Schriftrolle sein, die Elsmoth sucht, bedeutet das, dass es Goodewind war, der sie aus dem Kloster gestohlen hat, nicht wahr? Beziehungsweise Vlad, in seinem Auftrag«, fügte sie mit einem raschen Blick auf Edda hinzu. »Aber warum? Wozu braucht er sie? Wir müssen uns dieses Stückchen Papier unbedingt mal ansehen, meint ihr nicht auch? Vielleicht kann es uns helfen.«

Bing und Edda nickten ganz langsam. Aber es war offensichtlich, dass ihnen Millas Plan noch immer nicht behagte.

»Gut.« Bing knöpfte seine Jacke bis obenhin zu. »Gehen wir. Schnell. Bevor ich es mir anders überlege«, sagte er laut.

Elsmoth schob hastig die Hecke auseinander, vor der er stand, als die drei mit schnellen Schritten auf ihn zumarschiert kamen. »Ihr wollt mir also doch helfen, ja? Ich wusste doch, dass ihr viel netter seid, als ich zuerst gedacht habe. Wir müssen hier entlang. Ich fürchte, es dauert eine Weile. Das Lager liegt ziemlich weit im Osten.«

»Im Osten?«, murmelte Milla leise. »Nein, wie praktisch.« Sie warf Bing und Edda einen bedeutungsvollen Blick zu, ehe sich die Kinder noch einmal dem Flüsternden Baum zuwandten. »Leb wohl. Und danke für alles!« Sie winkten.

»Ja, lebt wohl, ihr«, wisperte der Baum und raschelte kräftig mit seinen Blättern. »Es war sehr schön, mit euch zu plaudern. Sehr, sehr schön.« Er schien ebenfalls zu winken. Der ganze Baum neigte sich leicht auf die Seite und hob unter krachendem Getöse den dicksten seiner Äste. Dann verwandelte sich der Mund abermals in ein Astloch und die Augen verschlossen sich zu dicken Wülsten in der Rinde. Der Flüsternde Baum schien nun wieder ein ganz normaler Baum zu sein. Im nächsten Moment umfing auch schon dichtes Gestrüpp die Kinder und sie konnten ihn nicht mehr sehen.

Elsmoth führte sie einen kaum sichtbaren Pfad entlang immer noch tiefer in das Gehölz hinein. Es wurde kühler und dunkler. Offenbar dämmerte es außerhalb des Waldes bereits. Doch nicht das kleinste Stückchen Himmel war durch das dichte Blätterdach zu sehen. Sie kamen an einem kleinen Steinkreis vorüber und dann an einem schlammigen Tümpel, ehe endlich das Räuberlager vor ihnen auftauchte. Heller Feuerschein drang durch das Dickicht und lautes, aufgeregtes Geschrei war zu hören.

»Gib das her!«, donnerte eine tiefe Männerstimme.

»Hol es dir doch! Hol es dir doch«, kreischte eine andere Stimme herausfordernd. Ein Schwert wurde gezogen. Offenbar war gerade ein Streit im Gang.

Elsmoth ließ sich hastig auf die Knie fallen und verbarg sich zwischen den Farnen. »Runter«, wisperte er, als die anderen keine Anstalten machten seinem Beispiel zu folgen. Er zupfte an Bings Jackenärmel herum.

Bing schlug ärgerlich seine Hand weg, kauerte sich dann aber doch neben ihn.

»Zum Teufel aber auch!«, brüllte jemand.

In dem Gebüsch vor ihnen raschelte es mit einem Mal laut. Äste knackten. Die Mädchen gingen hastig in die Hocke. Doch es war nur ein Fuchs, der durch das Unterholz kroch. Als er die Kinder bemerkte, rannte er eilig davon.

»Du elender Furzkopf!«, dröhnte die erste Stimme.

»Was treiben die denn da?« Milla spähte mit angehaltenem Atem durch die Zweige hindurch.

Sie waren am Rande einer großen Lichtung gelandet. Zwei Dutzend Zelte standen darauf und auch ein paar kleine Hütten aus dunklem Holz. Statt Türen hingen Teppiche vor dem Eingang.

Milla sah sich hastig nach der königlichen Kutsche um, konnte sie aber nirgends entdecken. Also waren ihr Vater und die anderen tatsächlich entkommen! Sie atmete erleichtert auf.

Genau in der Mitte des Lagers brannten zwei Feuer. Ein köstlicher Geruch nach gegrilltem Fleisch und frischem Brot wehte von dort zu den Kindern herüber. Millas Magen begann laut zu knurren. Sie presste sich hastig die Hand vor den Bauch. Sie hatte schon so lange nichts mehr gegessen. Auch Bing guckte ziemlich gierig.

Ein halbes Dutzend Räuber saß um die Feuer herum. Sie knabberten träge an ein paar Hühnerbeinen und warfen die Knochen auf einen goldenen Teller. Vor ihnen standen goldene Kelche und ein goldener Krug, den einer der Räuber gerade an die Lippen setzte. Es dauerte ziemlich lange, bis er ihn wieder absetzte.

»Arm seid ihr ja nicht gerade«, wisperte Milla.

Zwei weitere Räuber rollten über den Boden, ein Schwert neben sich im Gras. Sie rauften und zerrten einander laut schreiend an den Haaren.

»Er gehört mir! Mir!«, kreischte der, der zuoberst lag. Er bekam ein Hühnerbein an den Kopf. Der leere Weinkrug flog hinterher.

»Nun gebt endlich Ruhe, ihr Stinker. Nicht, dass der Hauptmann euch hört«, brüllte der Werfer, noch viel lauter als die zwei. »Ihr wisst doch, wie zornig er wird, wenn ihn jemand aufweckt!«

Ein lautes Grunzen hallte plötzlich durch das Lager. Es schien vom anderen Ende der Lichtung zu kommen.

Die Räuber verstummten sofort. Die Streithähne ließen hastig voneinander ab. Der eine gab dem anderen etwas, das wie ein Dolch aussah, dann standen die beiden auf und trabten plötzlich friedlich und einträchtig auf eines der Zelte zu. Auch die übrigen Räuber setzten sich gähnend in Bewegung. Sie huschten auf Zehenspitzen ihren Nachtlagern zu.

Nur zwei Wachposten blieben am Feuer zurück. Der eine drehte den Kindern den Rücken zu, er hatte das Schwert vor sich in den Boden gerammt. Der andere entzündete eine Fackel.

»Und wo versteckt ihr euer … Diebesgut?«, fragte Milla, die nun doch ziemlich aufgeregt war.

Elsmoth zeigte auf eine Hütte am Rande des Lagers. Es war die größte von allen und ein runder Schild, wie ihn sonst nur Ritter trugen, hing über dem Eingang. »Die da gehört meinem Vater. Und alles, was er stiehlt, verwahrt er in einer großen Truhe gleich neben seinem Bett.«

»Neben seinem Bett?«, zischte Milla entsetzt.

»Und dein Vater liegt *in* dem Bett, nicht wahr? Ach du liebe Güte«, raunte Bing.

»Und er ist wach, nicht? *Er* hat doch gerade so gegrunzt, oder?«, wisperte Edda besorgt.

»Wenn er wach wäre, sähe es hier anders aus«, murmelte Elsmoth. »Er hat bloß ein bisschen drohend gegrunzt und

das macht er nur, wenn er schläft. Um seine Männer daran zu erinnern, dass er da ist.«

»Schläfst du auch in der Hütte?«, fragte Milla.

»Ach, wo denkst du hin. Ich schlafe im Freien. Oder wenn es allzu sehr regnet, zusammengequetscht mit ein paar anderen Räubern da hinten.« Er wies auf ein Zelt schräg gegenüber. Es war winzig klein.

»Oh«, machte Milla. Sie sah rasch wieder zu den Wachen hinüber.

Der mit der Fackel machte sich gerade auf einen Rundgang durchs Lager.

Milla wartete noch einen Moment, bis er in den Schatten hinter dem Feuer verschwand und nur noch der zuckende Lichtschimmer über seinem Kopf zu sehen war. Dann schob sie sich vorsichtig aus dem Unterholz. Sie trat auf die Lichtung hinaus, als sie plötzlich einen winzigen Holzkäfig bemerkte, der von einem der Äste herunterhing. Ein Stückchen Kuchen lag darin. »Was ist das denn?«, flüsterte sie in das Gestrüpp zurück. Drei glitzernde Augenpaare starrten sie an. In der nächsten Sekunde standen Bing, Edda und Elsmoth auch schon neben ihr, der kleine Räuber allerdings nicht ganz freiwillig. Er wand sich ein wenig in Bings Griff, der seinen Arm umklammert hielt.

»Elfenfallen«, murmelte er so leise, dass ihn die anderen kaum verstanden. »Mein Vater hasst diese Biester. Er fängt und ertränkt sie. Kuchen können Stunkelfen einfach nicht widerstehen.«

Milla starrte ihn entsetzt an. Sie wollte etwas sagen, aber Edda fasste sie rasch am Ärmel. »Wir sollten uns beeilen. Je eher wir hier wieder weg sind, desto besser«, raunte sie.

»Aber ich wollte alleine gehen.«

»Kommt nicht infrage«, brummte Bing und zerrte einen ziemlich widerspenstigen Elsmoth hinter sich her. »Entweder alle oder keiner.«

Milla versuchte, nicht allzu erleichtert auszusehen. Aber mit Bing und Edda an ihrer Seite fühlte sie sich tatsächlich sehr viel wohler.

Die Kinder schlichen um ein paar Zelte herum und dann an zwei Männern vorbei, die zusammengerollt im Moos lagen. Der eine murmelte im Schlaf leise vor sich hin. Neben einer der kleineren Hütten blieben die vier kurz stehen, ehe sie auch schon auf zwei dicke Holzfässer zuhuschten, hinter denen sie sich einen Augenblick verbargen.

Plötzlich hörten sie ein leises Pfeifen neben sich. Der Wachmann tauchte wie aus dem Nichts auf. Elsmoth wollte aufspringen und weglaufen. Doch Milla drückte ihn hastig zu Boden. Der Posten schlenderte auch schon an ihnen vorüber, er hatte sie gar nicht bemerkt. Er pfiff noch immer vor sich hin.

»Puh«, machte Bing. »Das war knapp! Schnell weiter.«

Die letzten Schritte rannten sie, bis sie endlich vor der Hütte des Räuberhauptmanns standen. Das Schnarchen hier war noch sehr viel lauter.

»Siehst du? Er schläft«, hauchte Elsmoth.

»Gut. Ihr bleibt hier und passt auf, dass niemand kommt«, raunte Milla den anderen zu. Sie hob vorsichtig den Teppich an und warf einen Blick ins Innere der Hütte. Auch das einzige Fenster rechts war verhangen und so war es in dem Raum ziemlich düster. Sie konnte nichts erkennen bis auf ein paar Lumpen gleich vor der Tür. Mist! Sie brauchte eine Fackel oder … Milla drehte sich um. Sie packte Elsmoth am Kragen. »Komm mit.«

Der kleine Räuber setzte sich erschrocken zur Wehr. Der panische Ausdruck war in sein Gesicht zurückgekehrt, noch viel schlimmer als zuvor. »Ich will nicht«, krächzte er.

Milla rollte mit den Augen. Wie konnte man bloß so feige sein? »Los jetzt«, zischte sie und zerrte ihn in die Hütte, aus der noch immer lautes Geschnarche drang. In der nächsten Sekunde presste sie sich entgeistert die Hand vor die Nase. Du liebe Güte! Hier stank es aber fürchterlich, sauer und ranzig und nach abgestandener Luft. Sie konnte kaum atmen.

Hinter ihr flammte plötzlich ein Licht auf. Milla wirbelte erschrocken herum.

Elsmoth hielt einen winzigen Kerzenstumpen in der Hand. Er grinste sie unsicher an. Auch wenn die Flamme den Raum kaum erhellte, so konnten sie nun doch wenigstens ein paar Umrisse erkennen.

Die Lumpen am Boden entpuppten sich als Kleidungsstücke, Hosen, Hemden, Jacken, Schuhe und Hüte, alles wild durcheinander, und mittendrin ein paar Knochen vom

Abendessen, ein verschimmeltes Stück Käse und ein umgestürzter Weinbecher.

Das müsste meine Zofe sehen, dachte Milla, dann wüsste sie, was das Wort »unordentlich« wirklich bedeutet. Sie hätte am liebsten laut gelacht.

Links war das Bett, oder vielmehr ein Lager aus Stroh, darauf lag der dicke Räuberhauptmann. Sein Brustkorb hob und senkte sich ganz langsam und seine Bartspitze zitterte bei jedem Atemzug.

Milla starrte ihn mit großen Augen an. Schlafend sah der Wilde Schwarzbart nicht weniger gefährlich aus als wach. Was wohl vor allem daran lag, dass er vollständig angezogen war, mit seinem langen Säbel griffbereit neben sich. Wenn er nur nicht aufwachte!

Gleich neben dem Bett stand die große Truhe, von der Elsmoth gesprochen hatte.

Der Vorhang vor dem Fenster bewegte sich mit einem Mal. Milla sah erschrocken zur Seite. Doch es war nur Bing, der ungeduldig in die Hütte spähte. »Was dauert da denn so lange?«, raunte er.

»Ja doch«, wisperte Milla. Sie stieg eilig über den Kleiderhaufen hinweg und kniete sich vor die bunt bemalte Holzkiste. Sicher war sie ebenfalls gestohlen. Milla lauschte aufmerksam auf das Schnarchen dicht neben ihrem Ohr, während sie behutsam den Deckel anhob. Ihr blieb plötzlich die Luft weg.

Die Truhe war randvoll gefüllt mit Münzen und Ketten,

Ringen und goldenem Geschirr. Ein paar dicke Zwergensteine und eine kleine Krone lagen obenauf. Nein, arm waren diese Räuber ganz sicher nicht. Milla schob zögernd ihre Hand zwischen all die Kostbarkeiten und fühlte suchend umher. Es klirrte und klimperte leise. Sie hielt erschrocken inne. Doch der Räuber neben ihr regte sich nicht. Milla tastete vorsichtig weiter. Aber die Schriftrolle schien nicht in der Truhe zu sein. Wahrscheinlich hielt Schwarzbart sie nicht für besonders kostbar, außerdem hatte er sie ja gefunden, nicht gestohlen. Ganz vorsichtig schloss sie den Deckel wieder. Nur wo sollte sie jetzt noch suchen? Etwa zwischen den Kleidern? Milla schauderte bei dem Gedanken. Sie sah fragend zu Elsmoth hinüber, der keine zwei Schritte neben ihr stand. Er hob mit enttäuschter Miene die Schultern. Na, das war ja hilfreich. Milla seufzte. Sie wollte gerade aufstehen, als sie in dem schmalen Spalt zwischen Bett und Truhe etwas liegen sah. Sie beugte sich hastig vor.

Es war ein kleines Stück fleckiges Papier, das da hinter dem Holz hervorlugte. Es war ziemlich schmal und nicht länger als ihre Hand. Das dunkelblaue Band, das darumgewickelt war, war zu einer fünffachen Schleife gebunden, sie sah ebenfalls ziemlich schmutzig aus.

Milla hätte beinahe laut losgejubelt. Sie presste hastig die Lippen aufeinander. Die Schriftrolle! Sie streckte auch schon aufgeregt die Hand nach dem Papier aus, als der dicke Räuber neben ihr auf einmal laut zu schnaufen begann. Sie zuckte zusammen. Im Augenwinkel sah sie, wie Elsmoth auf die Tür zuhechtete. Die Flamme flackerte heftig. Er verlor die Kerze aus der Hand. Sie fiel zu Boden, ging aber nicht aus.

Dann öffnete der Räuberhauptmann plötzlich die Augen.

Milla erstarrte. Der Wilde Schwarzbart sah ihr direkt ins Gesicht. Oh nein! Ihr rann ein eiskalter Schauer den Rücken herunter. Jetzt war es nur noch eine Frage von Sekunden, bis er sie packte und aufspießte. Sie musste weglaufen, hinter Elsmoth her! Oder zumindest ihr Schwert ziehen. Aber sie konnte sich einfach nicht bewegen.

Der Hauptmann grunzte wie schon einmal. Und schloss die Augen wieder. Er rollte sich auf die andere Seite und begann abermals zu schnarchen, noch viel lauter als zuvor.

Milla stieß zitternd die Luft aus. Sie legte die Hand auf die Truhe, bis ihr Herz wieder langsamer schlug und das Blut in ihr Gesicht zurückkehrte. Was für ein Glück! Sie konnte es kaum fassen. Was für ein unglaubliches Glück sie hatte! Sie zögerte keine Sekunde länger. Hastig schob sie die Finger in den Spalt und schnappte sich die Papierrolle. Dann machte sie, dass sie fortkam. In der Tür stieß sie mit Bing zusammen, der ihr offenbar zu Hilfe eilen wollte. Er hielt einen morschen Ast in der Hand. Milla zog ihn eilig mit nach draußen, während sie die Schriftrolle in ihren Kleiderärmel steckte.

»Los, lasst uns verschwinden, schnell«, flüsterte Elsmoth.

»Nicht ohne das Hühnchen da«, Bing wies auf das Feuer, »und was auch immer da sonst noch so lecker riecht.«

»Ich habe Kuchen gesehen«, meinte Milla. Ihr lief das Wasser im Mund zusammen.

»Und gebackene Knollen«, wisperte Edda träumerisch.

»Was? Was ist das denn?«

»Ihr werdet schon sehen.«

Elsmoth wollte sie noch festhalten, aber die drei liefen bereits auf das Feuer zu. Die Wache, die dort gesessen hatte, war verschwunden und auch der zweite Posten war nirgends zu sehen.

Milla sah sich aufgeregt um. Die Räuber hatten offenbar ein Fest gefeiert. Unzählige Becher und Krüge lagen im Gras und auch etliche Lederschläuche. Der Boden war übersät mit den Überresten eines üppigen Abendessens – zwei fette Hühnchen und ein Stück Wurst lagen noch auf einer silbernen Platte, Brot und ein großes Stück Kuchen, sicher derselbe, der auch in den Elfenfallen war, und ein halber Käse lagen gleich daneben. Außerdem gab es noch ein paar kleine braune Bällchen.

»Gebackene Wurzelknollen.« Edda breitete ihr Tuch auf

dem Boden aus und legte die kleinen Bällchen darauf. Sie packte den Käse dazu und knotete die Enden des Tuchs zusammen.

Bing umwickelte die Hühnchen rasch mit zwei großen Blättern und schob sie sich in die ohnehin schon ausgebeulten Taschen. Er warf sich einen Wasserschlauch über die Schulter, während Milla ihr Kleid schürzte und alles übrige hineinhäufte. Sie entdeckte noch ein paar Äpfel.

Dann schlichen sie, so schnell sie nur konnten, zu Elsmoth zurück, der im Schatten der Hütte auf sie wartete. Er hielt nun eine Fackel in der Hand, die allerdings nicht brannte. Milla runzelte die Stirn, ehe sie Elsmoth auch schon schweigend und im Gänsemarsch auf die Bäume zu folgten.

Das Letzte, was sie vom Räuberlager sahen, war der Wachmann, der zum Feuer zurückkehrte. Dann verschluckte sie der Wald.

Es war plötzlich stockfinster. Elsmoth führte sie abermals einen langen, kaum sichtbaren Pfad entlang. Doch er wartete noch eine ganze Weile, bevor er zwei Steine aus seiner Hosentasche holte, sie kräftig aneinanderschlug und mit den Funken die Fackel entzündete.

»Nicht schlecht«, staunte Milla, als ein kleiner Kreis aus Licht sie umgab.

Aber sie hielten noch immer nicht an. Erst viel später, als das Räuberlager schon weit, weit hinter ihnen lag, ließen sie sich endlich erschöpft gegen die Bäume sinken. Fast erwar-

teten sie, dass zumindest einer von ihnen zu flüstern begann, aber die Bäume blieben stumm.

Elsmoth drückte den Stiel der Fackel in die Erde und die Kinder setzten sich im Kreis um sie herum. Der Rest des Waldes war in pechschwarze Finsternis getaucht.

Milla ließ endlich die Zipfel ihres Kleides los und die Äpfel, das Brot, der Kuchen und die Wurst plumpsten ins Gras. Bing und Edda legten ihre Ausbeute daneben. Bing öffnete den Lederschlauch und schnupperte daran, ehe er einen Schluck trank. »Bah!« Er verzog das Gesicht. Doch dann nahm er noch einen Schluck, ehe er den Schlauch an die anderen weitergab.

Das Wasser darin war abgestanden und faul, es schmeckte furchtbar. Aber es stillte zumindest den schlimmsten Durst. Anschließend machten sie sich über das Essen her, bis nicht ein Krümelchen mehr übrig war.

»Wunderbar«, mümmelte Bing, der sich gerade das letzte Stückchen seiner gebackenen Knolle in den Mund schob. Er lächelte Edda an. Die Äpfel hoben sie sich für den Schluss auf.

»Das war Rettung in letzter Sekunde.« Milla lehnte sich aufseufzend zurück. Sie wischte sich die Hände an ihrem Kleid ab und zog die Schriftrolle aus ihrem Ärmel.

Elsmoth sah sie erwartungsvoll an.

»Und? Ist es die aus dem Kloster?«, fragte sie und hielt ihm die Rolle dicht unter die Nase.

»Ja«, Elsmoth beugte sich aufgeregt vor, »kein Zweifel.

Diese fünffache Schleife da ist unverkennbar. Außerdem stellen die Mönche in Rhindaal diese Bänder selbst her und sie geben sie niemandem sonst. Sie sind unverwechselbar, so lang und dünn, bestens zum Schleifenbinden geeignet.« Er wollte die Rolle an sich nehmen, aber Milla zog ihre Hand zurück. »Jetzt bin ich aber mal gespannt.« Sie griff nach dem Bändchen, um die Schleife zu öffnen.

»Nein!«, brüllte Elsmoth plötzlich los.

Milla fuhr erschrocken zurück.

Bing fiel fast der Apfel aus der Hand. »Was ist denn jetzt los? Bist du vollkommen übergeschnappt?«, rief er.

»Das Band ist blau. Dunkelblau sogar! Blaue Bänder sind eine Warnung in Rhindaal. Die Schriftrolle ist gefährlich. Und sie ist nur sehr schwer zu öffnen. Man muss wissen, wie das geht. Es gibt einige solcher Rollen und auch Bücher im Kloster«, fügte er erklärend hinzu.

»So ein Unsinn«, meinte Milla ärgerlich. »Es ist doch nur Papier und Stoff.« Sie zog auch schon kräftig an der Schleife, doch sie löste sich nicht. Sie zog noch einmal, ein weniger fester, und zuckte plötzlich zusammen. »Autsch«, schrie sie auf. »Es hat mich … *gebissen?*«, sagte sie ungläubig.

»Ich habe dich gewarnt!«

»Elender Besserwisser! Vorhin im Räuberlager hattest du aber noch nicht so eine große Klappe, was?«, fuhr Milla ihn an. Sie warf ihm ärgerlich die Schriftrolle in den Schoß. »Gut, dann mach sie mal auf«, brummte sie und verschränkte die Arme.

Elsmoth hob die Rolle auf und strich wie andächtig über das Papier. Seine Augen hatten mit einem Mal zu leuchten begonnen. Dann tippte er mit dem Zeigefinger gegen die schmutzige Schleife, fuhr drei Mal um das Band herum und tippte noch einmal gegen die Schleife, ehe er sie endlich löste. Er legte das Band vorsichtig ins Gras und entrollte das Papier, was offenbar gar nicht so einfach war, denn es wollte sich immer wieder zusammendrehen. Aber Elsmoth gab nicht auf. Ihm stand der Schweiß in dicken Perlen auf der Stirn, als er das dunkle, fleckige Blatt schließlich vor sich auf den Boden drückte.

Die anderen beugten sich atemlos vor, auch Milla, die ihren Ärger längst vergessen hatte, bis sie fast mit den Köpfen zusammenstießen.

»Was steht denn da nun?«

»Ich ... Keine Ahnung«, gestand Elsmoth ein wenig kleinlaut.

Das schmale Stückchen Papier war von oben bis unten mit winzigkleinen verschnörkelten Schriftzeichen überzogen.

Milla verrenkte sich fast den Hals, aber sie konnte im flackernden Licht der Fackel fast nichts erkennen.

»So was habe ich noch nie gesehen«, murmelte Elsmoth ratlos, »und ich habe wirklich schon viele Bücher und Schriftrollen gesehen. Das scheint eine vollkommen fremde Sprache zu sein.«

Milla ließ enttäuscht die Schultern hängen. »So ein Mist.

Und dafür die ganze Aufregung«, schimpfte sie. Obwohl sie um nichts auf der Welt auf ihr Abenteuer im Räuberlager verzichtet hätte. Sie lehnte sich seufzend wieder gegen den Baumstamm.

»Alabastisch«, wisperte Edda mit einem Mal, die noch immer so angestrengt auf das Papier starrte, dass die Ader an ihrer Schläfe dick und blau hervorstach. »Das ist Alabastisch.« Sie sah hoch.

»Woher willst du das wissen?«, fragte Milla aufgeregt.

»Das haben die Buchstaben mir gesagt.«

»Du kannst mit *Buchstaben* reden?«, entfuhr es Elsmoth ungläubig. Er runzelte die Stirn.

»Manchmal klappt das, ja«, erwiderte Edda schüchtern.

»Sagen sie vielleicht noch mehr?«, fragte Milla hoffnungsvoll. »Was sie bedeuten zum Beispiel?«

Edda hielt einen Moment inne, als lauschte sie, und schüttelte dann den Kopf. »Nein. Sie reden, aber sie sagen nichts, was ich verstehe.«

Elsmoth starrte sie mit großen Augen an.

»Sie ist eine Hexe, weißt du«, wisperte Milla mit bedrohlich heiserer Stimme.

»Eine *was?*«, rief Elsmoth. Er fuhr zurück. Offenbar hatte er keine sehr guten Erfahrungen mit Hexen gemacht. Oder die Mönche im Kloster hatten ihm ein paar scheußliche Geschichten über sie erzählt.

Milla lehnte sich vor, bis sie mit ihrer Nase fast sein Gesicht berührte. »Ja, pass bloß auf, wenn du nicht nett bist, verwandelt sie dich in eine Kröte«, krächzte sie mit funkelnden Augen und versuchte krampfhaft, nicht zu grinsen.

»Das würde ich nie tun«, rief Edda empört. »Zumindest nicht absichtlich«, fügte sie hinzu und verschränkte die Arme, während Elsmoth unbehaglich auf dem Boden herumzurutschen begann.

»Wenn es denn tatsächlich Alabastisch ist«, meldete sich Bing zu Wort, »dann muss die Schriftrolle schon viele Hundert Jahre alt sein, nicht? Glaubt ihr, da steht irgendwas über die Murmel?«

»Was denn für eine Murmel?«, fragte Elsmoth verwirrt.

»Ganz sicher«, rief Milla, ohne auf ihn zu achten. »Warum sonst sollte sich Goodewind für die Rolle interessieren?«

»Dann steht da ja vielleicht der Zauberspruch drauf, den er braucht, um die Murmel zu benutzen?«

»Das wäre aber ein ziemlich langer Zauberspruch«, meinte Edda skeptisch.

»Vielleicht hat auch jemand, dem die Murmel früher mal gehört hat, aufgeschrieben, was ihm mit ihr passiert ist?«, überlegte Milla.

»Aber dann ...«

Ein Rascheln in den Bäumen hoch über ihnen ließ sie kräftig zusammenfahren. Ein Schatten huschte durch die Zweige.

Die Kinder sprangen auf.

Milla zog Elsmoth rasch das Papier aus der Hand, das sich

sofort wieder zusammenrollte. Sie hob auch das blaue Band auf und wickelte es vorsichtig wieder um das schmale, fleckige Blatt. Sie machte eine ganz normale, einfache Schleife hinein und stopfte die Schriftrolle, die sich auf einmal erstaunlich friedlich benahm, tief in die Tasche ihres Kleides.

Elsmoth wollte protestieren, starrte dann aber erschrocken auf die Äste um sie herum. Sie bewegten sich immer heftiger und schneller jetzt.

»Was ist das?« Bing ließ die Bäume nicht aus den Augen. Er hielt den Lederschlauch in der Hand, als ob er jede Sekunde damit zuschlagen wollte.

»Ich glaube, es sind Dinxdas«, flüsterte Elsmoth. Er zog die Fackel aus der Erde.

»*Dinxdas?* Was soll das denn sein?«

»Man kann sie nicht beschreiben. Man kann sie ja kaum sehen. Aber wir sind mitten in ihrem Königreich.«

»Ich dachte, der Dunkle Wald gehört euch Räubern?«, sagte Milla erstaunt.

»Der Dunkle Wald ist riesig, er umfasst viele Königreiche. Und manche von ihnen sind ziemlich klein.«

»Aber wieso hast du uns hierhergeführt? Wenn es hier doch gefährlich ist?«

»Eigentlich sind die Dinxdas eher friedlich. Es sei denn …«

Ein dickes, rundes Etwas rutschte auf einmal den nächstbesten Baumstamm herunter. Es baumelte einen Moment am untersten Ast und ließ sich dann zu Boden gleiten.

Milla blinzelte. Ihre Augen tränten, als sie versuchte, genauer hinzuschauen, aber sie konnte nichts erkennen. Kein Gesicht und keinen Kopf, keine Arme und auch keine Beine. Da war nur ein großes, helles, kreisrundes Etwas, durch das die Zweige und Blätter der Bäume hindurchschimmerten. Wie war das möglich?

Zwei weitere Dinxdas tauchten mit einem Mal neben dem ersten auf. Sie waberten wie riesige Wassertropfen auf die Kinder zu.

Milla riss ihr Schwert aus dem Gürtel.

»Damit kannst du nichts gegen sie ausrichten«, raunte Elsmoth ihr zu.

»Was wollen die denn von uns?« Edda hatte unsicher die Hände gehoben.

»Sie werden angezogen von magischen Gegenständen. Nicht von dir«, fügte er hastig hinzu. »Von der Schriftrolle, denke ich. Daran habe ich leider nicht gedacht!«

»Und was machen sie dann damit?«

»Mit der Schriftrolle? Gar nichts. Aber mit denen, die sie besitzen! *Lauft!*«, brüllte Elsmoth plötzlich los. Er warf sich herum und raste auch schon los, ohne sich noch einmal nach den anderen umzusehen.

Doch das war auch gar nicht nötig. Milla, Bing und Edda nahmen die Beine in die Hand und rannten. Hinter sich hörten sie seltsam schmatzende Geräusche, Äste brachen und das Unterholz raschelte und knackte laut. Die Dinxdas waren erstaunlich flink. Sie holten auf.

Die Kinder wurden schneller, Elsmoth vorneweg. Eine Weile dachte Milla noch, er wüsste, wo es langging. Doch dann merkte sie, dass er genauso kopflos war wie sie selbst. Einmal rannten sie im Kreis herum und entkamen ihren so unheimlich unsichtbaren Verfolgern nur um Haaresbreite, gleich darauf stürzten sie fast in eine Schlucht, die sich abrupt vor ihnen auftat. Elsmoth jagte wie irr an ihrem Rand entlang, bis Bing ihn am Kragen packte und in die entgegengesetzte Richtung zerrte. Sie stolperten durch ein Flüsschen und an einer winzigen zerfallenen Hütte vorbei, ehe sie einen Haufen riesiger Felsblöcke erreichten. Die Steinbrocken lagen so wild durcheinander, als hätte ein Riese sie vor ewigen Zeiten achtlos dorthin geworfen.

»Ich kann nicht mehr!« Elsmoth blieb stehen und schnappte nach Luft.

»Sind sie weg?«, keuchte Milla. Ihre Lunge brannte wie Feuer und sie hatte Seitenstechen.

»Ich glaube schon.« Bing hatte sich vorgebeugt, die Hände auf die Knie gestützt. »Zumindest kann ich sie nicht mehr hören.«

Die vier verstummten abrupt, auch das Schnaufen wurde leiser, als die Kinder angestrengt lauschten. Doch im Wald blieb es ruhig. Fast zu ruhig. Nur ein paar Vögel zwitscherten.

»Was ist das für ein Ort?« Edda strich mit ihren Fingerspitzen über den moosbewachsenen Stein.

»Das weiß ich nicht. Ich bin hier noch nie gewesen«, mur-

melte Elsmoth. Er sah sich beklommen um und ließ die Schultern hängen.

»Na, wunderbar«, schimpfte Milla. »Jetzt haben wir uns auch noch verlaufen. Auf dich ist ja vielleicht Verlass!« Sie ließ sich auf die Erde fallen, direkt zwischen die gewaltigen Felsbrocken. Es war erstaunlich weich und warm dort, fast behaglich im ansonsten so kalten, dunklen Wald. Einer der Steine lag quer über den anderen und bildete eine Art Dach über ihrem Kopf.

»Tut mir leid.« Elsmoth presste die Lippen aufeinander. Er steckte die Fackel in den Boden und hockte sich davor.

»Und jetzt? Wie finden wir denn jetzt nur hier heraus?« Milla klang schon nicht mehr ganz so gereizt. Sie lehnte sich erschöpft zurück und gähnte.

»Morgen«, murmelte Bing schläfrig, der längst neben ihr lag, den Kopf auf dem Lederschlauch. »Morgen sehen wir weiter, ja?«

»Gute Idee.« Edda hatte bereits die Augen geschlossen.

Elsmoth rollte sich im Moos zusammen.

»Aber einer von uns muss Wache halten«, Milla gähnte abermals, »falls die Dinxdas noch einmal wiederkommen. Oder die Räuber. Oder gar wilde Tiere!«

»Hm«, machte Bing. Er begann leise zu schnarchen.

»Hört ihr nicht?«, wisperte Milla. Was für ein merkwürdiger Ort das ist, der einen so müde macht, dachte sie noch. Dann glitt ihr Kopf zur Seite. Gleich darauf war sie auch schon eingeschlafen.

Milla schreckte hoch. Es war stockfinster. Im ersten Moment wusste sie nicht, wo sie war. Dann spürte sie den Wind auf ihrer Wange, ganz sacht nur. Er raschelte in den Blättern. Milla sah sich hastig um. Was hatte sie nur aufgeweckt? Doch die Fackel war längst heruntergebrannt. Sie konnte überhaupt nichts sehen.

»Bing?«, krächzte sie heiser.

»Ich bin hier.«

Milla starrte in die Richtung, aus der die Stimme kam. Sie konnte nicht mehr als einen schemenhaften Umriss erkennen. Und das Weiß seiner Augen. Neben ihm bewegte sich mit einem Mal ein Schatten. »Was ist das nur?«, raunte jemand dunkel und tief. Es war Edda.

»Es klingt so vergnügt«, flüsterte Elsmoth atemlos.

Milla legte den Kopf schief. Was meinten die beiden nur? Sie zuckte plötzlich zusammen. Da! Da war ein leises Summen und Singen, vermischt mit hellem Gelächter.

»Waldgeister!«, riefen die Kinder wie aus einem Mund. Von Waldgeistern hatten sie alle schon gehört, denn Geschichten über Waldgeister wurden in allen tausend Königreichen erzählt. Kaum einer hatte sie je gesehen und wer sie doch zu Gesicht bekam, hatte selten Gelegenheit, darüber zu berichten. Denn wen auch immer die Waldgeister im Wald antrafen, versuchten sie, mit in ihre Welt zu nehmen. Und von dort gab es keinen Weg zurück.

»Wo sind sie? Kannst du sie sehen?« Elsmoth war aufgesprungen.

»Dort!«

Zwischen zwei Felsen tauchte auf einmal ein Funkeln auf. Der Gesang kam näher, das Lachen wurde lauter. In der nächsten Sekunde trat eine Frau aus dem flimmernden Licht. Sie trug ein langes, weißes Kleid und eine Blumengirlande im Haar. Sie schien zu schweben. Ihre Füße berühr-

ten kaum den Boden, während sie auf die Kinder zutanzte. Hinter ihr kam ein Mann, einen Bogen über der Schulter und ein Jägerhütchen mit einer langen Feder daran auf dem Kopf. Die Feder glitt einfach so durch einen niedrig hängenden Ast, so als ob er gar nicht da wäre.

Milla standen die Haare zu Berge.

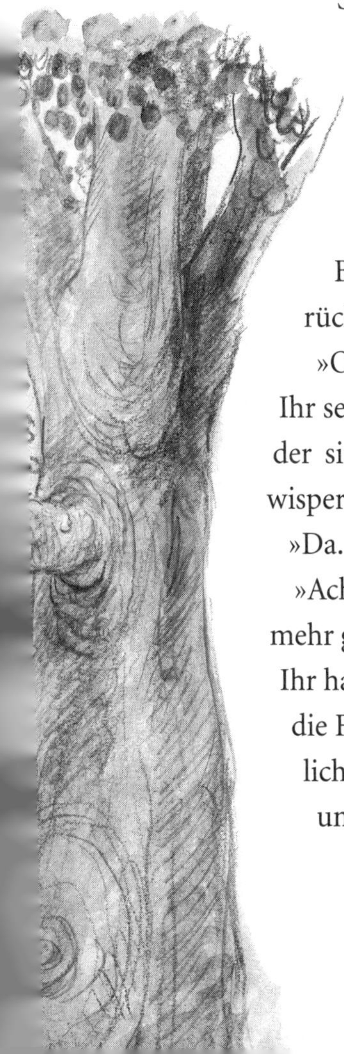

»Hallo«, sang die Frau mit sanfter, samtiger Stimme. Freundliche schwarze Augen richteten sich auf die Kinder. »Habt ihr euch in unserer Heiligen Grotte ein wenig ausgeruht?«

»Äh … Ja. Wir … wussten nicht, dass der Ort euch gehört«, murmelte Bing und trat unsicher einen Schritt zurück.

»Oh, das macht nichts, das macht nichts. Ihr seid herzlich willkommen. Menschenkinder sind uns immer herzlich willkommen«, wisperte der Mann einladend. Er lächelte.

»Da… danke«, stammelte Bing.

»Ach, wir haben schon so lange niemanden mehr getroffen. Es ist so schön, euch zu sehen. Ihr habt gewiss Hunger und Durst?«, säuselte die Frau. Wie auf Kommando roch es plötzlich nach gebratenem Fleisch und Kuchen und allerlei anderen köstlichen Sachen.

Millas Magen begann laut zu knurren.

Ihre Kehle war ganz ausgetrocknet. »Ja«, sagte sie. »Jajajaja.« Auch die anderen hatten ganz glasige Augen vor Begeisterung und nickten.

Die Frau lachte perlend, es klang wie kühlendes Wasser.

Milla leckte sich über die spröden Lippen.

»Und gewiss mögt ihr auch Tanz und Musik?«, summte der Mann. »Wie wäre es mit einem kleinen Fest?«

Neben ihm, als kämen sie durch die Felsen hindurch, tauchte mit einem Mal eine ganze Schar bunt gekleideter Männer und Frauen auf. Einige von ihnen hielten Flöten und Lauten und kleine Trommeln in den Händen, auf denen sie fröhlich zu spielen begannen. Andere formten einen Kreis und tanzten miteinander, während die übrigen vergnügt schwatzend und lachend umherliefen. Der Wald war auf einmal voller Geräusche.

»Au ja«, murmelte Bing und kicherte. Er wippte im Takt der Musik auf und ab.

»Dann kommt«, wisperte die Frau. Sie streckte beide Arme nach den Kindern aus, die auch schon eifrig einen Schritt auf sie zu machten. »Kommt. Bei uns geht es noch viel lustiger zu als bei den Gauklern.«

»Gaukler?«, flüsterte Edda vor sich hin, als versuchte sie, sich an etwas zu erinnern. Ihre Nase begann leise vor sich hin zu pfeifen. »Gaukler!« Sie hielt abrupt inne und schüttelte heftig den Kopf, als wollte sie sich wach rütteln. »Nein«, sagte sie, »nein, nein, nein«, erst leise, dann immer lauter. »Nein!« Ihre Stimme hallte wie ein Donnerschlag durch den

Wald. Aber bis auf ein paar Vögel, die verschreckt davonflatterten, schien sich niemand daran zu stören.

»Aber was ist denn?« Milla lächelte verträumt. »Warum willst du denn nicht? Lass uns gehen.«

Edda stemmte stur die Beine in den Boden. »Vlad«, sagte sie, während ihre Nase immer schriller wurde.

Milla blieb stehen. Der Ton erinnerte sie an irgendetwas. Sie nickte nachdenklich. »Da war doch noch … diese Murmel.«

»Und … Goodewind?« Bing machte ein zerstreutes Gesicht. Er wurde langsamer und rieb sich die Augen.

»Hab ich vielleicht einen Hunger«, rief Elsmoth, der die Frau schon fast erreicht hatte. Sie lächelte ihn erwartungsvoll an. Elsmoth streckte ihr die Hand entgegen.

»Nicht!« Die Mädchen machten einen Satz vorwärts. Sie packten den kleinen Räuber hastig an den Ärmeln und zerrten ihn zurück. Sie rissen Elsmoth dabei fast Jacke und Hemd vom Leib. Er fiel zu Boden, den Blick noch immer wie hypnotisiert auf die blumengeschmückte Frau gerichtet.

»Vielen … vielen Dank für die Einladung«, stotterte Milla. »Aber … wir haben eigentlich gar keine Zeit.«

»Bei uns gibt es keine Zeit«, summte die Frau.

Der Kreis der Tänzer weitete sich mit einem Mal. Er wogte auf die Kinder zu und öffnete sich dann. Die hüpfenden, sich drehenden Waldgeister umringten die vier schon fast. Sie klatschten im Takt der Musik.

Elsmoth wollte abermals auf die Frau zulaufen, doch Bing warf sich auf ihn. Er umschlang ihn mit beiden Armen und zog ihn mühsam mit sich, geradewegs auf eine Lücke zwischen den Felsen zu. »Schnell«, brüllte er über die Schulter zurück.

Die Mädchen wollten ihm folgen und wichen aufschreiend einem der Musiker aus, der plötzlich vor ihnen aus dem Boden zu wachsen schien. Er griff nach Edda. Und verfehlte sie nur um Haaresbreite. Milla riss sie mit sich in die Dunkelheit, bloß weg von den tanzenden Geistern. Erst im Schutz der Bäume warfen sie noch einen Blick zurück.

Die Waldgeister waren verschwunden. Nur noch ein schwaches Glimmen ging von den Felsen aus, das gleich darauf erlosch. Es wurde schlagartig stockfinster. Doch noch immer war ein leises Summen und Singen zu hören und eine einzelne wehmütige Flöte. Dann war es still.

7.

Elsmoth sank gegen den nächstbesten Baum. Er schloss die Augen und holte tief Luft.

»Alles in Ordnung mit dir?«

Er nickte hastig.

»Ich habe alles vergessen für einen kurzen Moment«, meinte Milla ungläubig. Sie war seltsam fasziniert, jetzt, da sie ihr Abenteuer sicher überstanden hatten. »Sogar wer ich bin und warum ich hier bin.«

»Ja, ich auch«, murmelte Elsmoth traurig. »Aber das war nicht schlimm. Sie waren so nett«, fügte er leise hinzu. »So ganz anders als die Räuber.«

»Pah! Na, das ist nun wirklich nicht schwer«, rief Milla.

Bing warf ihr einen unfreundlichen Blick zu, den Milla in der Dunkelheit mehr spürte als sah. Was sollte das denn? Sie hatte doch wohl recht, oder nicht? Dann wandte er sich wieder an Elsmoth. »Wer weiß, ob sie noch so freundlich zu dir wären, wenn du mit ihnen gingst«, meinte er.

»Hm«, machte Elsmoth. Er stieß sich von dem Baumstamm ab und sah noch einmal zu den Felsen hinüber. Er seufzte. »Wollen wir weiter?« Ohne erst auf eine Antwort zu warten, marschierte er auch schon los.

Es gab keine Wege in diesem Teil des Waldes, zumindest keine, die die Kinder sehen konnten. Da waren nur pechschwarze Schatten in ebenso pechschwarzer Nacht. Es war kalt. Elsmoth schob sich geradewegs durch das Unterholz und die anderen folgten ihm schweigend. Sie liefen und liefen, ohne anzuhalten, bis die Umrisse der Bäume immer deutlicher aus der Dunkelheit hervorstachen. Es wurde heller. Durch ein Loch im Geäst hoch über ihnen konnten sie ein Stück Himmel erkennen. Er wechselte gerade von Schwarz zu Dunkelblau. Außerhalb des Waldes dämmerte es bereits. Doch das Dickicht schien noch immer unendlich. Ein Wildschwein jagte an ihnen vorbei. Gleich darauf bemerkten sie auf einer Lichtung einen kleinen Bären. Sie schlichen mit klopfendem Herzen an ihm vorüber. Elsmoth entdeckte ein paar Sträucher mit kleinen, rosafarbenen Früchten, die man essen konnte. Die Kinder stopften sich die Backen und die Taschen voll, bis sie fast überquollen.

Dann lichtete sich das Gehölz ganz plötzlich. Es glühte purpurrot zwischen den Zweigen hindurch.

Milla blieb wie angewurzelt stehen. In der nächsten Sekunde rannte sie auch schon los. Zweige schlugen ihr ins Gesicht und griffen nach ihrem Kleid, sie stolperte über eine Wurzel, kam hastig wieder hoch und blieb mit ihrem Schwert an einer Hecke hängen. Sie riss sich umständlich frei und stürmte schließlich kopfüber auf eine Wiese hinaus. Wie eine Ertrinkende schnappte sie nach Luft. Der Wald war endlich zu Ende!

»Geschafft!«, johlte Bing dicht neben ihr. Er breitete die Arme aus und legte den Kopf in den Nacken.

Eine weite, leere Ebene dehnte sich vor ihnen aus. Kniehohes Gras führte bis an die lange, kahle Gebirgskette heran, die sich am linken Horizont erstreckte. Darüber ging gerade die Sonne auf. Der Himmel im Osten hatte Feuer gefangen und entflammte die Gipfel der Berge.

»Habe ich nicht gesagt, dass ich euch aus dem Wald herausführe?«, meinte Elsmoth. Er grinste selbstzufrieden.

Milla hieb ihm anerkennend die Hand auf die Schulter, aber es war wohl ein wenig zu kräftig, Elsmoth ging vor Schreck in die Knie.

»Und das will ein Räuber sein?«, feixte Bing.

»Ich bin kein …«

»Schon gut, schon gut, ich wollte dich nur ärgern. Aber wo sind wir hier?«

»Das wird wohl das Königreich der Langen Gräser sein«, meinte Milla.

»Was? Ernsthaft? Es gibt so ein Königreich?«

»Keine Ahnung. Aber es wäre passend, nicht wahr?«, prustete Milla los.

»Da ist Wasser«, rief Edda auf einmal.

Zwischen ein paar Steinen am Waldrand, keine drei Schritte von ihnen entfernt, entsprang eine kleine Quelle. Sie floss in einem dünnen Rinnsal in die Ebene hinein.

Milla ließ sich auch schon auf die Knie fallen. Sie hielt ihr

Gesicht in den kühlen Strahl und trank und trank, bis sie meinte, der Bauch würde ihr platzen. Dann rollte sie sich auf den Rücken und streckte alle viere von sich.

Bing hockte sich aufseufzend neben sie. Er schien in dem Bächlein gebadet zu haben, denn er war pitschnass. Er lehnte sich zurück und kaute auf einem Grashalm herum.

»Und jetzt?« Edda zupfte Zweige und Disteln aus ihren zerzausten Haaren. Sie band sie zu einem Zopf zusammen und sah die anderen fragend an.

»Nun, jetzt gehen wir weiter. Nach Osten.« Milla zeigte auf das Gebirge am Horizont und verzog den Mund. Die Berge waren ganz schön weit entfernt!

»Und ich gehe zurück in mein Kloster, ja? Mit der Schriftrolle«, meinte Elsmoth. »Ihr versteht ja sowieso kein einziges Wort von dem, was da draufsteht«, fügte er hastig hinzu, als er Millas Blick bemerkte.

Sie kniff abweisend die Augen zusammen. Eigentlich hatte sie nicht vor, Elsmoth die Schriftrolle zu geben. Abgesehen davon, dass er nicht allzu viel dazu beigetragen hatte, sie den Räubern abzunehmen, war es viel zu gefährlich. Denn bestimmt würde Goodewind noch einmal versuchen, sie zu stehlen. Vor allem, wenn der Zauberspruch, den er so dringend brauchte, wirklich daraufstand. Am sichersten wäre es wohl, die Rolle einfach zu verbrennen! Vielleicht konnte er die Murmel dann ja gar nicht benutzen? Andererseits, überlegte Milla, stand auf der Schriftrolle ja vielleicht irgendetwas, das ihnen helfen konnte? Vorausgesetzt, sie fanden jemanden, der sie für sie übersetzte. Sie seufzte unschlüssig.

Elsmoth sah sich plötzlich erschrocken um. »Aber ich weiß gar nicht, wo ich bin«, rief er. »Wie komme ich von hier aus nur zum Kloster zurück? Ach, ich würde ja noch nicht einmal das Räuberlager wiederfinden!« Er presste sich die Hand vor den Mund. »Oje! Was soll ich nur tun?«

»Nun, dann musst du mit uns kommen. Dir bleibt wohl gar nichts anderes übrig.« Edda wickelte sich ihr Tuch um die Schultern, während sie Elsmoth freundlich anlächelte.

»Oh nein!«, rief der sofort, er warf einen unbehaglichen Blick über die weite Grasfläche. »Ich ... ich habe den Wald doch noch nie verlassen«, sagte er fast ängstlich. »Sogar das Kloster liegt im Wald, wenn auch an seinem Rande.«

»Na ja, dann bleib halt nur so lange bei uns, bis wir jemanden finden, den wir nach dem Kloster fragen können.«

»Aber wo sollen wir denn hier jemanden finden? In dieser Einöde?« Elsmoth wies auf die leere Ebene. Kein Weg führte durch das Gras. Es gab nirgends ein Haus oder eine Hütte, nicht einmal Seidenschafe oder Grunzende Kühe grasten dort. Es schien schon seit Ewigkeiten niemand mehr hier gewesen zu sein. Falls überhaupt jemals jemand hier gewesen war.

»Ja«, meinte Milla und nickte grimmig. »Das wird sicher eine Weile dauern. Entscheide dich. Wir müssen jetzt weiter.« Sie wollte auch schon loslaufen, aber Elsmoth fasste sie hastig am Arm.

»Aber wohin wollt ihr drei denn eigentlich?«, fragte er.

»Ins Tiefe Moor. Irgendwo dort hinter den Bergen.«

»Und vorher nach Tand«, ergänzte Bing. »Wir brauchen dringend Vorräte«, setzte er hinzu. »Sonst verhungern und verdursten wir, lange bevor wir ankommen.«

»Sehr gut. Dann kann ich auch gleich nach meinem Vater sehen. Sicher ist er nach Tand weitergefahren, nachdem er uns hier nicht gefunden hat. Ich muss ihm doch Bescheid geben, dass die Räuber uns nicht erwischt haben.«

»Und wir bräuchten auch eine Kutsche oder zumindest Pferde. Wir werden sicher viele Wochen und Monate unterwegs sein.«

»Du liebe Güte! Viele Wochen und Monate! Da seid ihr ja fast am anderen Ende der Nebelinsel«, rief Elsmoth.

»Ganz genau.«

»Aber was wollt ihr denn da?«

»Die Murmel zurückholen«, sagte Milla.

»Vlad befreien«, wisperte Edda.

»Hoffen, dass wir wieder heil nach Hause kommen«, brummte Bing.

Die drei sahen einander fragend an. Sie nickten kaum merklich. Und dann erzählten sie Elsmoth endlich von Goodewind und den Ereignissen auf der Bunten Burg.

Elsmoths Augen wurden kugelrund und begannen gleich darauf, panisch zu flackern.

Das Gras schlug ihnen wie Peitschenhiebe gegen die Beine, die schon übersät waren mit blauen Flecken. Die Halme waren so dick, dass der Wind, der über die Ebene wehte, sie kaum in Bewegung versetzte. Gegen Mittag flaute die Brise ab und die Sonne, die nun direkt über ihnen stand, brachte die Luft zum Kochen. Es war drückend heiß.

»Ist das immer so?«, japste Elsmoth, dem der Schweiß in die Augen rann. »Außerhalb des Waldes, meine ich?«

Milla schüttelte mit zusammengepressten Zähnen den Kopf. Sie dachte wehmütig an die kühlen Gärten im Bunten Königreich, die hohen, Schatten spendenden Bäume, den reich gedeckten Tisch an ihrem letzten Abend auf der Burg, als die Gaukler gekommen waren. Ihr Magen knurrte so laut, dass sie Elsmoth kaum verstanden hatte. Sie stopfte sich ihre letzte rosa Frucht in den Mund. Wenigstens hatten sie keinen Durst. Der schmale Wasserlauf, der am Waldrand begann, begleitete sie die meiste Zeit, er führte in leichten Kurven auf das Gebirge zu. Doch das Wasser war nun ziemlich warm und schmeckte nach Erde.

»Gibt es Bäume außerhalb des Waldes?«, fragte Elsmoth gleich darauf.

Nach dem, was die anderen ihm erzählt hatten, hatte er sich ihnen eher widerwillig angeschlossen. Aber er hatte ja keine andere Wahl gehabt. Allein in den Wald zurück hatte er sich nicht getraut, ganz abgesehen davon, dass er sich verlaufen hatte. Doch ewig am Waldrand sitzen bleiben konnte er auch nicht. Also war er schließlich mitgekommen. Und

stellte seither lauter neugierige Fragen. Nur nach der Schriftrolle hatte er kein einziges Mal mehr gefragt. Er schien für den Moment ganz zufrieden damit, dass Milla sie hatte und nicht er, wo doch ein so gefährlicher Zauberer wie Goodewind hinter ihr her war.

»Ja«, knurrte Milla. »Es gibt sogar *Wälder* außerhalb des Dunklen Waldes.«

»Ist nicht dein Ernst«, keuchte Elsmoth, der versuchte, mit ihr Schritt zu halten, verwundert.

»Sag mal, was steht denn da eigentlich in deinen schlauen Büchern, die du ständig im Kloster liest?«, rief Bing.

»Oh, da geht es um andere Sachen. Gibt es in den anderen Wäldern auch Räuber?«

»Jede Menge«, meinte Edda. »Aber es gibt auch Wälder, in denen nur Hexen und Zauberer leben. Die Waldmagier sind allerdings nicht besonders freundlich. Frag lieber nicht«, fügte sie rasch hinzu, als Elsmoth abermals den Mund aufmachte.

Die Kinder schleppten sich müde weiter. Stunde um Stunde wanderten sie durch das Meer aus Gras, ohne einer Menschenseele zu begegnen. Die Landschaft veränderte sich kaum und die Berge am Horizont schienen keinen Millimeter näher zu rücken.

Am späten Nachmittag dann begannen die Grashalme auf einmal, kürzer zu werden. Plötzlich tauchten ein paar Häuser vor ihnen auf. Doch als sie näher kamen, fanden sie nur ein paar zerbröckelnde Ruinen vor, in denen schon lange niemand mehr lebte. Nicht weit dahinter wurde das Gras schon wieder höher. Doch die Berge waren noch immer entsetzlich weit entfernt.

»Das dauert ja Wochen, bis wir da ankommen«, seufzte Edda, die ein Stück vorausging. Sie drehte sich im Laufen um und fuhr sich mit dem Handrücken über die Stirn, als sie urplötzlich kleiner wurde. In der nächsten Sekunde war sie auf einmal ganz verschwunden.

Die anderen blieben verdattert stehen. »Edda?«

Doch die kleine Hexe war wie vom Erdboden verschluckt. Sie schien sich in Luft aufgelöst zu haben.

»Edda? *Edda!*« Milla rannte los, zu der Stelle, an der sie Edda zuletzt gesehen hatte, als Bing sie auf einmal zurückriss.

»Vorsicht«, schrie er.

Direkt vor ihr klaffte ein Loch im Boden. Es war so groß wie ein Kutschenrad.

Milla schlug sich erschrocken die Hand vor den Mund. »Oh, nein! Edda muss da reingefallen sein«, rief sie unnötigerweise. Sie ließ sich auch schon neben dem Loch auf die Knie fallen und spähte angestrengt hinunter. Doch sie konnte nichts weiter als die Wurzeln der Gräser erkennen. Erstaunlich dicke Wurzeln. Dahinter war nichts als pechschwarze Finsternis. »Edda?«, brüllte sie noch einmal in das Loch hinunter.

Doch statt einer Antwort drang nur ein leises Rauschen und Gurgeln zu ihnen herauf.

»Was ist das?«, wisperte Elsmoth ängstlich. Er zupfte an seiner Unterlippe herum.

»Hat zufällig jemand ein Seil dabei?«, fragte Bing, der neben Milla kauerte. »Nein? Dachte ich mir fast.« Er holte einen kleinen Stein aus seiner Hosentasche und ließ ihn in die Dunkelheit hinunterfallen.

Die Kinder waren mucksmäuschenstill. Sie hielten sogar den Atem an, während sie ungeduldig darauf lauschten, dass der Kiesel unten aufschlug. Doch es dauerte eine halbe Ewigkeit, ehe sie weit, weit unter sich endlich ein leises Platschen hörten.

»Da muss Wasser sein.«

»Dann nichts wie hinterher.« Milla schwang ihre Beine in das Loch. Mit der einen Hand packte sie den Griff ihres Schwerts, mit der anderen hielt sie ihr Kleid fest. »Wir können Edda doch nicht alleinelassen!«

»Aber was, wenn es doch kein Wasser ist?«, rief Elsmoth entsetzt. »Dann …«

»Nein!«, brüllte Bing plötzlich los.

Milla rutschte nach vorn. Bing versuchte noch, sie festzuhalten. Doch es war zu spät. Milla stieß sich ab. Und fiel wie ein Stein in die Finsternis.

Millas Sturz war atemberaubend. Im wahrsten Sinne des Wortes. Sie bekam kaum Luft. Sie konnte nicht einmal schreien. Der eisige Wind zerrte an ihren Haaren und an ihrem Kleid, er riss es regelrecht nach oben. Fast verlor sie ihr

Schwert aus dem Gürtel. Sie packte es nur umso fester, während sie mit dem anderen Arm wie wild zu rudern begann. Sie suchte unwillkürlich nach Halt, obwohl sie nicht glaubte, dass es irgendwo einen Halt gab.

Milla fiel und fiel immer tiefer in die Dunkelheit. Sie drehte sich um ihre eigene Achse, bis ihr ganz schlecht und schwindlig war. Über sich meinte sie Bing und Elsmoth zu hören, ihre erregten Stimmen. Sie schienen zu streiten. Jemand brüllte laut auf. Dann plötzlich spürte sie etwas Nasses und Kaltes an ihren Beinen. Im nächsten Augenblick versank sie bis zu den Haarspitzen. Milla hielt automatisch die Luft an. Irgendetwas packte sie und zerrte sie mit sich. Nach oben. Keinen Moment später tauchte sie wieder auf.

Milla schnappte laut keuchend nach Luft und spuckte das Wasser aus, das sie geschluckt hatte. Sie war in einem Fluss gelandet, der tief unter der Erde dahinraste. Sie streckte die Hände vor und versuchte zu schwimmen. Aber die Strömung war einfach zu stark, sie riss sie abermals mit sich.

»Edda?«, prustete sie. Hinter sich hörte sie etwas auf dem Wasser aufplatschen. Sie schaffte es mühsam, sich umzudrehen, doch sie konnte nichts sehen. Es war stockdunkel. »Bing? Elsmoth?«

Die Wellen schlugen über ihrem Kopf zusammen und sie wurde erneut unter Wasser gedrückt. Hustend kam sie wieder hoch. Sie prallte gegen etwas Hartes. Das musste die Felswand sein. Ein stechender Schmerz jagte durch ihre Schulter. Dann zogen die Fluten sie wieder mit sich.

»Bing?«, rief Milla abermals, als vor ihr mit einem Mal ein schwaches Licht auftauchte. Sie trieb geradewegs darauf zu, doch sie konnte nicht sehr viel erkennen. Milla wischte sich umständlich das Wasser aus den Augen.

Da schien ein schmaler Strand zu sein. Eine Gestalt hockte am Ufer. Sie hatte weißes Haar. Edda! Die kleine Hexe sprang auf, als die Strömung Milla quer über den Strand katapultierte.

Wie ein Pfeil sauste Milla durch den aufwirbelnden Sand und kam schließlich mit dem Gesicht nach unten zum Stillstand. Spuckend stemmte sie sich hoch, als Edda ihr auch schon hastig auf die Beine half.

»Da bist du ja«, japste Milla und ging sofort wieder in die Knie. Sie klopfte an ihrem Kleid herum, doch der Sand klebte an ihr wie eine zweite Haut, auch im Gesicht und in ihren Haaren.

»Bist du mir etwa nachgesprungen?«

»Aber natürlich. Ich kann dich doch nicht einfach im Stich lassen!«

»Das war ziemlich dumm von dir.«

Milla wollte sie heftig anfahren, als sie Eddas erfreuten Gesichtsausdruck bemerkte. Sie lächelte. »Du hättest das Gleiche für mich getan. Hoffe ich …« Sie zuckte plötzlich zusammen. Lautes Gebrüll hallte von den Steinwänden wider. Die Mädchen rissen die Köpfe herum.

»Ich glaube, da kommen die andern«, sagte Edda.

Keine Sekunde später schoss Elsmoth an ihnen vorüber,

er brüllte noch immer. Dann kam Bing, der einen gewaltigen Purzelbaum schlug. Elsmoth war erstaunlich schnell wieder auf den Beinen.

»Du hast mich geschubst!«, schrie er.

»Hab ich nicht«, brummte Bing, den Mund noch halb im Sand. Er rollte sich auf die Seite. »Du bist gestolpert. Und dann bin ich dir nachgesprungen. Um dich zu retten.«

»Um mich zu retten? Wenn es dich nicht gäbe, müsste mich niemand retten! Aus dieser … dieser …«, Elsmoth sah sich mit grimmiger Miene um, »Höhle.« Er runzelte plötzlich unbehaglich die Stirn. »Wo genau sind wir hier eigentlich?«

Der Strand, auf dem sie standen, war nicht besonders breit. Auf der einen Seite begrenzte ihn das Wasser, auf der anderen die Felswand, die überzogen war mit seltsamen gelben Kieseln, denen ein hell glitzerndes Licht entströmte, genügend Licht, um die halbe Höhle zu erleuchten. Steinerne Säulen links und rechts ragten bis zu der hohen Decke hinauf, die die Kinder allerdings nur erahnen konnten. Doch nirgends gab es einen Weg irgendwohin, eine Öffnung im Felsen oder gar eine Treppe. Da war nur der Fluss, der an ihnen vorbei in die Dunkelheit brauste.

»Die Schriftrolle!«, rief Elsmoth mit einem Mal. Er wirbelte herum und sah Milla erschrocken an. »Was ist mit der Schriftrolle? Hast du sie noch?«

Milla fuhr zusammen. Die Schriftrolle! Die hatte sie ja völlig vergessen. Sie fasste hastig in die Tasche ihres Kleides

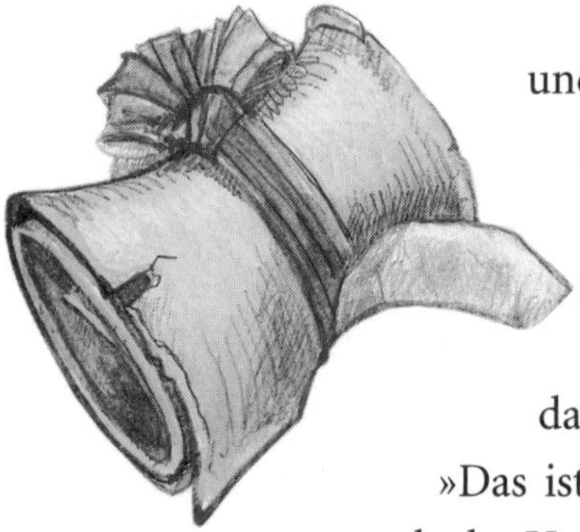

und zog das schmale Stückchen Papier hervor. Sie riss verblüfft die Augen auf. Ihr Kleid war pitschnass, aber die Rolle war vollkommen trocken! »Wie ist das möglich?«, murmelte sie.

»Das ist doch egal. Hauptsache, sie ist noch da. Und unversehrt.« Elsmoth atmete erleichtert auf.

Milla hingegen war blass geworden. Wenn Wasser der Rolle nichts anhaben konnte, dann war Feuer womöglich auch wirkungslos. Vielleicht war sie genauso unzerstörbar wie die Murmel von Alabaster. Aber wie sollten sie dann im Notfall verhindern, dass Goodewind die Schriftrolle in die Finger bekam? Sie mussten sie irgendwo verstecken! Aber wo? Milla sah sich unsicher um. Hier vielleicht? Aber hier gab es kein geeignetes Versteck. Nur die glitzernde Felswand, den Strand und den Fluss. Unschlüssig schob sie das Papier zurück in ihre Tasche.

»Ich fürchte, es gibt keinen anderen Ausgang als den da.« Edda wies auf das Wasser.

»Ja, wir haben wohl keine andere Wahl. Wir müssen wieder in den Fluss springen, wenn wir hier wegwollen«, meinte Bing, der gerade sein Hemd auswrang.

»Oh nein! Ohne mich.« Elsmoth verschränkte die Arme.

»Kein Problem. Wir schicken dir Proviant. Falls wir noch einmal durch das Grasmeer da oben laufen. In ein paar Jahren oder so«, meinte Milla bissig. Sie trat näher an das Ufer heran.

»Wir sollten uns erst mal ein wenig ausruhen«, sagte Bing. »Wer weiß, was uns am anderen Ende des Flusses erwartet. Außerdem, ich kann kaum noch geradeaus gucken, so müde bin ich.«

»Du willst schlafen? Hier?«, rief Elsmoth alarmiert.

»Ich kann dich auch gerne sofort ins Wasser schubsen«, knurrte Bing.

Elsmoth funkelte ihn böse an.

»Aber du hast recht. Wir sollten abwechselnd Wache halten. Wer weiß, was für Wesen hier unten hausen. Bloß weil wir noch niemanden gesehen haben, heißt das nicht, dass niemand hier lebt. Oder dass nicht sonst was passiert«, fügte Bing rasch beschwichtigend hinzu.

»Gut. Ich fang dann mal an.« Milla setzte sich im Schneidersitz in den Sand. Sie strich sich die nassen Haare zurück, legte ihr Schwert in den Schoß und verschränkte entschlossen die Arme. »Ich bin nämlich überhaupt nicht müde«, erklärte sie. Doch als Bing sie schließlich ablöste, fielen ihr schon fast die Augen zu vor Erschöpfung.

Sie hatte keine Ahnung, wie lange sie geschlafen hatte. Es war merkwürdig, den Himmel nicht zu sehen. Als sie in das Loch gesprungen waren, war es schon spät am Nachmittag gewesen. Ob es jetzt bereits Morgen war? Oder noch mitten in der Nacht? Jedenfalls fühlte sie sich erstaunlich munter, als Edda sie aufweckte. Obwohl ihr Kleid noch immer ganz klamm war und ihre Knochen sich ein wenig steif anfühlten. »Hunger«, sagte sie.

»Ja, ich auch«, seufzte Edda.

Die Jungen standen bereits am Ufer und starrten beklommen auf das tosende Wasser hinunter.

»Ich glaube nicht, dass es wirklich gefährlich ist«, murmelte Bing und bemühte sich um ein tapferes Gesicht dabei. »Uns ist ja auch vorhin nichts passiert«, fügte er hoffnungsvoll hinzu.

Milla dachte an ihre Schulter, sagte aber nichts.

»Wahrscheinlich ist es so eine Art Abkürzung«, überlegte er weiter. »Wohin auch immer. Um dieses Grasmeer da oben schnell hinter sich zu lassen.«

»Na, dann war es ja doch keine so schlechte Idee, dass ich hier runtergefallen bin«, raunte Edda. Sie prustete plötzlich los, war aber sofort wieder still. Ihre Mundwinkel zuckten noch immer.

»Gut. Dann los.«

Die Kinder fassten sich an den Händen. Sie zögerten kurz. Und sprangen dann alle gleichzeitig ins Wasser. Fast alle. Elsmoth war stehen geblieben, doch die anderen rissen ihn einfach mit sich. In der nächsten Sekunde packte sie die Strömung und zerrte sie vom Uferrand weg. Diesmal schrie nicht nur der kleine Räuber. Auch die anderen brüllten aus Leibeskräften. Wenn auch nicht lange. Gleich darauf wurden die vier auch schon unter Wasser gedrückt. Sie wurden auseinandergerissen und strampelten mühsam zurück an die Oberfläche. Es war nun wieder stockfinster. Sie konnten nicht einmal die Hand vor Augen sehen.

»Hilfe«, kreischte Elsmoth, als die Kinder hin und her geworfen wurden. Sie sausten um mehrere Kurven herum, zumindest fühlte es sich so an, und schließlich eine ganze Weile geradeaus. Die wilde Fahrt schien überhaupt kein Ende zu nehmen. Gerade, als Milla meinte, sie könnte es keinen Moment länger ertragen, sah sie vor sich abermals ein Licht. Aber es war anders als das Licht in der Höhle, weißer und heller. In rasender Geschwindigkeit jagten sie darauf zu. Und wurden plötzlich nach oben geschleudert, durch eine breite Öffnung direkt in das milchige Leuchten hinein. Die Höhle war endlich zu Ende. Das Wasser schoss in einem hohen Bogen durch die Luft, um dann abrupt nach unten zu stürzen.

»Ein Wasserfall«, brüllte Bing entgeistert gegen das Rauschen an.

Milla begann heftig zu zappeln, als sie abermals wie ein Stein in die Tiefe sackte. Unter sich, durch den Wasserdunst hindurch, sah sie einen kleinen See. Hoffentlich ist der tief genug, schoss es ihr noch durch den Kopf. Nur Sekunden später tauchte sie auch schon in die schäumenden Wellen. Um sofort wieder hochzukommen. Jemand hatte sie am Arm gepackt.

»Alles in Ordnung?« Es war Bing. Er wirkte genauso mitgenommen wie sie selbst.

Milla spuckte das Wasser aus und tastete nach ihrem Schwert. Es war ein Wunder, dass sie es nicht verloren hatte. »Sicher, sicher. Wo sind die andern?«

»Hier!« Edda und Elsmoth paddelten bereits auf die Uferböschung zu. Sie war in dünne Nebelschleier gehüllt.

»Was für ein seltsamer Ort, nicht wahr?«, meinte Bing.

»Hm.« Milla krabbelte durch das Schilfgras, während ihre Augen aufmerksam hin und her huschten. Nicht, dass plötzlich jemand aus den Büschen da gesprungen kam! Oder dass dort zwischen den dicken Steinen irgendwo ein Bär auf sie lauerte! Doch nichts dergleichen geschah. Sie schleppte sich auf den schmalen Wiesenstreifen, der den Uferrand säumte. Hier war es ziemlich warm, vor allem nach der kühlen Höhle. Die Sonne stand genau über ihnen, war durch den hauchfeinen Dunst aber kaum zu sehen.

Milla warf einen Blick zurück.

Der See war eine kleine, blau-grüne Oase inmitten einer ansonsten kahlen Felslandschaft. Der Wasserfall ergoss sich aus einer fast senkrechten Hügelflanke am gegenüberliegenden Ufer. Gleich dahinter türmten sich gewaltige Berge auf. Sie waren am Rande des Gebirges gelandet!

»Das nenn ich nun wirklich mal eine Abkürzung«, lachte Bing. »Zu Fuß hätten wir bestimmt Wochen dafür gebraucht.«

»Ich hätte nichts dagegen gehabt, zu Fuß zu gehen«, brummte Elsmoth, der sich nichtsdestotrotz neugierig umsah.

»Ach du! Nun hast du es doch hinter dir«, rief Bing. Er schlang den Arm um Elsmoths Schulter und schüttelte ihn. »Und wir leben noch!«

»Noch«, murmelte Milla. »Ich sterbe gleich vor Hunger.«

»Das ist das geringste Problem. An einem See!« Bing griff noch immer lachend in seine Hosentasche und zog eine dünne Schnur hervor. Er pulte einen Moment in der Uferböschung, fummelte dann an der Schnur herum und warf das eine Ende schließlich ins Wasser.

»Sag mal, was hast du denn noch alles in deinen Hosentaschen versteckt? Tonnenweise Steine, Angelschnüre … Ist da vielleicht noch irgendwo ein gebratenes Huhn drin, oder so?« Edda guckte hoffnungsvoll.

»Nein, aber gleich gibt es gebratenen Fisch. Vorausgesetzt, Elsmoth kriegt ein Feuer in Gang«, fügte Bing unsicher hinzu, als seine Schnur auch schon zu zucken begann. Er holte sie hastig ein.

»Oh, aber sicher. Meine kleinen Wundersteine funktionieren auch, wenn sie nass sind. Hilft mir vielleicht jemand?«

»Ja.« Milla und Edda suchten nach Brennholz, sammelten Blätter und dünne Zweige und sogar einen halben Busch ein, der aus der Erde gerupft und längst vertrocknet war, und warfen dann alles zusammen auf einen nicht gerade kleinen Haufen.

Elsmoth nahm ein paar Blätter und schlug seine Steine aneinander. Es dauerte dann allerdings doch eine ganze

Weile, ehe sie endlich Funken schlugen und die Blätter zu glimmen begannen. Gleich darauf prasselte auch schon ein Feuer neben ihnen.

Bing kehrte mit einem ganzen Arm voller Fische zurück, die er geschickt auf einige Zweige schob. Die Zweige steckte er dann neben dem Feuer in die Erde.

Edda wickelte noch ein paar grellbunte Blumen darum, die sie gefunden hatte, und etwas, das aussah wie Gras, aber nach Limetten roch. »Kräuter«, erklärte sie, als die anderen sie fragend ansahen. »Die sehen etwas komisch aus, aber sie schmecken sehr gut.«

»Alles klar. Jetzt müssen wir nur noch warten.« Bing räusperte sich mit einem Mal. Er zupfte an seinem nassen Hemd herum. »Wir ... wir gehen dann mal ... dorthin«, murmelte er plötzlich verlegen. Er wies auf den Busch neben ihnen, vor dem das Feuer brannte, und warf Elsmoth einen auffordernden Blick zu. »Ihr könnt hierbleiben«, fügte er großzügig hinzu.

»Aber ich will gar nicht ...«, begann Elsmoth erstaunt zu widersprechen.

»Nun komm endlich«, zischte Bing ungeduldig. Er marschierte auch schon um den Strauch herum.

Milla versuchte, nicht zu grinsen. War er tatsächlich rosa im Gesicht gewesen?

Im nächsten Moment flog sein Hemd auf die Ästchen der Hecke.

»Ah«, machte Elsmoth. »Richtig. Ich … ähm …« Er rannte fast auf die andere Seite des Buschs.

Die Mädchen sahen sich nur an und grinsten breit. Dann zogen sie ebenfalls ihre Kleider aus, wuschen sie im See und hängten sie neben die Hosen und Strümpfe der Jungen, nahe ans Feuer. Sie ertappten sich gegenseitig dabei, wie sie einen raschen Blick durch die Zweige warfen, und begannen laut zu lachen.

»Was ist?«, rief Bing alarmiert von der anderen Seite.

»Nichts«, kicherte Milla. Sie presste sich hastig die Hand vor den Mund, ehe sie noch einmal ins Wasser ging, um zu baden. Sie wusch sich den Sand aus den Ohren und den Haaren, ehe sie tropfnass neben Edda ins Gras rollte. Am Feuer war es angenehm warm. Milla verschränkte die Arme hinter dem Kopf und döste vor sich hin, während sie mit knurrendem Magen den köstlichen Geruch nach gebratenem Fisch einsaugte. Wann war der nur endlich fertig?

Ein Schatten, der über die Sonne zog, schreckte sie auf. Milla schoss hoch.

»Ein Drache«, schrie Bing auch schon aufgeregt. Sein Kopf ragte über den Busch hinweg. Er starrte in den Himmel, den rechten Arm in die Luft gestreckt. Doch der Drache war längst wieder verschwunden. »Ein Drache!«, rief er noch einmal. »Habt ihr ihn gesehen?«

»Leider«, murmelte Milla unbehaglich. »Hoffentlich gibt es hier nicht noch mehr davon.« Sie zog ihr Schwert näher zu sich heran.

Aber auch Elsmoth war blass geworden. »Ich habe noch nie vorher einen Drachen gesehen«, hauchte er, ziemlich beeindruckt.

»Na, wie denn auch, wenn du noch nie aus deinem blöden Wald da rausgekommen bist?«

»Ich glaube, der Fisch ist fertig«, sagte Edda.

»Endlich!«

Keine fünf Minuten später hockten die vier in fast trockener Kleidung am Feuer und machten sich ausgehungert über die Fische her, die wirklich großartig schmeckten mit den seltsamen Kräutern, die Edda darum gewickelt hatte. Anschließend tranken sie Wasser aus dem See, das sie mit den Händen schöpften.

»Jetzt noch ein Stück Kuchen und ein Becher Rotbeerentee und es ist fast wie zu Hause«, seufzte Milla. Sie fühlte sich schon sehr viel wohler, nun, da sie endlich etwas im Magen hatte.

»Zu Hause hätte ich das sehr viel besser hingekriegt«, brummte Bing beinahe beleidigt, ehe er Elsmoth dabei half, das Feuer auszutreten.

Milla grinste nur.

8.

»Wie weit ist es wohl noch bis Tand?« Edda starrte angestrengt durch die Nebelschleier, als könnte sie dahinter schon das besagte Königreich erkennen.

»Weit«, erwiderte Milla. »Wir müssen quer durch das Gebirge. Und dahinter sind es immer noch etliche Tage, bis wir ankommen.«

»Und das Tiefe Moor liegt noch einmal doppelt so weit entfernt, mindestens«, murmelte Edda. Sie seufzte. »Was Vlad in der Zwischenzeit nicht alles passieren kann!«

»Gar nichts wird ihm passieren. Vlad hat offenbar ein Talent, das Goodewind gut gebrauchen kann. Er wird ihm nichts antun.«

»Glaubst du?«, fragte Edda unsicher und setzte sich auch schon hastig wieder in Bewegung.

»He, nicht so schnell«, rief Milla. »Wenn du dir den Knöchel verstauchst, hilft ihm das auch nicht.«

Die Kinder umrundeten den See, auf den Hügel zu, aus dem der Wasserfall kam, und die gewaltigen Berge dahinter. Es ging langsam bergauf. Das Gras unter ihren Füßen wurde immer spärlicher, bis nur noch der kahle, rötlich schimmernde Fels übrig war. Nirgends wuchs mehr ein Busch

oder auch nur eine Blume. Dafür ragten nun spitze Steine aus dem Boden, der übersät war mit dunklem Geröll. Vor ihnen, zwischen ein paar hohen Felsen, tauchte mit einem Mal ein Haus auf.

»Da«, rief Elsmoth aufgeregt, er wurde schneller. »Vielleicht kann uns da ja jemand helfen.«

Aber als sie näher kamen, entpuppte sich das Haus nur als schwarz verkohlte Ruine. Es war schon vor langer Zeit abgebrannt.

Die Kinder ließen die Köpfe hängen.

»Seid ihr sicher, dass es Menschen gibt außerhalb des Dunklen Waldes? Ich habe bisher noch niemanden gesehen. Außer euch«, sagte Elsmoth, er klang fast ein wenig misstrauisch. »Ich habe noch nicht mal Tiere gesehen. Außer ein paar toten Fischen«, fügte er hinzu.

»Dem Himmel sei Dank«, murmelte Edda und marschierte mit energischen Schritten an ihm vorbei.

Elsmoth warf ihr einen erstaunten Blick hinterher.

Dann ging es plötzlich steil nach oben. Die riesigen Berge schienen geradewegs in den Himmel hineinzuwachsen. Mühsam schleppten sich die Kinder die schroffen, zerklüfteten Felswände hinauf, einmal krochen sie sogar auf allen vieren weiter, doch sie schienen kaum vorwärts zu kommen.

»Sind Gebirge immer so ... *groß?*«, japste Elsmoth.

»Keine Ahnung«, knurrte Milla und hielt sich an einem Felsvorsprung fest. »Das hier ist mein erstes.« Sie schob sich um einen breiten Krater herum und stand im nächsten Moment am Anfang einer schmalen Schlucht. Verdutzt hielt sie inne.

»Eine Abkürzung«, jubelte Bing, der ihr dabei kräftig in den Rücken stieß.

»Deine Abkürzungen sind mir mittlerweile ziemlich unheimlich«, murmelte Elsmoth und ging zögernd weiter.

Die Schlucht führte pfeilgerade zwischen zwei fast senkrecht aufragenden Steinwänden hindurch. Lange Schatten fielen auf den engen Weg hinunter. Es war so düster, als ob die Sonne hinter den Bergen zurückgeblieben wäre.

Milla zog unwillkürlich den Kopf zwischen die Schultern und auch die anderen starrten beklommen den nackten Felsen hinauf. Kein Geräusch war zu hören, nur der Wind, der leise pfeifend an ihnen vorüberzog.

Dann weitete sich die Schlucht mit einem Mal. Keine Sekunde später traten sie in ein großes Tal hinaus.

Der Nebel schien hier noch dichter und das Licht war seltsam milchig grau. Verkohlte Baumstümpfe säumten ihren Weg, gleich darauf tauchten weitere geschwärzte Ruinen vor ihnen auf.

»Wo sind wir hier nur?« Elsmoth wischte sich den Schweiß von der Stirn.

Es war noch immer erstaunlich warm, so als ob irgendwo ein riesiger Ofen brannte, der das ganze Gebirge erhitzte. Ein schwacher Geruch nach Kohle und glimmendem Holz hing in der Luft.

»Vielleicht hat es hier einen Krieg gegeben?«, flüsterte Edda ganz leise.

»Ja, vielleicht hat Goodewind die Murmel nun doch benutzt«, krächzte Milla, »und hier ihre Macht getestet. Ehe er den Rest der Insel in Schutt und Asche legt.«

»Dann sollten wir besser einen anderen Weg nehmen.« Elsmoth wollte auch schon umkehren, doch Bing packte ihn am Arm.

»Es gibt keinen anderen Weg.« Er wies auf die hohen Berge, die das Tal auf allen Seiten umklammerten. »Es sei denn, du möchtest da hochklettern.«

Elsmoth starrte den nächstbesten Gipfel hinauf. Und runzelte die Stirn. Dort oben stand eine Burg. Eine abgebrannte Burg! Die Felswand darunter war durchlöchert wie ein alter, von Mäusen zerfressener Käse. Riesige Öffnungen gruben sich in den Stein hinein, halb verdeckt von dicken Dunstschwaden.

»Was ist denn das?«

»Das sieht aus wie …«

»Höhlen!«

»Ja, du liebe Güte, das sind Höhleneingänge«, riefen die anderen alle durcheinander.

Milla hielt abrupt inne. Sie schluckte. Sie ahnte plötzlich, wo sie waren. Sie hatte von diesem Ort gehört, schon mehr als einmal. Und er hatte überhaupt nichts mit Goodewind zu tun. Leider, schoss es ihr durch den Kopf, denn das hier erschien ihr noch viel schlimmer! Hastig sah sie zu Bing hinüber. Seine Augen hatten zu leuchten begonnen. »Oh nein!«, hauchte sie entsetzt.

Bing bückte sich plötzlich. Er griff nach einem Gegenstand, der vor ihm am Boden lag, und hob ihn ganz vorsichtig auf. Dann strich er fast liebevoll mit den Fingerspitzen darüber.

»Was ist das?«, fragte Elsmoth. Edda beugte sich über seine Schulter.

»Eine Schuppe«, krächzte Bing ehrfürchtig. Er richtete sich auf. »Eine echte Drachenschuppe!« Er streckte sie den anderen freudestrahlend entgegen. Milla hatte ihn noch niemals so fröhlich erlebt. »Wir sind im Reich der Drachen«, lachte er mit hochroten Wangen.

Milla aber wurde kreidebleich. Sie klammerte sich fester an ihren Schwertgriff.

Bing starrte noch immer fasziniert auf die Schuppe. Sie war rötlich braun und wirkte seltsam ledern. Sie war ein bisschen größer als seine Hand und voller kleiner Höcker, die wie Kirschkerne aussahen.

»Sie fühlt sich ganz weich und warm an«, meinte Bing erstaunt. »Hier, fass mal an«, sagte er an Milla gewandt, die nur entgeistert den Kopf schüttelte. Drachen waren Monster, die Prinzessinnen fraßen! Sie wollte sie ganz sicher nicht anfassen! Nicht einmal eine einzelne Schuppe. Aber Bing machte einen Schritt auf sie zu und hielt ihr das furchtbare Ding aufgeregt unter die Nase.

»Hau ab damit!«, brüllte Milla. Sie schlug ihm gegen die

Hand und stolperte rückwärts, als sie hinter sich plötzlich Geräusche hörte. Irgendetwas schleifte über den Boden. Eine Eisenkette klirrte. Schritte. Milla fuhr herum.

In der nächsten Sekunde traten drei finster aussehende Gestalten zwischen den Felsen hervor. Sie trugen Lederkleidung. Der eine schleppte eine dicke Kette mit sich, der andere hatte ein Seil über der Schulter, während der dritte Mann einen Korb umschlungen hielt, der sich heftig bewegte.

»Drachenbändiger«, raunte Bing. Er steckte die Schuppe hastig in seine Hosentasche und sah den Männern mit großen Augen entgegen. Seine Wangen brannten nun feuerrot.

Milla hingegen erschienen die Männer ebenso schauerlich wie die Drachen selbst. Sie hatten lange Narben in den dunklen Gesichtern, dem einen fehlte ein Ohr, der zweite hatte beide Arme bandagiert, während der Bart des dritten zur Hälfte versengt war. Und alle guckten sie entsetzlich griesgrämig. Als sie die Kinder bemerkten, blieben sie überrascht stehen.

»Wo kommt ihr denn her?«, brummte der Einohrige. »Was wollt ihr hier?«

»Wir … haben uns verlaufen«, erklärte Milla. Ihr Mund fühlte sich auf einmal ganz trocken an, sie bekam kaum die Lippen auseinander.

»Man muss sich schon ganz ordentlich verlaufen, um ausgerechnet hier zu landen«, sagte der mit dem Seil, er klang nicht ganz so unfreundlich. »Wo wollt ihr denn hin?«

»Ins Tie… Nach Tand«, verbesserte sich Milla schnell. Elsmoth nickte heftig, er war noch viel bleicher als sie selbst. Bing allerdings stand nur da wie versteinert. Er konnte den Blick nicht von den Drachenbändigern wenden.

»Ihr solltet besser umkehren und den Weg um das Drachenland herum nehmen.« Der Mann hinter dem Korb zupfte an seinem halben Bart. »Der ist zwar sehr viel weiter, aber dafür auch sehr viel sicherer.«

»Aber wir haben keine Zeit! Wir …« Ein gewaltiger Schatten glitt mit einem Mal über sie hinweg. Einen Moment lang wurde es stockdunkel. Dann tauchte etwas Schwarzes aus dem Nebel über ihnen auf. Es war ein Kopf. Ein riesiger Drachenkopf mit hellgrünen Zacken. Und einem gewaltigen Maul, das plötzlich weit aufklappte.

Milla sträubten sich die Haare, als auch schon eine rot glühende Feuerkugel aus dem Schlund des Drachen schoss. Die Kinder schrien auf und duckten sich hastig.

Der Feuerball jagte dicht an ihnen vorüber. Er schlug auf dem Boden auf, prallte ab und sprang in den Nebel zurück, ehe er endlich verglühte. Dunkle, gurgelnde Geräusche hallten durch das Tal. Ein sehr viel kleinerer Schatten sauste an dem großen vorbei, auf die Berge zu. Der schwarze Drache jagte ihm sofort nach. Gleich darauf verschwanden die beiden zwischen den Gipfeln.

Milla stieß heftig die Luft aus. Ihr zitterten noch immer die Knie. Sie sah zu den anderen hinüber. Der Einzige, der das alles sichtlich genoss, war Bing. Er strahlte vor Begeisterung übers ganze Gesicht. Selbst die Drachenbändiger wirkten erschrocken und ein wenig besorgt. Sie hatten es auf einmal ziemlich eilig.

»Nach Tand geht es dort entlang.« Ein bandagierter Arm wies tiefer ins Tal hinein und auf eine grüne Hügelkette weiter im Osten. »Aber ihr müsst sehr, sehr vorsichtig sein, hört ihr? Die Drachen, die dort leben, sind gefährlich. Niemandem ist es bisher geglückt, sie zu bändigen. Und dann«, er schien zu zögern, »dann müsst ihr auch noch an der Höhle des Alten Gran vorbei.« Er presste die Lippen aufeinander und schüttelte wie bedauernd den Kopf, ehe er den Kindern einen letzten langen Blick zu warf. So als wollte er sich ihre Gesichter einprägen, für den Fall, dass sie das Gebirge nicht mehr lebend verließen.

»Wer … wer ist der Alte Gran?«, fragte Milla zögernd. Sie konnte nicht anders. Sie musste es einfach wissen.

»Der älteste und wildeste Drache weit und breit«, erwiderte der Einohrige. »Und der größte. Er kann Menschen nicht besonders gut leiden. Aber vielleicht habt ihr ja Glück.

Solange ihr keine Prinzessin dabeihabt!« Er lachte schallend auf und rannte hinter seinem Kollegen her.

Milla wurde schwindlig. Sie atmete tief durch, um sich zu beruhigen.

»Besser, ihr beeilt euch«, sagte der dritte Drachenbändiger. Der Korb in seinen Händen begann plötzlich, heftig zu zucken. Der Deckel flog auf, aber er schlug ihn sofort wieder herunter. »Und auf keinen Fall unterwegs anhalten«, schrie er noch, ehe er den beiden anderen um ein paar Ruinen herum folgte. Gleich darauf verschluckte ihn der Nebel.

»Was soll das denn heißen?«, fauchte Milla, während sie hastig weiterging. »Glaubt der etwa, wir bleiben auf ein Schwätzchen irgendwo? Was ist los?«, wandte sie sich erschrocken an Edda.

Die junge Hexe starrte wie gebannt auf einen Höhleneingang, aus dem es ordentlich qualmte.

»Ach herrje!« Milla schoss wie der Blitz daran vorüber. »Nun trödelt doch nicht so«, rief sie über die Schulter zurück. »Wir müssen weiter. Bing! Los, los, komm.« Dicke Schweißperlen standen ihr mit einem Mal auf der Stirn.

Doch Bing starrte noch immer den Drachenbändigern hinterher. Er schien unschlüssig, ob er ihnen nachlaufen sollte oder nicht. Schließlich wandte er sich um und schlenderte mit glasig verträumtem Blick hinter Elsmoth und den Mädchen her. Er hatte es nun gar nicht mehr eilig. »Wusstet ihr, dass Drachen in Seen geboren werden? In eisig kaltem Wasser, auf den Gipfeln der allerhöchsten Berge«, sprudelte es aus ihm heraus. »Die sind voller Schnee, immer, auch im Sommer. Aber man kann sie von hier unten nicht sehen, so hoch sind sie.«

»Interessant«, murmelte Elsmoth. Er ließ die Höhlen nicht aus den Augen. Auch aus den anderen qualmte es nun kräftig. Es schienen immer mehr zu werden, je weiter sie in das Tal vordrangen.

»Das ist Rauch. Kein Nebel«, wisperte Edda.

Milla hörte gar nicht richtig hin. Ihr war schlecht vor Aufregung. Wenn nur keins von den Biestern aus seinem Felsloch herauskam!

»Guckt mal! Ich glaube, sie fressen Schafe«, rief Bing entzückt. Er zeigte eifrig auf die Knochen, die neben ihnen am Boden lagen.

»Hm«, machte Milla nur. Sie starrte stur geradeaus und stapfte weiter, als aus der Höhle gleich vor ihr plötzlich ein schauriges Gebrüll und Getöse erklang. Milla wurde kreidebleich. Ein Feuerstrahl schoss durch die Luft, keine drei Schritte von ihr entfernt, und riss ein Loch in die Bergflanke gegenüber.

Milla überlegte nicht lange. Sie nahm die Beine in die Hand und rannte. Weit kam sie nicht. Der Boden unter ihren Füßen begann zu beben. Dann schob sich ihr ein riesiges Ungetüm in den Weg. Es war erstaunlich schnell. Milla blieb wie erstarrt stehen und starrte nach oben. Elsmoth und Edda prallten in voller Fahrt gegen sie.

»Ach du liebe Güte«, keuchte Bing.

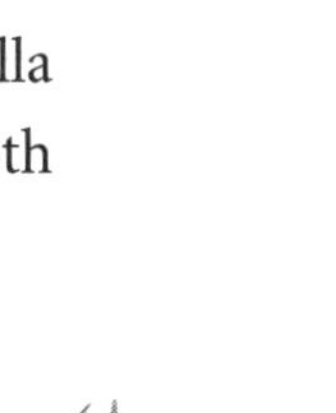

Ein gigantischer Drache ragte vor ihnen auf. Er war fast so groß wie die Türme der Bunten Burg. Milla standen die Haare zu Berge. Seine Schuppen waren rötlich braun, und schwarze Zacken zogen sich über seinen Rücken bis zu seinem Schwanz hinunter, der sich quer über den Weg rollte. Auf seinem langen Hals thronte ein gewaltiger Schädel mit ein paar dicken Schnurrbarthaaren und Nasenlöchern groß und rund wie Wagenräder, aus denen es kräftig qualmte. In das riesige Maul passte sicher eine ganze Schafherde. Die Zähne darin waren gelb und entsetzlich spitz.

Milla rann ein Schauer über den Rücken. Sie konnte kaum atmen vor Entsetzen. Dagegen war der Drache, der vorhin über sie hinweggeflogen war, geradezu winzig!

»Hallo«, grollte plötzlich eine Stimme wie ein Steinschlag. Der Drache senkte den Kopf und musterte die vier aus schwarzen Augen, die ein wenig zu blinzeln schienen.

Die Kinder starrten ihn mit offenen Mündern an. Es gab keinen Weg an ihm vorbei. Und wenn sie versuchen sollten, in die andere Richtung davonzulaufen, würde er sie bestimmt im Handumdrehen einholen.

»Ihr seid aber klein«, dröhnte es weiter.

»Äh … ja …« Bing räusperte sich und trat unsicher einen Schritt vor. »Bist du … bist du vielleicht der Alte Gran?«, fragte er heiser.

»Der *Alte* Gran?«, donnerte der Drache. Sein Atem blies ihnen die Haare nach hinten. Er roch nach verbrannter Kohle. »Nennt man mich jetzt so, ja? Ah, früher, da hatte ich andere Namen. Der Schaurige Gran! Der Wilde Gran! Gran, der Gewaltige!« Er stieß so heftig die Luft aus, dass es Bing von den Beinen riss, doch er sprang rasch wieder auf. »Und jetzt? Jetzt bin ich nur noch der *Alte* Gran!« Rauch stob aus seinen Nüstern und umfing die Kinder wie dichter Nebel. Sie konnten nichts mehr sehen.

Milla griff unwillkürlich nach ihrem Schwert. Mit der anderen Hand wedelte sie vor ihrer Nase herum. Sie musste husten.

Der Drache schien zu seufzen, was mehr wie ein Krachen klang. »Einfach nur *Gran* tut es doch auch, oder nicht? Und wer seid ihr?«, hallte es durch den Dunst. Gleich darauf tauchte sein Gesicht wieder vor ihnen auf, der Qualm verzog sich.

»Ich … ich bin Bing«, sagte Bing schließlich, weil sonst niemand etwas sagte. Er wies der Reihe nach auf die anderen. »Und das sind Edda, sie ist eine Hexe, weißt du, unser Bücherleser Elsmoth, aber eigentlich ist er ein Räuber …«

»Bin ich nicht!«

»… und Prinzessin Milla aus dem Bunten Königreich.« Die Worte waren heraus, ehe Bing sie stoppen konnte. Entgeistert schlug er sich die Hand vor den Mund, als der Drache auch schon ruckartig den Kopf herumriss. Seine Nase hing nun dicht vor Milla. Eines seiner Barthaare berührte ihre Schulter. Er schien sie zu beschnuppern.

»So! Eine *Prinzessin?*« Grans große, runde Augen glitzerten. »Du siehst gar nicht aus wie eine Prinzessin.«

»Nein, nein«, begann Bing, er leckte sich nervös über die Lippen, »das war nur ein Witz, ich nenne sie nur so, sie ist auch keine …«

»Was soll das denn heißen? Ich sehe nicht aus wie eine Prinzessin?«, rief Milla entrüstet. Sie stemmte die Arme in die Hüften. »Wie muss eine Prinzessin denn deiner Meinung nach aussehen? Natürlich bin ich eine Prinzessin!«

»Milla«, schrie Bing entsetzt.

»Tatsächlich?« Die Nase des alten Drachen kam noch näher, viel zu nah.

Milla riss erschrocken die Augen auf. Aber was erzählte sie denn da? War sie vollkommen übergeschnappt? Sie starrte wie gebannt auf Grans riesiges Maul. Jetzt! Jede Sekunde würde er nach ihr schnappen! Ihr Herz schien ihr aus der Brust springen zu wollen, so heftig pochte es auf einmal. Aber sie würde sich bestimmt nicht kampflos ergeben! Niemals! Ganz langsam zog sie ihr Schwert aus dem Gürtel. Das Maul des Drachen war noch immer geschlossen. Warmer Wind blies aus seinen Nasenlöchern und strich über ihre Wangen. Im Augenwinkel sah sie Bing und Edda, die sich neben sie stellten. Sogar Elsmoth trat einen Schritt vor.

»Du lässt sie in Ruhe«, brüllte Bing mit zitternder Stimme. »Hast du verstanden?«

Gran musterte ihn neugierig. »Seid ihr denn nicht gekommen, um mir die Prinzessin zu opfern? Soll ich sie etwa nicht auffressen?«

»Nein«, schrie Bing, ohne auch nur eine Sekunde zu zögern. »Ganz sicher nicht.«

Milla sah zu ihm hinüber. Hatte er nicht immer angedroht, einen hungrigen Drachen auf sie zu hetzen? Und jetzt verteidigte er sie gegen einen! Oh, Bing, wunderbarer Bing! Wenn sie das hier heil überstand, würde sie ihn nie wieder ärgern. Zumindest würde sie es versuchen!

»Wenn du sie haben willst, musst du erst an uns vorbei«, ertönte Eddas tiefe Stimme. Ihre Fingerspitzen glühten.

Gran warf ihr einen interessierten Blick zu, ehe er sich wieder Milla zuwandte, die hastig ihr Schwert hochriss. Sie hielt es dem Drachen dicht unter die Nase.

»Komm nur her, du«, schrie sie.

Gran zuckte zurück. Er wirkte verdutzt. Dann warf er plötzlich den Kopf nach hinten. Und lachte. Es klang nach einer Steinlawine, die ins Tal stürzte. Er lachte und lachte, bis ihm Funken aus den Nasenlöchern sprühten und er sich prustend eine seiner gewaltigen Tatzen davorpresste. »Tapfere kleine Prinzessin! Aber was willst du nur mit dem Schwert da?«

Milla funkelte ihn an. »Du meinst wohl, nur weil ich kleiner bin als du, habe ich keine Chance gegen dich, was? Aber du wirst schon sehen!«

»Nein«, erwiderte Gran und beugte sich wieder vor. »Ich meine, ich bin nicht dein Feind.«

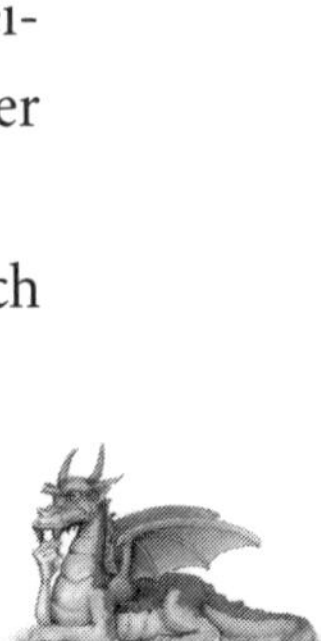

»Natürlich bist du das! Du magst keine Menschen. Und Prinzessinnen frisst du einfach auf.«

»So. Tue ich das?« Gran kratzte sich gedankenverloren am Bauch. Es klang wie Fingernägel auf einer Schiefertafel. Milla bekam eine Gänsehaut. »Aber doch nur, wenn ihr das so wollt, nicht wahr?« Er blinzelte, als versuchte er, ein Auge zuzudrücken. »Hat dir deine Mutter denn nie etwas über uns Drachen erzählt?«, fragte er, als Milla nichts sagte.

»Meine Mutter ist schon lange tot! Ich erinnere mich kaum an sie.« Milla hob ihr Schwert noch ein bisschen höher.

»Oh. Das tut mir leid. Nun, dann muss *ich* dir wohl von uns erzählen.« Gran schielte zu den anderen hinüber. »Aber was ich dir zu sagen habe, Prinzessin Milla, ist nur für deine Ohren bestimmt. Also, komm einmal her.« Er stapfte auf seine Höhle zu und abermals erbebte der Boden unter ihren Füßen.

Milla blieb misstrauisch stehen.

»Hätte ich dich fressen wollen, du dummes Ding, hätte ich das schon längst getan«, grollte der Drache ungeduldig, »trotz deiner tapferen Freunde. Aber ich fresse lieber Schafe oder dicke, saftige Graumelsteine aus den Bergen hier. Also komm schon her.«

Sie machte zögernd einen Schritt auf ihn zu.

»Nicht, Milla. Nein, tu es nicht. Lass uns ganz schnell von hier verschwinden.« Bing griff nach ihrer Hand und wollte sie mit sich ziehen, aber sie schüttelte ihn ab.

»He, was ist denn los mit dir? Jetzt bist du endlich bei deinen geliebten Drachen und willst schon wieder fortlaufen?«, flüsterte sie mit einem schiefen Grinsen. »Außerdem, ich denke, er sagt die Wahrheit.« Sie wandte sich um und folgte Gran ganz langsam zum Eingang seiner Höhle. Ihr Schwert aber senkte sie noch immer nicht.

»Wehe, du krümmst ihr auch nur ein einziges Haar!« Bing streckte Gran die Faust entgegen. »Ich wollte zwar immer ein Drachen*bändiger* werden, aber wenn du ihr etwas antust, werde ich ein Drachen*töter* sein! Hast du gehört?«

»Nicht, Bing, nicht!« Milla schüttelte entsetzt den Kopf.

Der Drache stieß ein fauchendes Geräusch aus. Funken sprühten aus seinem Maul.

Sie fuhr erschrocken zusammen. »Also?«, rief sie schnell. »Was hast du mir zu sagen?«

Gran fauchte und schnaubte noch einmal, ehe er Bing den Rücken zukehrte und sich wieder beruhigte. Er beugte sich zu Milla hinunter, bis er mit seiner Nase ihr Ohr berührte. Es kitzelte. »Drachenhöhlen haben einen Hinterausgang«, wisperte er und sah sie bedeutungsvoll an.

Milla war überrascht, wie leise er sprechen konnte. »Was soll das heißen?«, fragte sie.

Gran seufzte. »Du bist ein bisschen schwer von Begriff, oder?«, wisperte er. »Nun, dann pass mal auf. Die Prinzessinnen, die in unseren Höhlen landen, verschwinden durch diesen geheimen Ausgang. Alle denken, dass wir sie auffressen, aber … ehrlich gesagt schmecken Prinzessinnen nicht besonders.«

Milla zuckte zurück. »Du meinst, du hast doch schon einmal … *probiert?*«, rief sie entsetzt.

Gran kicherte, was äußerst merkwürdig klang. »Nein, nein, entschuldige, das war nur ein Scherz. Ich konnte einfach nicht widerstehen.« Eine helle Rauchwolke schoss aus seiner Nase. »Nein, hör zu. Es gibt da einen uralten Pakt zwischen Drachen und Königinnen, von dem jede Königin ihren Töchtern erzählt. Für den Fall, dass die gar keine Prinzessinnen sein möchten. Dann sorgen sie dafür, dass sie hier hergebracht werden. Indem sie sich weigern, den Prinzen zu heiraten zum Beispiel. Wir Drachen schleppen sie dann in unsere Höhle …«

»Und sie laufen durch den Geheimgang davon.« Millas Augen leuchteten.

»Ganz genau. Denn so können sie das Leben leben, das sie leben möchten. Einige wollen nämlich lieber

Bäuerinnen sein. Oder mit dem Schneidergesellen aus dem nächsten Dorf durchbrennen, du weißt schon«, wieder blinzelte er. »Andere wiederum, und das sind gar nicht so wenige, sehnen sich nach Abenteuern und fernen Ländern, weil es auf ihren Burgen so schrecklich langweilig ist. Wozu gehörst du?« Gran blickte auf ihr Schwert hinunter. »Aber ich glaube, ich weiß es längst. Sag, möchtest du auch davonlaufen? Dann werde ich dich jetzt mit wildem Gebrüll in meine Höhle verschleppen.« Er lehnte sich erwartungsvoll gegen die Felswand, die Tatzen gegeneinandergepresst wie ein Mensch, der die Arme verschränkte.

Milla strahlte ihn an. Was für eine großartige Idee! Hatte sie genau davon nicht schon immer geträumt? Einfach verschwinden und tun und lassen können, was sie wollte. Und niemand würde nach ihr suchen, weil ja alle dachten, sie wäre … *tot!*

»Nein.« Milla senkte den Kopf. »Nein.« Ihrem Vater würde das Herz brechen. Erst ihre Mutter und dann sie. Das durfte sie ihm nicht antun! Auf einmal vermisste sie ihn ganz fürchterlich. Außerdem hatte sie Edda doch versprochen, mit ihr nach Vlad zu suchen. Und sie musste Goodewind diese Glasmurmel wieder abnehmen. Denn wenn sie das nicht schaffte, würden die Menschen im Bunten Königreich sehr, sehr unglücklich werden. Und nicht nur sie. Das durfte sie doch nicht einfach so geschehen lassen. »Nein«, sagte sie noch einmal und steckte ihr Schwert weg. »Ich kann nicht. Doch ich danke dir sehr für dein Angebot.« Sie verzog den Mund zu einem Lächeln und trat einen Schritt zurück.

»Nun, wie du möchtest.« Gran hob den Kopf. »Puh«, stieß er dann hervor. »Um ehrlich zu sein, bin ich sehr erleichtert. Dein Freund da hätte mir das niemals verziehen. Und ich möchte ihn nicht unbedingt zum Feind haben. Das wäre sehr schade.« Er wandte sich zu Bing herum. »Hast du dich endlich entschieden, was du werden möchtest?«, donnerte er, nun wieder mit durchdringend lauter Stimme.

Bing erbleichte, als der riesige Drache auf ihn zugestampft kam. Er nickte, wich aber nicht zurück. Auch Edda und Elsmoth rührten sich nicht von der Stelle.

»Weißt du denn, was es heißt, ein Drachenbändiger zu sein?«

Bing sah schüchtern zu Gran hinauf und holte tief Luft. »Nun … nicht so direkt … Eigentlich … Nein«, stotterte er.

»Aber ich habe schon Drachenbändiger gesehen! Sie reiten auf Drachen. Und sie sind alle groß und gefährlich und voller Narben.«

»Ja, grässlich, nicht wahr?«, murmelte Gran. »Manche von uns Drachen sind ein wenig unvorsichtig. Wir unterschätzen leicht unsere Kräfte. Aber Bändigen, Menschenkind, Bändigen heißt nichts weiter, als sich mit uns anzufreunden.«

»Ooh«, machte Bing. »Dann habe ich jetzt wohl alles verdorben, nicht wahr? Ich meine, ich habe dir gedroht … und so.«

Gran stupste ihn sacht mit der Nase an. »Weißt du, Bing, Drachenbändiger müssen stark sein und sehr, sehr mutig«, sagte er.

»Hmm.« Bing ließ den Kopf hängen.

»Das heißt, sie dürfen keine Angst haben, schon gar nicht vor uns, auch wenn wir manchmal etwas … nun ja, etwas wild sind.«

Bing seufzte leise.

»Und sie müssen bereit sein, im Notfall Kopf und Kragen zu riskieren. Für ihre Freunde. Weil sie treu sind und ein gutes Herz haben.« Gran schien zu grinsen, was ziemlich furchterregend aussah, denn er bleckte seine langen, spitzen, gelben Zähne dabei. »All das trifft wohl auf dich zu«, schloss er.

Bing sah abrupt hoch und der Drache beugte sich bis auf Augenhöhe zu ihm hinunter. »Es wäre mir eine Ehre, dein

Freund zu werden, Menschenkind«, sagte er mit sehr viel sanfterer Stimme.

Bing riss ungläubig die Augen auf. »Ehrlich?«, rief er. Seine Wangen färbten sich flammend rot vor Stolz. »Das ist ja ... Das ist ... Aber ich dachte, du magst keine Menschen«, platzte es aus ihm heraus.

»Wer erzählt denn so was?«

»Die Drachenbändiger, die wir getroffen haben.«

»Ach, die«, grummelte Gran. »Nein, die kann ich tatsächlich nicht leiden. Mir sind kleine Menschen ehrlich gesagt lieber als große. Aber die kleinen verstecken sich normalerweise vor mir. Leider«, meinte er dann mit trauriger Stimme.

Wieder stupste er Bing sacht an, der nun zögernd die Hand nach ihm ausstreckte. Er streichelte ihm vorsichtig über die Nase. »Ihr möchtet jetzt sicher gern eine Runde auf mir fliegen, ja?«, lachte der Drache, es klang nach einem kräftigen Gewitter.

»Au ja«, riefen die vier wie aus einem Mund, selbst Elsmoth.

»Kennst du zufällig den Weg nach Rhindaal?«, wagte der kleine Räuber sich aufgeregt vor. Die Farbe war noch immer nicht wieder vollständig in sein Gesicht zurückgekehrt, doch er lächelte Gran tapfer an. »Du kommst doch sicher weit herum, nicht wahr? Da hast du doch schon einiges gesehen.«

»Rinntal? Was soll das denn sein?«, wollte Gran wissen.

»Ein Kloster. Es liegt im Dunklen Wald.«

»Nein, das kenne ich nicht. Wir Drachen fliegen selten durch Wälder, weißt du. Das ist viel zu gefährlich. Für uns Drachen. Aber vor allem für die Wälder.«

Elsmoth ließ die Schultern hängen.

»He, nun guck doch nicht so traurig.« Gran blies ihm warmen Wind ins Gesicht. »Wir werden ein Fest feiern und uns Geschichten erzählen, ja? Dann geht es dir gleich viel besser. Ihr bleibt doch sicher eine Weile?« Seine Frage richtete sich an sie alle, aber er sah Bing an dabei.

»Ja!«, strahlte der auch schon.

»Aber wir haben gar keine Zeit«, sagte Edda. »Wir müssen weiter.«

»Leider.« Milla nickte bekümmert. Sie mochte Gran ziemlich gern, nun da sie wusste, dass er sie nicht fressen wollte. Und so ein Drachenfest war sicher sehr lustig.

Das unglücklichste Gesicht von allen aber machte Bing. »Sie haben recht«, murmelte er mit gesenktem Kopf. »Ich fürchte, ich muss dich schon wieder verlassen. Ich kann sie ja nicht einfach im Stich lassen, nicht wahr? Hast du zufällig was zu essen für uns?«, fragte er dann. »Wir haben noch einen sehr weiten Weg vor uns.«

»Ihr habt Hunger? Aber ja, natürlich, wartet.« Gran drehte sich um, er holte mit dem Schwanz aus und schlug einmal kräftig gegen die Felswand neben sich. Dann richtete er sich zu seiner vollen Größe auf und stieß ein markerschütterndes Gebrüll aus.

Nicht nur Milla presste sich hastig die Hände vor die Ohren. Was war denn jetzt los, um Himmels willen?

In der nächsten Sekunde krachte auf einmal eine gewaltige Steinlawine den Berghang hinunter. Die Kinder konnten gerade noch zur Seite springen. Gran allerdings war nicht ganz so flink, einer der Steinbrocken fiel ihm direkt auf den Kopf, doch er schien es gar nicht zu bemerken. »Bedient euch«, sagte er großzügig.

»Steine. Na super«, murmelte Elsmoth, er hob die Augenbrauen, nickte aber eilig, als er Grans Blick auf sich spürte. »Äh … Danke.«

»*Graumel*steine«, donnerte der Drache. »Die sind eine absolute Delikatesse!« Er schob sich einen der grauen Felsen zwischen die Zähne und zerknackte ihn unter lautem Getöse. Staub rieselte ihm aus den Mundwinkeln. »Lecker!« Er blickte auffordernd auf die Kinder hinunter, die ein wenig ratlos zwischen den Steinen standen. »Oh. Oh. Entschuldigt. Ich vergaß. Menschen essen andere Dinge, nicht wahr? Aber was? Wo haben die Drachenbändiger nur ihre Vorräte versteckt?« Er fuhr sich über den Schädel. »Ich habe keine Ahnung. Normalerweise hopsen sie ganz plötzlich hinter irgendwelchen Felsen hervor, sodass man fast einen Herzschlag kriegt vor Schreck. Aber wenn man sie mal braucht, sind sie nicht da«, murmelte er vor sich hin. »Ah! Ihr mögt bestimmt Schafsköpfe. Moment. Ich habe noch welche in meiner Höhle.« Er setzte sich auch schon in Bewegung.

»Nein!« Millas Stimme klang ungewöhnlich schrill. »Nein! Danke. So hungrig sind wir eigentlich gar nicht. Wir werden schon noch durchhalten bis Tand.«

»Tand? Nach Tand wollt ihr?«, dröhnte Gran verwundert. »Aber das ist doch gar nicht weit von hier. Bis heute Nacht könnt ihr schon dort sein.«

Milla sah ein wenig skeptisch auf die Bergkette im Osten.

»Wenn ich euch hinfliege natürlich.« Gran, der ihren Blick bemerkt hatte, lachte donnernd.

»Oh, das wäre ja wunderbar«, rief sie begeistert.

»Dann brauchen wir zwei uns auch gar nicht erst zu trennen«, wandte sich der Drache an Bing. »Denn wenn ihr erledigt habt, was ihr in Tand zu erledigen habt, kommst du einfach wieder mit mir zurück. Und wirst zu einem echten *Bändiger*, wie ihr das nennt, ja?«

Bing nickte eifrig und verzog gleich darauf das Gesicht. »Aber wir müssen noch weiter«, murmelte er. »Bis wir zurückkommen, das kann dauern. Wir sind doch auf dem Weg ins Tiefe Moor.«

Der alte Drache zuckte entgeistert zurück. »Ins Tiefe Moor wollt ihr?«, donnerte er. »Oje, oje, oje! Seid ihr denn verrückt? Da solltet ihr auf keinen Fall hin! Niemals. Das ist ein böser Ort.«

»Du kennst ihn?«, rief Milla aufgeregt.

»Soweit ein Drache ihn kennen kann. Jenes Moor ist mit einem Zauberbann belegt, kein Drache kann es betreten. Und wem es doch gelingt, der lebt nicht mehr lange genug, um darüber zu berichten.«

»Ist es für Menschen ebenso gefährlich?«, rief Elsmoth entsetzt.

»Menschen können dem Zauberer, der dort lebt, nicht schaden. Er fürchtet sie nicht, warum sollte er sich vor ihnen schützen?«

»Er fürchtet sich aber vor Drachen?«

»Alle bösen Zauberer fürchten sich vor Drachen. Wir sind mächtige Wesen. Unser Feuer und unsere Schuppen haben schon mehr als einen ihrer finsteren Pläne durchkreuzt.« Gran blies weiße Rauchfahnen aus seinen Nasenlöchern. »Aber dieser Zauberer ist nicht irgendein Zauberer. Er ist Goodewind, der Grüne Zauberer, einer der mächtigsten und boshaftesten Zauberer, die es gibt, und er weiß sich gegen uns zu wehren. Und wenn wir Drachen schon kaum gegen ihn ankommen, solltet ihr das erst recht nicht versuchen.«

»Aber wir müssen«, schluchzte Edda mit einem Mal auf. »Wir müssen. Er hat doch meinen Freund Vlad entführt.«

»Er hat ein Kind entführt, sagst du? Das ist ungewöhnlich. Normalerweise … Aber wie auch immer«, unterbrach sich Gran hastig. »Er wird ihn wohl auf sein Pechrabenschwarzes Nachtschloss gebracht haben.« Funken stoben aus Grans Nase. Die Kinder wichen ihnen eilig aus. »Und dieses Schloss ist noch viel schwerer zu erreichen als das Moor selbst, heißt es. Auch für euch.«

»Warum?«

»Es wandert, so wird erzählt. Wenn ihr drei Tage darauf zu Richtung Osten marschiert, liegt es am vierten Tag im Westen. Und ihr fangt noch einmal von vorne an. Es ist

schier unmöglich, hineinzugelangen. Es sei denn, Goodewind will es.«

»Aber wir müssen hinein«, rief Milla. »Nicht nur wegen Vlad. Wir müssen auch die Murmel wiederbeschaffen.«

»Welche Murmel?« Gran schien die Stirn zu runzeln, denn die ledrigen Schuppen über seinen Augen schoben sich zusammen.

»Die Murmel von Alabaster«, erklärte Edda mit unheilvoller Stimme. »Wer sie besitzt, kann über alles herrschen. Auch über dich und mich, den Wind und die Sonne. Goodewind hat sie aus dem Bunten Königreich gestohlen.« Sie wischte sich eine Träne von der Wange.

»Die Murmel von Alabaster«, wiederholte Gran ganz leise, während seine Augen in weite Ferne blickten, als versuchte er, sich an etwas zu erinnern. »Ja, ich habe davon gehört. Die legendäre Murmel, die den Frieden bringen sollte, aber nur zu noch mehr Krieg und Zerstörung führte. Sie existiert also wirklich«, sagte der Drache besorgt. »Aber wenn der Grüne Zauberer die Murmel hat, warum hat er sie dann noch nicht benutzt? Und das hat er nicht, denn das hätten wir doch schon längst gemerkt.«

»Vielleicht ist es deswegen«, sagte Milla. Sie zog die Papierrolle aus ihrer Kleidertasche und streckte sie Gran entgegen.

»Was soll das sein?«, fragte der Drache.

»Eine Schriftrolle aus dem Kloster, das Elsmoth sucht. Goodewind hat sie gestohlen, dann aber wieder verloren, noch ehe er sie lesen konnte. Wir glauben, dass auf dieser Rolle das Zauberwort steht, das er braucht, um die Murmel zu benutzen.«

»Ihr *glaubt?* Habt ihr selbst denn noch nicht versucht, sie zu lesen?«, rief der Drache.

»Sie ist auf Alabastisch«, erklärte Edda. »Und niemand von uns kann Alabastisch. Du vielleicht?«, fragte sie zaghaft. Sie schien nicht sicher, ob Drachen überhaupt Menschensprachen lesen konnten. Andererseits, sie konnten ja auch Menschensprachen sprechen.

»Alabastisch? Ja, das kann ich«, erwiderte Gran. »Als ich geboren wurde, gab es die Sprache noch. Auch wenn das Königreich schon längst vernichtet war. Zeigt mal her. Jetzt bin ich aber wirklich neugierig«, dröhnte er.

Milla gab die Schriftrolle zögernd an Elsmoth weiter, der sie wie schon einmal mühsam öffnete. Schweißperlen rannen ihm die Wangen hinunter, aber schließlich hielt er dem Drachen das entrollte Papier entgegen.

Gran schob den Kopf ganz nah an die Rolle heran. Er schien die Luft anzuhalten dabei, als fürchtete er, sie durch einen unbedachten Funken zu zerstören. »Hm«, grollte es aus seinem Rachen. Er kniff die Augen zusammen und bewegte den Kopf hin und her.

»Und?«, riefen die Kinder wie aus einem Mund.

»Es ist eindeutig Alabastisch«, erwiderte der Drache.

»Ja, das wussten wir schon. Aber was steht da?«

»Hm«, grollte es abermals. Gran wandte den Blick nicht

von der Rolle. »Verflixt«, schimpfte er dann plötzlich los, »dass ihr Menschen auch immer so schrecklich klein schreiben müsst.« Er richtete sich wieder auf. »Ich kann kein einziges Wort davon entziffern!«

»Oh.« Die vier sahen enttäuscht zu ihm hinauf, während sich das Papier in Elsmoths Hand wie von alleine wieder zusammenrollte.

Milla seufzte leise. »Nun, wenn wir sie schon nicht lesen können, kannst du … kannst du die Schriftrolle dann vielleicht verbrennen?«, fragte sie. Grans Feuer war sicher sehr viel heißer als irgendeines ihrer Lagerfeuer. Selbst wenn die Rolle nur schwer zu zerstören war und Wasser ihr nichts anhaben konnte, das Feuer eines Drachen war doch wohl etwas ganz anderes! Zumindest war es einen Versuch wert.

»Nein, nicht«, schrie Elsmoth los, »ich brauche die Rolle doch noch! Wie soll ich denn sonst jemals ins Kloster zurückkehren können?«

»Herrje, jetzt hör mir doch endlich mal mit deinem blöden Kloster auf«, platzte es aus Milla heraus. »Es gibt doch wohl Wichtigeres als deine elenden Bücher da! Es geht um das Leben Tausender«, fügte sie dramatisch hinzu. Sie schnappte Elsmoth das Papier aus der Hand und hielt es Gran hin. »Hier.«

Der alte Drache sah nachdenklich auf die Schriftrolle.

»Vielleicht sollten wir erst einmal etwas anderes ausprobieren«, murmelte er, soweit ein Drache murmeln konnte.

»Was meinst du?«

»Wir müssen zum Großen Auge.« Gran breitete vorsichtig seine Schwingen aus.

Milla stockte der Atem. Die Flügel des Drachen waren riesig, sie waren sogar noch größer als der Innenhof der Bunten Burg!

Gran streckte sich und schien auf einmal das halbe Tal zu füllen.

»Was soll das denn sein? Das *Große Auge?* Ein Orakel etwa?«, rief Bing.

»Ihr werdet sehen. Und nun steigt auf.« Gran legte die Flügel wieder an und ging in die Knie.

Die Kinder sahen einander fragend an. Keiner von ihnen war schon einmal auf den Rücken eines Drachen geklettert. Sie wussten nicht recht, wie das ging.

»Worauf wartet ihr denn noch? So schwer kann das doch nicht sein. Bei den Drachenbändigern dauert das keine fünf Sekunden!«

Das ließ Bing sich nicht zweimal sagen. Er packte eine der Zacken, stemmte seinen Fuß gegen die Schuppen und hangelte sich nach oben, ein wenig unbeholfen zunächst, aber dann immer schneller. Einmal rutschte er ab, doch im nächsten Moment hockte er auch schon freudestrahlend auf Grans Rücken, direkt hinter dem Kopf des Drachen. Er nickte den anderen auffordernd zu, die ihm etwas langsa-

mer folgten. Elsmoth, der sich ziemlich ungeschickt anstellte, wurde von Gran mit der Nase hinaufgeschoben, während die Mädchen an ihm vorbeikletterten.

Milla war verblüfft, wie viel Platz auf dem Rücken des Drachen war. Es war ziemlich gemütlich. Grans Schuppen waren warm und weich und sie konnte sich sogar hinlegen.

»Alles bereit?« Gran wandte den Kopf herum. »Das Große Auge liegt weiter im Osten, im Sturmgebirge. Es dauert ein paar Tage bis dorthin.«

»Dann fliegen wir zuerst einmal nach Tand, ja? Wir müssen unbedingt Vorräte mitnehmen«, rief Bing.

»Ja, das wird wohl das Beste sein. Also dann, haltet euch fest.«

Milla griff hastig nach einer der Zacken, als Gran abermals seine gewaltigen Flügel ausbreitete. Auch sie waren rotbraun. In der nächsten Sekunde erhob sich der alte Drache auch schon in die Luft. Milla hielt den Atem an.

9.

Ein kräftiger, kühler Wind blies ihnen um die Ohren, als Gran immer höher und höher stieg. Aber die Kinder waren viel zu begeistert, um Angst zu haben. Selbst Elsmoth, der ein bisschen blass um die Nase war. Wie aufregend das war, auf dem Rücken eines Drachen dahinzusausen!

Bald schon ließen sie die kahlen, nebelverhangenen Berge hinter sich. Unter ihnen wurde es wieder grün. Menschen, Bauern wahrscheinlich, liefen über eine Weide. Sie waren so winzig klein wie Ameisen. Ein Dorf war zu sehen, dann Getreidefelder. Nicht viel später ging die Sonne unter.

Im Mondlicht breitete sich eine Landschaft aus, die Milla immer vertrauter erschien. Schließlich ragte die Burg von Tand vor ihnen auf, hell erleuchtet von unzähligen Laternen. Sie stand in einem kleinen Tal und war nicht größer als die Burg, auf der Milla lebte. Doch statt bunter Farbe klebten allerlei Türmchen, die zu nichts dienten, und Treppchen, die nirgendwohin führten, wie Bienennester an den dicken Mauern. Stofftücher und lange Bänder hingen daran, die matt im Nachtwind flatterten.

»Das sieht aber komisch aus«, meldete sich Elsmoth zu Wort.

»Hier ist es auch komisch«, brummte Milla.

Gran ging bereits tiefer. Er schlug noch einmal sacht mit den Flügeln, ehe er am Rande eines kleinen Wäldchens ein Stück abseits landete. »Hier kann ich mich im Notfall verstecken. Damit ich niemanden erschrecke«, wisperte er so leise es ging und wies auf die Bäume, während die Kinder rasch von seinem Rücken rutschten.

Milla warf einen zweifelnden Blick auf das Wäldchen. Wie sich der riesige Drache im Notfall da hineinzwängen wollte, war ihr ehrlich gesagt ein Rätsel, doch sie sagte nichts. »Ja, gut«, murmelte sie stattdessen. »Sollen wir dir auch irgendwas mitbringen?«

»Nein, nein, ich brauche nichts. Und nun los mit euch.« Gran schob sie mit der Schnauze auf das Burgtor zu.

»Wir sind bald zurück«, flüsterte Bing.

»He, wo willst du denn hin?«, raunte Edda auf einmal.

Milla eilte, statt auf das Burgtor zu, links die Mauer entlang und bog dann um die Ecke.

»Aber das Tor ist dort«, zischte Bing und wies über seine Schulter.

»Das Burgtor ist zu. Und wenn wir anklopfen, wecken wir alle auf«, meinte Milla. »Und dann kommen wir heute sicher nicht mehr hier weg. Wir kommen wahrscheinlich überhaupt nicht mehr hier weg, wenn mein Vater mich entdeckt. Vorausgesetzt, er ist hier.« Milla hielt auf ein paar schmale Fähnchen zu, die von einem der Balkone herabhingen. Sie schob sie beiseite und legte einen niedrigen Vorbau

frei. Und ein rundes Fenster aus dickem Butzenglas. Es war geschlossen. Milla stemmte sich vorsichtig mit der Schulter dagegen. Ein *Klick* ertönte und das Fenster schwang eine Handbreit auf.

Die anderen sahen sie verdutzt an.

Milla grinste schief. »Der Notausgang. Ihr kennt meinen Cousin Tatü nicht.« Sie kletterte rasch durch die Öffnung. Es war totenstill im Inneren der Burg. Ihre Bewohner schienen längst zu schlafen.

»Was ist denn so schlimm an diesem Tatü?«, fragte Elsmoth beunruhigt, als er neben ihr zu Boden glitt. »Hat der vielleicht auch immer ein Schwert dabei? Und eine Streitaxt in der anderen Hand?«, krächzte er. Er schluckte bei der Vorstellung.

»Wenn dem nur so wäre«, erwiderte Milla. »Sei froh, wenn du ihn nie kennenlernst«, fügte sie unheilvoll hinzu. Sie huschte bereits durch die winzige Kammer, in der sie gelandet waren, und dann in einen dämmrigen Korridor. Lange, halbrunde Fenster gaben den Blick frei auf einen mondbeschienenen Innenhof.

Eine himmelblaue Kutsche stand dort!

»Das ist die Kutsche meines Vaters«, wisperte Milla aufgeregt. »Dem Himmel sei Dank! Er ist also heil hier angekommen. Hat jemand zufällig was zu schreiben dabei?«

Die anderen schüttelten nur die Köpfe, während sie Milla hastig in eine große Halle voller Bänke und Sessel, weicher Teppiche und Plüschkissen folgten. Feine Tücher hingen von der Decke herab und unzählige Tischchen, kleine Statuen und Schalen mit Obst und Gebäck standen überall herum.

Bing und Elsmoth stopften sich den Mund gierig mit Rosinenkeksen voll, als Milla plötzlich zusammenzuckte.

»Oje«, entfuhr es ihr entsetzt.

Auf einem Diwan, halb hinter den Tüchern verborgen, lag ein Junge. Er war alles andere als dünn und in wallende Gewänder gehüllt. Eine Art Turban saß auf seinem Kopf, er war ihm tief in die Stirn gerutscht. Der Junge schien zu schlafen. Sein Mund stand halb auf und er prustete leise vor sich hin.

Milla bekam einen seltsam panischen Gesichtsausdruck, den keiner der anderen je an ihr gesehen hatte. »Weg hier«, zischte sie und rannte auf eine Tür am anderen Ende der Halle zu.

Die Gestalt auf dem Sofa regte sich mit einem Mal. Der Junge zuckte unruhig mit den Armen. Dann rieb er sich schlaftrunken die Augen und richtete sich halb auf. »Wer ist da? Hallo? Wer ist denn da?«, jaulte eine erstaunlich helle Stimme.

Milla wurde blass. Sie schmiss sich in voller Fahrt gegen die Tür, die sofort nach innen aufschwang. Die anderen schafften es gerade noch, an ihr vorbeizustolpern, schon drückte sie die Tür wieder zu. Dann presste sie ihr Ohr an das Holz und lauschte. Doch dahinter war nichts mehr zu hören.

»Sicher schläft er gleich wieder ein«, wisperte sie hoffnungsvoll. »Wir müssen nur einen Moment warten.«

»War das Tatü?«, keuchte Elsmoth. Er rieb sich die Stirn, denn er war in der Eile gegen den Pfosten geknallt.

Milla nickte nur und wandte sich um.

Sie hatten die Küche erreicht. Lange Arbeitstische standen in der Mitte des Raums und Regale mit Geschirr und Töpfen und allerlei Vorräten an den Wänden. Durch die Fenster unter der hohen Decke schien der Mond herein.

»Nehmt mit, was ihr tragen könnt«, flüsterte sie und zog einen Korb unter dem Tisch hervor, vor dem sie stand.

»Aber der sah doch eigentlich ganz normal aus«, fuhr Elsmoth fort. »Ein bisschen pummelig vielleicht, aber sonst …«

Milla drückte ihm einen Beutel gegen die Brust, den sie neben dem Ofen entdeckt hatte, und wies wortlos auf einen Teller mit Brötchen. Daneben standen eine Schale mit Äpfeln und eine weitere mit Erdbeeren. Sie kniff die Augen zusammen und starrte die Erdbeeren an. »Das müsste gehen«, murmelte sie vor sich hin.

»Was meinst du? Was machst du denn da?«, rief Bing. Er sah ihr ungläubig dabei zu, wie sie die Erdbeeren in der Schale zermatschte, bis nur noch ein roter, wässriger Brei übrig war. Dann griff sie nach einem leeren Mehlsack, der in der Ecke lag, und breitete ihn auf einem der Tische aus. Sie tunkte ihre Finger in den Brei und drückte sie auf den hellen Stoff.

»es get unz guht, gen jets mitt drahchen inz tieve mohr, kein sohrge, milla«, schrieb sie, bis die Erdbeeren restlos verbraucht waren.

Elsmoth, der gerade hinter ihr stand, warf einen neugierigen Blick über ihre Schulter. Und schlug sich entsetzt die Hand vor den Mund.

»Was?«, zischte Milla.

»Nichts … Ich meine ja bloß … Himmel, da waren ja selbst die Räuber bessere Lehrer«, entfuhr es ihm.

»Was willst du denn damit sagen?«, keifte Milla.

»Nun ja …«, begann er. Weiter kam er nicht mehr.

In der nächsten Sekunde flog die Tür auf.

»Ich wusste doch, ich habe jemanden gehört. Ach, müsst ihr denn so furchtbar laut sein?«, jammerte eine piepsige Stimme.

Milla hielt wie erstarrt inne.

Tatü stand im Türrahmen, er füllte ihn fast vollständig aus. Mit der einen Hand fasste er sich an den Kopf, auf dem noch immer der Turban saß, mit der anderen hielt er sich den Bauch. »Es geht mir heute wirklich nicht so gut«, fuhr er fort. »Milla, bist du das?«, fragte er dann ziemlich erstaunt.

»Hallo, Tatü«, knurrte Milla, die sich von ihrem ersten Schrecken wieder erholt hatte. Sie beugte sich rasch über den Tisch und nahm die Äpfel aus der Schale. Sie steckte sie in Elsmoths Beutel, der mechanisch die letzten Brötchen dazupackte, Tatü aber nicht aus den Augen ließ dabei. Of-

fenbar wartete er auf irgendetwas. Auch Edda, die gerade dabei war, die Regale zu plündern, sah aufmerksam zu ihm hinüber.

»Aber was machst du denn da, Cousine? Gibt es im Bunten Königreich etwa nicht mehr genug zu essen?«, fragte Tatü. »Ach!« Seine Hand zuckte Richtung Herz. »Wie weh es mir tut, das zu hören. Aber nimm dir nur, nimm dir«, setzte er huldvoll hinzu und wedelte mit der anderen Hand in der Luft herum. »Und deine halb verhungerten Freunde natürlich auch. Oje.« Tatü fasste sich plötzlich an den Rücken. »Ich habe da schon seit Tagen so ein entsetzliches Ziehen und Zerren. Als ob mir der Körper zerspringt«, klagte er plötzlich in schrillen Tönen. »Jetzt ist es ganz besonders schlimm. Hier, genau hier. Es ist einfach unerträglich!«

Bing ließ fast den Wasserschlauch fallen, den er gerade füllte, und starrte den Jungen besorgt an. Edda machte einen Schritt auf ihn zu.

»Am besten, du verwandelst ihn in eine Kröte«, zischte Milla. Sie schnappte sich den großen Weidenkorb, in den Edda die Vorräte gepackt hatte – Braten und Speck, zwei knusprige Hühnchen und etliche saftige Getreideknödel sowie einen großen, gut verstöpselten Krug mit Blaukirschensaft. Sie legte noch ein paar Birnen und eine Schale mit eingelegtem Gemüse dazu. Dann entdeckte sie den Honigkuchen und

mehrere kleine Obsttörtchen, die fast so aussahen wie die, die Bing machte. Ihr lief das Wasser im Mund zusammen.

»Oh, du bist eine Hexe? Eine weise Kräuterfrau?«, schrie Tatü begeistert auf. »Dann kannst du mich sicher von meinen schrecklichen Qualen befreien.«

»Und ob sie das kann«, knurrte Milla bedrohlich, »und zwar für immer.«

Aber ihr Cousin schien sie gar nicht zu hören.

»Hier, hier tut es ganz besonders weh«, jammerte er und streckte Edda plötzlich die nackte Brust entgegen. Er schlug platschend mit den Händen darauf.

Edda zuckte zurück. Sie sah ihn erschrocken an.

»Lasst uns gehen«, rief Milla eilig. Sie packte die kleine Hexe am Arm und zog sie auf die Tür zu. Den Sack mit der Nachricht für ihren Vater ließ sie einfach auf dem Arbeitstisch zurück. Sicher würde der Koch ihn am nächsten Morgen entdecken und König Windell sofort Bescheid sagen.

Bing und Elsmoth warfen sich ihre

Beutel über die Schulter und jagten in einem Affentempo an Tatü vorbei zurück in die große Halle.

»He, nicht so schnell! Wartet doch! Denkt an mein kaputtes Knie.« Tatü hinkte hastig hinter ihnen her und fasste sich aufstöhnend ans Bein dabei. »Ach, ich kann kaum auftreten, so schlimm ist es. Aber wohin wollt ihr denn nur?«, rief er empört, als die anderen nicht stehen blieben und sich noch nicht einmal zu ihm umsahen. Er verfolgte sie den Korridor hinunter. »Ihr könnt doch nicht einfach wieder gehen. He! Hört ihr nicht? Ich bin krank«, rief er, mit seltsamem Stolz in der Stimme. »Vielleicht könnten wir ja ein bisschen zusammen spielen? Vorausgesetzt, meine schmerzenden Gelenke machen das mit«, jammerte er, erstaunlich dicht hinter ihnen. »Ach, warum hört einem heutzutage eigentlich niemand mehr richtig zu? Es ist zum Verzweifeln! Wieso rennt ihr denn nur so schnell? Zu viel Bewegung ist gar nicht gut. Ich komme ja kaum hinterher mit meiner geschwächten Lunge. Wisst ihr, die Luft hier im Tal ist furchtbar schlecht und …« Er begann zu keuchen und laut zu husten.

»Du meine Güte! Der ist ja noch schlimmer als du«, entfuhr es Bing, als sie kopfüber in die kleine Kammer mit Millas heimlichem Notausgang stürzten.

Milla, die bereits halb im Fenster hing, warf ihm einen giftigen Blick zu.

»Und dann ist da dieses Stechen in den Seiten …«, rief Tatü von der Tür her und hielt sich die schaukelnden Hüften.

»Hört der eigentlich auch irgendwann mal wieder auf?«, japste Elsmoth, als sie über die Wiese und auf das Wäldchen zusprinteten. Er blickte immer wieder nervös über seine Schulter, aber Tatü war einfach nicht abzuschütteln. Für ein kaputtes Knie und eine geschwächte Lunge war er erstaunlich schnell.

»Du hast ja keine Ahnung, *wie viele* Krankheiten es gibt«, brummte Milla und packte ihren Korb fester. Sie war ziemlich erleichtert, als sie Gran am Waldrand sitzen sah. Fast hatte sie befürchtet, er wäre verschwunden und hätte sie bei ihrem Cousin zurückgelassen. Dann schon lieber ein böser Zauberer, schoss es ihr durch den Kopf. »Hallo, Gran«, rief sie schon von Weitem.

Der alte Drache schnaubte erfreut, als er die Kinder bemerkte, und wischte sich hektisch über sein Maul. Er schien zu kauen und schluckte dann rasch, ehe er sich zu ihnen herunterbeugte.

Bing hockte bereits auf seinem Rücken, er nahm die Körbe und Säcke entgegen, die die anderen ihm hinaufreichten.

»Und das Wasser, das aus einer Quelle in den Bergen dort kommt, scheint mir völlig verschmutzt zu sein«, fuhr Tatü unbeirrt fort. »Ich bekomme immer ganz schreckliche

Bauchschmerzen, wenn ich davon trinken muss.« Er warf einen kurzen Blick auf den Drachen, der ihn neugierig musterte, ehe er fortfuhr: »Ich glaube, davon können einem sogar die Haare ausfallen. Aber am schlimmsten ist das mit dem Zeh.« Er kletterte ein wenig umständlich hinter Edda her auf Grans Rücken hinauf und hockte sich mit Mitleid heischender Miene neben sie. »Kannst du dir vorstellen, wie das ist, wenn es da ständig so komisch zuckt?«

Im nächsten Moment breitete Gran seine Flügel aus. »Ihr seid ja noch einer mehr geworden. Wie nett«, dröhnte er. »Aber jetzt müssen wir uns beeilen. Bevor mich der Schäfer erwischt. Er hat gerade zwei seiner fettesten und, wenn ich das erwähnen darf, leckersten Tierchen verloren.« Er bleckte grinsend die Zähne. Dann schwang er sich auch schon in die Luft.

Tatü verstummte ganz plötzlich. Sein Mund stand noch immer auf, aber kein Ton kam mehr heraus, während Gran immer höher und höher stieg. Doch das Schweigen dauerte keine zehn Sekunden. »Was soll denn das?«, jaulte er wieder los. »Ich werde mich noch erkälten! Herrje.« Der plötzliche Luftzug riss ihm fast den Turban vom Kopf und er musste ihn mit beiden Händen festhalten. Mit weit aufgerissenen Augen warf er einen Blick nach unten und klammerte sich dann aufkreischend an Grans Zacken, als sie in einer scharfen Kurve um einen Hügel herum sausten.

»Also auf zum Großen Auge, ja?«, sagte Edda mit ihrer dunklen Stimme und warf einen unsicheren Blick auf Tatü.

Der sah sie interessiert an. »Du hast wohl auch Probleme mit deinem trockenen Hals, was? Kratzt es da auch immer so komisch drin?«, wollte er wissen. Er tastete vorsichtig an seiner Kehle herum und räusperte sich sacht.

»Und dann, so schnell es geht, ins Tiefe Moor«, rief Milla, noch ehe Edda etwas erwidern konnte.

»Was? Ein Moor?«, quiekte Tatü entsetzt. »Aber da gibt es Mücken und wer weiß was noch alles.«

»Nun sei endlich still«, brüllte Milla so laut, dass selbst Gran zusammenzuckte.

»Ah! Nicht doch. Nicht doch, meine Ohren«, wimmerte Tatü, der sich von ihrem Geschrei nicht im Geringsten beeindrucken ließ.

»Gran«, schrie Bing gegen den Wind an. »Wir müssen Tatü zurückbringen. Sofort! Hörst du? Du musst umkehren.«

»*Bitte*«, fügte Milla flehend hinzu.

Aber Gran schüttelte den Kopf. »Oh nein«, donnerte er. Er wurde schneller. »Der Schäfer war bewaffnet!«

Milla starrte ungläubig auf seine dicken Schuppen hinunter. »Na, da wissen wir ja jetzt, wovor Drachen Angst haben«, wisperte sie Bing zu. »Vor einem Hirtenstab und einem zornigen Schäfer. Das darf ja wohl nicht wahr sein!«

Gran flog die ganze Nacht hindurch. Über ihnen blinkten gelbe Sterne, aber der Mond verbarg sich die meiste Zeit hinter dünnen Wolkenschleiern. Hin und wieder tauchte ein Dörfchen unter ihnen auf, in dem noch Licht brannte, manchmal waren ganze Straßen mit bunten Laternen erhellt und einmal loderte auf einer Wiese gar ein riesiges Feuer, um das herum viele Menschen versammelt waren. Offenbar wurde dort gerade ein Fest gefeiert. Doch kein Geräusch drang zu den Kindern herauf, sie hörten nur den Wind und das Rauschen von Grans gewaltigen Flügeln, die rastlos auf und ab schlugen. Und Tatü, der unablässig vor sich hin jammerte.

»Ach, wenn es doch nur nicht so kalt wäre. Und so verflixt unbequem. Mir tun schon alle Knochen im Leib weh«, klagte er.

»Dann setz dich halt vernünftig hin«, brummte Bing.

»Und müssen wir denn so schaukeln? Mir ist ganz schlecht.« Tatü hielt sich mit beiden Händen den Bauch.

»Vielleicht hättest du nicht ganz so viel essen sollen«, stichelte Milla.

»Aber ich habe doch kaum etwas abgekriegt«, verteidigte sich Tatü und vergrub sich schmollend in seinen wallenden Gewändern.

Die Kinder hatten vor lauter Hunger fast die Hälfte ihres Proviants verschlungen. Tatü hatte fleißig mitgegessen, obwohl seine letzte Mahlzeit sicher noch nicht allzu lange zurücklag.

»Ich könnte wirklich noch ein Stück von dem Kuchen vertragen. Ich brauche ausreichend Zucker, müsst ihr wissen, sonst wird mir schwindlig. So schwindlig, dass ich viel-

leicht in Ohnmacht kippe und von eurem Drachen herunterstürze.«

»Tu dir nur keinen Zwang an«, knurrte Bing.

Tatü schnappte mehrmals laut hörbar nach Luft und presste sich die Fingerspitzen gegen die Schläfen. »Erst entführt ihr mich und dann lasst ihr mich auch noch verhungern«, schluchzte er auf und sah die anderen vorwurfsvoll an.

»Wir … *was?*«, rief Milla entgeistert. »Weißt du, Tatü, wir haben dich nicht darum gebeten, mitzukommen!«

»Nein, aber ihr bringt mich auch nicht zurück.«

»Wie denn? Gran weigert sich umzukehren. Außerdem haben wir es ziemlich eilig.«

»Dann setzt mich einfach bei einem unserer Bauern ab. Von dort kann mich sicher jemand zur Burg meiner Eltern bringen. Falls ich bis dahin nicht allzu geschwächt sein werde«, fügte Tatü aufseufzend hinzu.

»Aber wir haben das Königreich Tand schon lange verlassen«, ertönte Grans donnernde Stimme von weiter vorn.

»Was?«

»Ja, unter uns ist Wüste«, rief Edda.

Tatü spähte erschrocken über den Rücken des Drachen hinweg.

Eine weite, sandige Einöde breitete sich unter ihnen aus. Die hohen Dünen, die wie erstarrte Wellen im silbernen Mondlicht glitzerten, erstreckten sich bis zum Horizont. Sonst gab es dort unten nichts.

»Möchtest du vielleicht, dass wir dich da absetzen?«, fragte Milla mit einem zuckersüßen Lächeln auf den Lippen. »Vielleicht findest du ja auch von dort wieder zurück.«

Die anderen machten hoffnungsvolle Gesichter, selbst Gran neigte den Kopf leicht zurück, so als lauschte er.

»Ich denke, ich bleibe besser bei euch«, entgegnete Tatü großzügig. »Aber«, wandte er sich mit brüchiger Stimme an Gran, »bitte, flieg nicht mehr ganz so hoch, ja? Ich bin nicht schwindelfrei.«

Die anderen sahen sich nur an und rollten kräftig mit den Augen.

Und so ging es immer weiter durch die Nacht, bis die Sterne allmählich verblassten und der Mond verschwand. Dafür ging die Sonne auf, und zwar so plötzlich, dass die Kinder geblendet die Arme vor die Augen rissen.

Die Wüste hatten sie inzwischen hinter sich gelassen, die Landschaft, die sie nun überflogen, war allerdings kaum weniger öde und einsam. Unter ihnen, mitten in einem leeren Tal, tauchte mit einem Mal ein Steinkreis auf.

Gran ging tiefer. »Ich muss mich einen Moment ausruhen«, dröhnte er und landete dann genau zwischen den im Kreis aufgestellten Steinen. Er legte ein wenig umständlich die Flügel an, weil es so eng war. »Ihr solltet euch nicht von hier entfernen, hört ihr?«, murmelte er, als die Kinder von seinem Rücken kletterten. Tatü presste sich aufstöhnend die Hand gegen sein Bein, aber niemand achtete auf ihn. »Bleibt

im Inneren des Kreises, was auch immer passiert.« Der alte Drache rollte sich müde zusammen. Keinen Moment später war er bereits eingeschlafen und begann laut grollend zu schnarchen.

»Was meint er damit? Glaubt er vielleicht, hier ist es gefährlich?«, rief Milla verwundert. »Aber hier ist doch überhaupt nichts.« Sie stemmte die Arme in die Seiten und sah sich um. Da waren nur ein paar spärlich bewachsene Hügel und ein schmaler Fluss, der das Tal durchschnitt. Und ein Wanderer, der plötzlich auf sie zukam.

Die Kinder hielten verdutzt inne.

Der Mann war recht vornehm gekleidet, aber seine Jacke war schmutzig und seine Hose halb zerrissen. Der Hut auf seinem Kopf war völlig zerbeult.

»Na, Ihnen geht es wohl auch nicht so gut, was?«, rief Tatü ihm entgegen.

Aber der Mann reagierte nicht. Er stolperte am Flussufer entlang, den Oberkörper vorgebeugt und die Knie eingeknickt, als würden ihm jeden Moment die Beine wegsacken.

»Was ist denn passiert? Brauchen Sie Hilfe?« Bing wollte besorgt auf ihn zulaufen, aber Milla hielt ihn zurück. »Denk an Grans Worte«, flüsterte sie.

»Aber wir müssen ihm doch helfen. Hallo«, sagte Bing, als der Mann schon dicht vor ihnen war. Sein Gesicht war ganz blass vor Erschöpfung. Doch er starrte stur geradeaus, als er eilig an dem Steinkreis vorüberstapfte. Er warf nicht einmal einen Blick in Bings Richtung.

»Das ist aber mal ein unhöflicher Kerl«, rief Elsmoth.

Die Kinder sahen ihm nach, bis er zwischen den Hügeln verschwand. Alle, bis auf Tatü. Der kniete vor ihrem Vorratssack und kramte neugierig darin herum.

»He, lass uns auch noch was übrig.« Milla hockte sich neben ihn und riss ihm den Beutel aus der Hand.

Tatü begann lautstark zu protestieren. »Immerhin stammt das doch aus *meiner* Burg«, rief er. Und hielt dann plötzlich verdutzt inne. Er starrte an den anderen vorbei. »He, da kommen ja noch mehr«, sagte er und streckte aufgeregt den Arm aus.

Vier weitere Gestalten waren im Tal aufgetaucht. Sie saßen auf vier haselnussbraunen Pferden, die zügig auf den Steinkreis zugaloppierten. Zwei von ihnen waren Frauen, sie hatten lange Haare, trugen aber Hosen wie die Männer und staubige Jacken und machten ebenso grimmige Gesichter. Und sie waren ebenfalls bis an die Zähne bewaffnet. Die riesigen Äxte in ihren Händen glitzerten im Sonnenlicht, aus ihren Satteltaschen ragten lange Messer und in jedem ihrer hohen Stiefel steckte ein Dolch.

Die Kinder sprangen erschrocken auf.

»Ich glaube, ich habe mir den Knöchel verstaucht«, wisperte Tatü, ohne den Blick von den Reitern zu wenden.

Auch Milla machte große Augen, ängstlich und begeistert zugleich. Sie bekam nur selten waffenstarrende Frauen zu Gesicht. Ihre Finger tasteten nach ihrem Schwertgriff.

»Die sehen nicht gerade freundlich aus«, raunte Edda.

Elsmoth war kreidebleich. »Was wollen die denn nur?« Er wandte den Kopf hin und her, als suchte er nach einem Versteck. Schließlich schob er sich hinter Gran, der noch immer geräuschvoll vor sich hin schnarchte.

Die Pferde wurden langsamer. Ihre Hufe klapperten über den harten Boden um den Steinkreis herum. Die Reiter hatten die Kinder schon fast erreicht.

»Wo ist er? Wo ist er hin?«, rief eine der Frauen in barschem Ton und schwang ihre Axt dabei.

Der Mann neben ihr zügelte sein Pferd, das unruhig zu tänzeln begann. Er starrte Milla an, mit einem so tückischen Ausdruck in den Augen, dass ihr ein kalter Schauer über den Rücken rann. Sie drückte sich näher an den Drachen in ihrem Rücken und zog ihr Schwert. »Ich glaube, die suchen den Mann von vorhin«, presste sie zwischen den Zähnen hervor.

»Wir haben niemanden gesehen«, krächzte Bing heiser, stemmte aber energisch die Arme in die Seiten.

Der Mann wandte schließlich den Blick von Milla und drehte sich zu der Frau um. »Ich habe keine Ahnung«, sagte er, als hätte er Bing gar nicht gehört. »Vielleicht ist er Richtung Pushta.«

Die andere Frau spuckte auf den Boden. »Nee, er ist sicher in die Stadt.«

»Dann sollten wir uns beeilen.« Der zweite Mann hieb seinem Pferd die Sporen in die Flanken. Dann jagte er an dem Steinkreis vorüber, in die entgegengesetzte Richtung, in die der Wanderer verschwunden war. Seine Begleiter folgten ihm, ohne auch nur einmal zu den Kindern herüberzusehen.

»Was … war denn das?«, stieß Elsmoth nach einem Moment hervor. Er wagte sich um Grans Hinterteil herum.

»Vielleicht waren es ja wieder Geister? Statt Waldgeister diesmal Wiesengeister.« Milla prustete plötzlich los. Sie bekam einen Schluckauf und holte tief Luft. Als der Kerl sie so angestarrt hatte, hatte sie doch einen ziemlichen Schrecken bekommen. Sie hatte gedacht, er würde jeden Moment seine Axt nach ihr werfen! Sie steckte ihr Schwert weg.

»Geister? Wieso denn Geister?«, rief Tatü alarmiert.

»Die scheinen uns überhaupt nicht bemerkt zu haben«, meinte Edda nachdenklich. Sie besah sich die Steine genauer.

»Ja, sie haben uns weder gehört noch gesehen«, sagte Bing. »Es war, als ob wir unsichtbar wären.«

»Ganz genau«, donnerte Gran über ihnen. »Solange ihr hier drin seid.« Er richtete sich auf.

Die Kinder fuhren herum.

»Ernsthaft? Woher weißt du das?«, rief Elsmoth.

Der alte Drache gähnte herzhaft, es klang, als ob ein gewaltiger Sturmwind losbrauste. »Nun, wir Drachen haben diese Steinkreise erbaut, vor langer, langer Zeit. Wir mussten uns ja irgendwo ausruhen können, ohne gleich von euch Menschen getötet zu werden. Damals habt ihr uns noch gejagt, weil ihr uns mit Tieren verwechselt habt«, donnerte er.

Die Kinder machten betretene Gesichter.

Gran bleckte lächelnd die Zähne. »Es gibt Hunderte solcher Kreise auf der ganzen Insel«, fuhr er dann fort. »Aber es sind längst nicht mehr alle intakt. Nur noch an so gefährlichen Orten wie diesem hier, da werden die Kreise ständig kontrolliert und ausgebessert, auch heute noch. So ein Steinkreis funktioniert nämlich nur, wenn der Kreis geschlossen ist.«

»Und ich dachte immer, Menschen hätten die Steinkreise errichtet«, meinte Bing, der gerade den Sack mit ihrem Proviant aufhob. Er verteilte rasch die letzten Brötchen und Äpfel. »Vor vielen tausend Jahren. Noch vor den großen Kriegen.«

»Ja, das denken die meisten Menschen. Auch wenn sie keine Ahnung haben, *wozu* sie die Steinkreise erbaut haben wollen. Sagt mal, hattet ihr nicht Zeit genug für euer Frühstück, während ich geschlafen habe?«, fragte Gran dann leicht ungeduldig. »Wir sollten jetzt wirklich weiter.«

Bing stopfte sich hastig das halbe Brötchen in den Mund, schwang den Sack über seine Schulter und hangelte sich auf seinen Rücken. »Von mir aus können wir«, rief er.

»Angeber«, knurrte Milla, die ihm sehr viel langsamer folgte und dabei noch Tatü hinter sich herzog.

»Au! Nicht so schnell, hörst du? Du kugelst mir den Arm aus«, jaulte der.

Gran breitete bereits vorsichtig seine Flügel aus und schwang sich abermals hoch in die Luft.

Milla beugte sich weit vor und starrte mit zusammengekniffenen Augen in das Tal hinunter. Sie suchte nach dem Wanderer und den vier Reitern, entdeckte jedoch nichts weiter als ein paar vereinzelte Hütten und dicke Rauchsäulen irgendwo im Westen. Dann tauchte der Drache zwischen die Wolken und sie konnte nichts mehr sehen.

Gran flog den ganzen Tag hindurch. Eine Weile unterhielten sie sich noch miteinander, sie erzählten ihm nun auch, was sie im Steinkreis erlebt hatten. Doch irgendwann wurden die Kinder so müde, dass sie einer nach dem anderen einschliefen. Als sie wieder aufwachten, war es längst dunkel. Aber Gran machte keine Anstalten anzuhalten. Er saus-

te immer weiter durch die sternenklare Nacht. Schließlich ging abermals die Sonne auf und vor ihnen tauchten die ersten Umrisse eines weiteren Gebirges auf.

»Da müssen wir hin«, dröhnte der Drache.

»Da ist das Große Auge?«, fragte Edda neugierig.

»Auf dem höchsten der Gipfel, ja.«

Das Sturmgebirge wurde immer größer und größer, je näher sie kamen, bis es das, in dem sie Gran getroffen hatten, bei Weitem überragte. Die Kuppen der gewaltigen Berge waren schneebedeckt und ragten bis in die Wolken hinein.

»Da ist es sicher schrecklich kalt«, rief Tatü.

Bald ragte das Felsmassiv wie eine dunkle, glatte Wand vor ihnen auf. Doch statt geradewegs hinaufzufliegen, landete der Drache auf einer engen, ungemütlichen Plattform auf halber Höhe. Es war ziemlich windig dort. Gran klammerte sich mit den Hinterbeinen an dem Felsen fest, die Flügel noch immer ausgebreitet, um das Gleichgewicht zu halten, denn es war kaum Platz für ihn.

»Was machen wir denn hier?«, fragte Bing, der wie die anderen eilig von seinem Rücken rutschte, ziemlich verwundert.

»Der Weg nach oben ist steil und anstrengend. Ich muss zu Kräften kommen«, erklärte Gran. »Ich brauche etwas zu essen!« Er sah mit funkelnden Augen den zerklüfteten Felsen hinauf und setzte sich auch schon wieder in Bewegung. »Es dauert nicht lange. Bis gleich.«

Milla war nicht sicher, ob der Drache es auf die Ziegen dort oben abgesehen hatte, oder ob er die grauen Steine meinte, die den Graumelsteinen in seinem eigenen Gebirge sehr ähnlich sahen. Aber eigentlich war das auch egal, sie wollte lieber nicht darüber nachdenken. Sie lehnte sich gegen den kalten Felsen und schlang die Arme um sich, um sich aufzuwärmen.

»Ich erfriere, oh weh, ich erfriere. Mein Zeh fühlt sich schon ganz taub an.« Tatü schlug kräftig mit den Zähnen aufeinander.

»Warte, bis wir erst da oben sind«, murmelte Bing. Er legte den Kopf in den Nacken und starrte nachdenklich die Bergflanke hinauf.

Tatü folgte seinem Blick. »Müssen wir da wirklich hin?«

»Ich fürchte, ja«, erwiderte Bing. »Was genau dieses Große Auge wohl ist?«, fragte er dann.

»Ein weiser, alter Einsiedler vielleicht, der alles weiß und der einem alle Fragen beantworten kann«, sagte Elsmoth wehmütig. Er schien an die Mönche in seinem Kloster zu denken.

»Glaub ich nicht«, meinte Milla. »Dass dort oben jemand lebt, kann ich mir beim besten Willen nicht vorstellen.«

»Also, *ich* könnte das ganz sicher nicht«, erklärte Tatü. Er verschränkte die Arme.

Die anderen sahen ihn nur an und schwiegen.

»Aber vielleicht ist es ja ein Zauberer. Oder eine Hexe«, überlegte Edda. »*Aaah!*«, schrie sie dann mit einem Mal los.

Sie taumelte rückwärts und kam dem Rand der Plattform dabei so gefährlich nah, dass Bing sie zurückreißen musste, sonst wäre sie in die Tiefe gestürzt. Aber sie merkte es nicht einmal. »Da! Was ist das da?«

Ein Paar gelb glühende Augen starrten sie an. Sie waren ganz plötzlich in einer der Felsspalten aufgetaucht. In der nächsten Sekunde leuchteten immer mehr helle Lichtpünktchen auf, bis die ganze Bergwand übersät schien mit gelben Augenpaaren. Gleich darauf begann es zu schaben und zu kratzen in dem Fels. Dann krochen zwei merkwürdige kleine Gestalten aus der schmalen Öffnung.

»Ha-hallo«, rief Milla, die nun ebenfalls zurückwich. Sie erinnerte sich nur zu gut an ihr Abenteuer mit den Wutzels, auch wenn diese Wesen hier vollkommen anders aussahen. Sie waren größer, sie reichten den Kindern fast bis zum Bauchnabel, ihre Haut war faltig und grau und ihre spärlichen Haare hingen ihnen in dünnen Strähnen fast bis zu den Füßen. Vor allem aber trugen sie kein Fell, sondern einen bodenlangen grauen Wollmantel.

»Wus sut dunn uhr?«, rief eines der Wesen mit hellem Stimmchen.

»Hä?«, entfuhr es Bing.

»Wus sut dunn uhr? Wus mucht uhr hur? Wug, wug mut uch!«, schrie nun das andere Persönchen schrill.

»Was? Was willst du denn? Ich verstehe kein Wort.« Milla schlug die Hände weg, die sie quer über die Plattform zu schubsen begannen.

»Nicht, nicht, ich krieg ja blaue Flecken«, klagte Tatü, dem das Gleiche passierte.

»Ich glaube, die leben hier. In den Felsspalten da. Und wir stören sie«, sagte Edda.

»Das sind Us«, wisperte Elsmoth ungläubig.

»Us?«

»Hut ub!« Immer mehr der kleinen Männchen strömten nun aus dem Felsen. »Hut ub! Lus, lus!« Einer von ihnen piekte Edda mit der Fingerspitze kräftig in die Seite.

»Aua! Du kleiner Teufel!« Sie boxte ihm gegen die Schulter.

»Ja, hört doch.«

»Uhr hubt hur nuchts zu suchun.«

»Sie sprechen nur das U!«

»Gibt es auch As?«, fragte Milla, von plötzlicher Neugier gepackt.

»Ja, und Es und Os …«

»Und Is, nehme ich an.«

»Genau.«

»Woher weißt du das?«, wollte Bing wissen, der gerade eines der Us zu Boden stieß, weil es ihm vor das Schienbein getreten hatte.

»Ich habe von ihnen gelesen. Aber ich dachte, es wäre bloß eine Geschichte. Ich wusste nicht, dass es sie wirklich gibt.«

»Ich finde sie ziemlich wirklich«, schimpfte Edda. Eine weitere Fingerspitze hatte sich in ihre Rippen gebohrt. Sie

hob genervt die Hände, die schon Funken zu sprühen begannen.

»Nein«, schrie Bing. »Nicht. Nachher schießt du noch den halben Berg weg. Und uns gleich mit.« Er sah besorgt in die Tiefe.

Die Hexe nickte zögernd und ließ die Hände sinken, während sie von den Us immer weiter geknufft und gestoßen wurde.

»Geht endlich weg«, rief Tatü und wedelte mit der Hand durch die Luft, als wollte er Fliegen vertreiben. »Weg, weg.«

»So richtig gefährlich sehen sie nicht aus, oder?«, flüsterte Milla. »Vielleicht sollten wir sie mal ordentlich verprügeln.« Sie schob sich bereits die Ärmel nach oben.

»Es sind viel zu viele«, meinte Bing kopfschüttelnd. »Und es werden immer noch mehr!«

Tatsächlich füllten inzwischen mehr als dreißig Us die enge Felsplattform, auf der sie standen. Die Kinder leisteten noch eine Weile heftigen Widerstand, aber sie hatten kaum noch Platz. Sie wurden immer weiter die schroffe Steilwand entlang auf einen Pfad zugetrieben, der von der Plattform weg und um den Berg herum führte. Es war kaum mehr als ein dürftiger Felsvorsprung!

»Wug, wug, uhr Undrunglungu«, rief das Männlein vor ihnen. »Undrunglungu, Undrunglungu«, schrien nun auch die übrigen Us und schüttelten kräftig ihre Fäustchen dabei. Sie blieben stehen, als die Kinder schließlich den schmalen Steg erreichten.

Bing stand bereits mit dem Fuß darauf. Er musste sich mit dem Rücken gegen die Bergwand pressen, um nicht abzustürzen.

»Das schaffen wir nie«, hauchte Elsmoth entsetzt. Er war ganz blass um die Nase.

»Ich bin noch immer fürs Verprügeln«, rief Milla. Sie verschränkte die Arme und sah die anderen erwartungsvoll an.

»Ich glaube, das wird nicht nötig sein.« Bing hatte sich ein Stück vorgewagt, er spähte um ein paar dicke, spitze Felsen herum. »Ab hier wird der Weg immer breiter. Und da hinten ist noch so eine Plattform. Sie ist viel größer. Und sie sieht ganz friedlich aus.« Er schob sich langsam weiter. »Kommt schon.«

»Oh nein!« Tatü starrte wie gehetzt zwischen den Us und Bing hin und her, der auch schon aus ihrem Blickfeld verschwand. »Niemals!«

»Bing?«, rief Milla.

»Alles klar«, hörten sie seine Stimme von weiter vorne. Sie hallte laut durch das Gebirge. »Was ist denn das da?«, rief er plötzlich verdutzt.

»Was? Was ist denn da?«

»Hier ist … so ein komisches …« Er verstummte abrupt.

»Bing?«

Aber Bing antwortete nicht mehr.

»Bing!« Milla stand mit einem einzigen langen Satz auf dem engen Felsvorsprung. Steinsplitter lösten sich und fielen in die Tiefe, aber sie scherte sich gar nicht darum.

»Vorsicht«, schrie Edda besorgt.

»Schnell doch! Wir müssen ihm helfen.« Dicht an den Felsen gedrückt marschierte Milla auch schon los.

»Aber nein, ich will nicht! Ich will da nicht hin. Da ist es gefährlich!«, jammerte Tatü und kreuzte die Arme vor der Brust.

»Na, dann bleib eben hier.« Edda und Elsmoth wagten sich nun ebenfalls auf den schmalen Pfad.

»Was? Aber ihr könnt mich doch nicht hier alleinelassen!« Tatü sah auf die Us, die noch immer ihre Fäustchen in die Luft streckten. »Das … das verbiete ich euch!«

Elsmoth pulte sich im Ohr herum. »Hat er was gesagt?«

»Ich habe nichts gehört.«

»Schnell«, rief Milla von der anderen Seite.

Ein kräftiger Wind blies ihnen um die Nase, der an ihren Kleidern zerrte, als wollte er sie mit sich ziehen. Doch schon nach wenigen Schritten erreichten sie die dicken Felsen. Direkt dahinter wurde der Weg mit einem Mal breiter, genau wie Bing gesagt hatte.

Milla warf noch einen letzten Blick zurück. Tatü war nun dicht hinter ihnen. Millimeter um Millimeter bewegte er sich vorwärts, die Augen gen Himmel gerichtet, während sich seine Lippen in einem fort bewegten. Die Us wandten sich ab. Schimpfend krochen sie in ihre Felslöcher zurück.

»Su un Undung! Su unu Unvurfrurunhut!«

»Alles in Ordnung mit dir, Tatü?«, fragte Milla.

»Nein.«

Dann waren sie auch schon um die Felsen herum. Vor ihnen war eine weitere Plattform, die wie eine riesige Zunge aus Stein aus dem Berg herausragte. Sie war tatsächlich größer als die andere und voller Gras und Blumen. Sogar ein Bäumchen wuchs dort.

Bing stand gleich daneben, mit dem Rücken zu ihnen, und starrte mit schief gelegtem Kopf die Felswand an.

Milla rannte atemlos auf ihn zu. »Was ist los? Was ist passiert?«

»Guck mal.« Bing legte den Kopf auf die andere Seite. Er wies auf den Berg vor ihnen.

Sie standen vor einer Art Tor. Seltsame Zeichen und Bilder, die sie noch nie gesehen hatten, waren in einem großen Bogen in den Stein gemeißelt, direkt um den Eingang einer Höhle herum. Einige der Zeichen und Bilder waren schlangenlinienförmig, andere bestanden aus Kreisen und Dreiecken und weiteren merkwürdigen Formen. Das Seltsamste aber war, dass sie alle hell schimmerten, so als ob hinter ihnen irgendwo ein Licht brannte. Doch die Höhle war stockfinster, man konnte nicht einmal ahnen, was sich darin befand.

»Wie komisch«, murmelte Elsmoth.

Edda runzelte unbehaglich die Stirn. »Ja, vielleicht sollten wir besser …« Sie zuckte plötzlich zusammen.

Hinter ihnen war ein ohrenbetäubender Lärm ausgebrochen.

»ICH HABE ES GESCHAFFT«, brüllte Tatü aus Leibeskräften. »Ich lebe! Ich lebe!« Er hüpfte wie ein Verrückter auf dem Gras herum. »Ich habe mich schon tot und zerschmettert am Fuß der Berge gesehen. Ach, ich hätte schwören können, ich müsste sterben«, jammerte er und presste sich die Hände gegen die Brust. »Aber ich lebe, ich lebe noch. Ich habe den Berg bezwungen! Autsch, aua, mein Knöchel«, schrie er dann mit einem Mal auf und hopste nur noch auf einem Bein weiter, während er sich das andere mit schmerzverzerrter Miene festhielt. »Was ist denn das?«, fragte er gleich darauf. Er sah auf das Tor.

»Vielleicht sollten wir mal hineingehen, um das herauszufinden«, schlug Bing vor.

»Gute Idee«, meinte Milla. Sie hatte vor lauter Aufregung völlig vergessen, böse auf ihn zu sein, dass er ihr so einen Schrecken eingejagt hatte. Neugierig trat sie durch den Torbogen.

»He, warte auf uns.«

Im ersten Moment war es nur dunkel. Milla kniff die Augen zusammen, um wenigstens *irgendetwas* zu erkennen, Umrisse, Schemen, denn immerhin schien vor dem Eingang die Sonne. Aber sie sah und hörte nichts, sobald sie die Höhle betreten hatte. Drei Schritte weiter rauschte etwas an ihr vorbei. Sie fuhr zusammen. Es fühlte sich wie ein kräftiger Luftzug an. Oder wie Wasser, das über ihr zusammenschlug. Nur, dass es nicht nass war. Milla taumelte leicht.

»Hoffentlich sind es keine Fledermäuse«, wisperte Edda, irgendwo links hinter ihr, mit seltsam erstickter Stimme.

Keine Sekunde später war es plötzlich taghell.

Milla blieb wie angewurzelt stehen. Im ersten Augenblick dachte sie, Elsmoth hätte mit seinen Steinen eine Fackel angezündet. Aber dafür war das Licht viel zu hell und zu warm. Es war, als ob im Inneren der Höhle die Sonne brannte. Bloß dass es auf einmal gar nicht mehr aussah wie das Innere einer Höhle. Sie waren wieder im Freien!

Milla blieb vor Staunen der Mund offenstehen.

»Ui«, machte Bing neben ihr.

Sie hatten das Gebirge offenbar verlassen! Aber wie war das möglich? Die Landschaft vor ihnen sah vollkommen anders aus. Und was für eine merkwürdige Landschaft das war! Milla zwickte sich kräftig in den Arm, um zu prüfen, ob sie wirklich wach war. Es tat ziemlich weh, aber sie konnte trotzdem kaum glauben, was sie da sah. Sie ging in die Knie und bückte sich nach den Überresten einer kleinen Blume, die unter ihren Füßen in Abertausend winzige Splitter zersprungen war.

»Hier ist alles aus Glas!«

Die Bäume, die Blüten, die Schmetterlinge um sie herum, der breite Fluss und die Brücke, die sich darüber spannte, sogar die Häuser weit hinten am Horizont, die schimmerten und glitzerten im strahlenden Sonnenlicht – alles bestand aus buntem Glas.

Elsmoth streckte die Finger nach dem Stamm einer pastellgrünen Palme aus und machte ein ungläubiges Gesicht. »Ist das schön«, raunte er.

Tatü vergaß vor Verblüffung sogar seinen Knöchel. »Aber was essen die hier nur?«

»Lasst uns noch ein Stück weitergehen, ja?«, meinte Bing. »Ich möchte wissen, was das dahinten ist.« Er wies auf einen großen, gelben Kasten auf der anderen Seite der Brücke und lief bereits los, als hinter ihnen mit einem Mal ein entsetzlich unheimliches Geräusch zu hören war. Es klang wie wütendes Donnergrollen, obwohl keine einzige Wolke am Himmel stand.

Die Kinder drehten sich erschrocken um. Ein gewaltiger dunkler Schatten ragte auf einmal über sie hinweg. Er stürzte in rasender Geschwindigkeit auf sie herunter.

»Lauft«, brüllte Milla. Sie wirbelte hastig herum. Doch im nächsten Augenblick wurde sie von einer gigantischen Hand gepackt und mitgeschleift, den Weg zurück, den sie gekommen waren, fort von den gläsernen Blumen und Bäumen.

10.

»Nicht, nicht, weg, weg, nein, was soll das?«, kreischte Tatü. Aber auch die anderen hatten vor Schreck angefangen, laut zu brüllen.

Nur Sekunden später standen sie wieder auf der steinernen Plattform gleich vor dem Höhleneingang. Die Hand ließ sie los. Und entpuppte sich als rotbraun geschuppter Flügel.

»Da lässt man euch mal einen Moment alleine«, polterte eine Stimme über ihnen.

»Gran!« Die fünf sahen verdutzt hoch.

Der alte Drache bleckte lächelnd die Zähne, als er auf sie heruntersah. Seine Klauen umklammerten den Rand der Felsenzunge, während einer seiner Flügel etwas ungeschickt nach dem Bäumchen gegriffen hatte, um sich festzuhalten. Er hatte es halb umgeknickt.

»*Du* warst der Schatten?«, rief Bing.

»Du sahst so unheimlich aus«, meinte Milla. »Warum hast du nichts gesagt? Statt uns so hastig da rauszuzerren!«

»Wo waren wir überhaupt?«, fragte Edda.

»Ach, ich hätte gerne noch ein bisschen mehr gesehen«, sagte Elsmoth.

»Ist es da vielleicht gefährlich?« Tatü riss die Augen auf.

»Aber nein, überhaupt nicht«, erwiderte der Drache. »Im Gegenteil, das Königreich Gorat ist sehr friedlich und die Goratianer sind mehr als freundlich. Ich habe selbst ein paar Jahre dort gelebt. Aber wir haben es doch eilig. Und ich bin schon seit drei Tagen auf der Suche nach euch.«

Die Kinder starrten ihn an.

»Drei Tage?«, krächzte Milla schließlich fassungslos. »Aber … aber wir waren doch höchstens zwei Minuten dort.«

»Jetzt weißt du, wieso ich euch *so hastig da rausgezerrt* habe. Und nun steigt auf.«

Milla warf noch einen Blick auf das Tor mit den so seltsamen Zeichen, dann griff sie eilig nach der ersten Zacke auf Grans Rücken.

»Gran?«, begann Bing, als er hinter dem Kopf des Drachen Platz genommen hatte.

»Ja?«

»Du hast gesagt, du hast ein paar *Jahre* im Königreich Gorat gelebt. Und ein paar Minuten dort sind schon ein paar Tage hier, bei uns …« Er klang verlegen.

»Ja?«

»Wie alt bist du?«, platzte es neugierig aus Bing heraus. Auch die anderen beugten erwartungsvoll die Köpfe vor.

Der Drache schien leise zu lachen. Doch er schwieg.

Dann ging es plötzlich steil nach oben. Gran flog fast senkrecht die schroffe Bergwand hinauf. Die Kinder klammerten sich an seinen Zacken fest, während der Wind an ihnen zerrte, als wollte er sie herunterreißen.

»Ich glaube, ich muss mich übergeben«, keuchte Tatü, der verzweifelt versuchte, seinen Turban nicht zu verlieren.

»In die andere Richtung. *In die andere Richtung!*«, brüllte Milla ihn an. Sie rutschte hastig zur Seite.

»Schon gut. Schon gut. Es ist doch nicht so schlimm, glaube ich.«

Immer höher und höher hinauf ging es. Es wurde kälter. Aus Wolkenschleiern wurden dicke Schneewolken und die ersten weißen Flocken ließen sich auf ihren Haaren nieder. Dann tauchten sie in eine Welt aus Eis und Schnee. Doch umso frostiger es wurde, umso wärmer wurde es auf Grans Rücken. Als ob seine Schuppen zu glühen begannen, während sich unter ihnen eine eisige weiße Wüste ausbreitete. Sie schimmerte und glitzerte im Sonnenlicht wie ein Meer aus silbernen Zwergensteinen.

»Wie schön«, staunte Bing.

»So etwas habe ich noch nie gesehen«, sagte Edda beeindruckt.

»Nur wenige Menschen kommen an Orte wie diesen. Einige glauben, dass hier ihre Götter leben, und trauen sich nicht. Andere meinen, hier hausen Riesen und andere schreckliche Geschöpfe, und meiden das Gebirge erst recht. Die meisten aber finden es einfach viel zu anstrengend«, rief Gran. Er hatte einen Moment nicht nach vorne gesehen und sein rechter Flügel streifte die Bergflanke. Er geriet ins Schlingern und riss eine gewaltige Ladung Schnee mit sich. Das meiste davon flog den Kindern um die Ohren, die sich laut aufschreiend vor Schreck und Spaß die Arme vor die Gesichter schlugen.

»Oh, oh! Entschuldigung«, dröhnte Gran. Er flog hastig eine weite Kurve und stieß keinen Moment später durch eine dichte Wolkenbank. Direkt vor ihnen tauchte plötzlich der Gipfel des Berges auf. Er war wirklich ziemlich hoch, er überragte die anderen noch um mehrere Hundert Meter. Schwarze, spitze Felsen stachen aus dem Schnee hervor. Zwischen ihnen erhob sich ein turmhoher Stab aus bläulichem Eis. Ein gewaltiger kreisrunder Kristall saß darauf, ebenfalls ganz aus Eis.

Gran flog eine weitere Kurve, ehe er schließlich dicht davor landete. »Dies ist der kälteste Punkt der ganzen Insel«, rief er, den Kopf nach hinten gewandt. »Also bleibt auf meinem Rücken. Sonst werdet ihr erfrieren. Und jetzt gebt mir die Schriftrolle.«

»*Das* ist das Große Auge?«, rief Milla, die rasch die Rolle aus ihrer Tasche kramte. Sie drückte sie Elsmoth in die Hand, der ebenso verdutzt wie sie selbst auf den Kristall

starrte. Das Eis war durchsichtig, es war klar wie Glas. Man konnte die Berge dahinter problemlos erkennen. Sie wirkten seltsam groß.

»Das ist das Große Auge«, bestätigte der Drache fast ehrfürchtig und ging in die Knie.

Elsmoth hatte bereits damit begonnen, das Papier zu entrollen. »Und jetzt?«, rief er.

»Gib es mir.« Gran hielt ihm auffordernd beide Vorderpfoten hin, aber Elsmoth zögerte.

»Du machst sie doch nicht kaputt, oder?«, fragte er den Drachen misstrauisch. »Ich brauche die Schriftrolle noch, weißt du.«

»Elsmoth«, brüllte Milla ärgerlich los. »Nun gib ihm endlich die Rolle, verstanden!«

»Nein, ich mache sie nicht kaputt«, sagte Gran sehr viel freundlicher als sie. Er blies dem Jungen wie zur Beruhigung warme Luft ins Gesicht.

Elsmoth seufzte leise und streckte dem Drachen schließlich das Papier entgegen.

Gran ergriff es behutsam mit seinen Klauen. Er richtete sich auf und beugte sich über den Eiskristall. Dann schob er das entrollte Papier in eine schmale Öffnung, eine Art Schlitz, der sich an der linken Seite befand, und trat einen Schritt zurück.

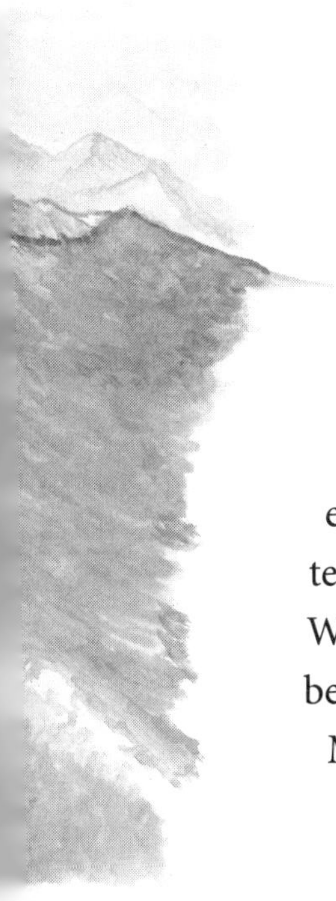

»Sieh dir das an!«, entfuhr es Bing verdutzt.

Die zuvor so kleinen, verschnörkelten Buchstaben auf dem Blatt waren mit einem Mal riesengroß. So groß, dass selbst die Kinder auf dem Rücken des Drachen jeden einzelnen von ihnen deutlich erkennen konnten. Auch wenn sie noch immer kein einziges Wort verstanden von dem, was dort geschrieben stand.

Millas Mundwinkel zuckten. »Von wegen Ora-

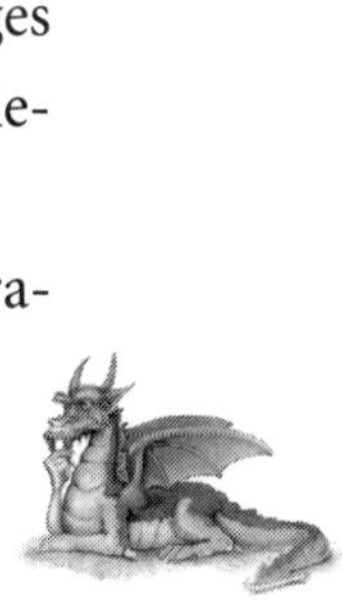

kel«, wisperte sie breit grinsend. »Das ist eine Brille. Eine riesige Drachenbrille!«

Bing nickte nur, sah sie aber nicht an. »Und? Was steht da?«, rief er an Gran gewandt. »Kannst du es lesen?«

»Aber ja, natürlich. *So* blind bin ich nun auch wieder nicht«, brummte der alte Drache. Und begann dann, mit lauter, dröhnender Stimme zu übersetzen:

Mein Name ist Phalyxos. Ich wurde geboren im Zeitalter der Danaen im Königreich Anxos,

hallte seine Stimme durch das Eisgebirge.

»Was? Wann soll das denn gewesen sein?«, unterbrach ihn Elsmoth.

»Vor sehr, sehr langer Zeit auf alle Fälle«, meinte Edda ein wenig ungeduldig. »Diese Schriftrolle scheint tatsächlich uralt zu sein. Dieses Königreich Anxos existiert vermutlich schon seit Jahrhunderten nicht mehr. Weiter, Gran«, bat sie.

Ich schreibe diese Zeilen, um zu berichten, was mit jener magischen Murmel geschah, jener so geheimnisvollen Murmel von Alabaster, wie sie genannt, und was mir mit ihr widerfuhr. Höret:

Ich war Mönch im Kloster Riefenstein nahe des Schwarzen Wassers. Dies war einst ein sehr reiches Kloster mit den kostbarsten Büchern und Schriftrollen, die es auf der Nebelinsel je gegeben hat.

Milla merkte, wie Elsmoth zusammenzuckte. Er starrte traurig vor sich hin.

Das Kloster stand in hohem Ansehen in allen tausend Königreichen. Die gelehrtesten Männer und Frauen verkehrten dort. Bis zu jenem einen verfluchten Tag.

Es war in meinem dreiundzwanzigsten Lebensjahr, da entdeckte ich das Geheimnis von Riefenstein. Eines Nachts war ich in einem der verbotenen Gänge im Kellergewölbe unterwegs. Dort stieß ich auf eine kleine Kammer, in der nichts als ein Hocker stand.

Der Abt saß darauf, in der Hand eine kleine Kugel aus schimmerndem Glas. Er flüsterte leise Worte vor sich hin, von denen ich keines je gehört hatte, aber ich merkte sie mir gut, als ich sah, was daraufhin geschah. Die Kammer füllte sich mit den kostbarsten Dingen, Bücher und Schriftrollen, aber auch Gold und Edelsteine waren darunter sowie Tiere und Körbe und Krüge voll mit Lebensmitteln.

Gier umnebelte meinen Verstand. Ich schlug den Abt zu Boden und entriss ihm die Murmel, schließlich sperrte ich ihn in die Kammer. Dann steckte ich das Kloster in Brand, um zu vertuschen, was ich getan hatte.

»Das ganze Kloster?«, schrie Elsmoth entsetzt auf. »Mit all den Büchern?«

»Die armen Menschen«, wisperte Edda.

Riefenstein brannte bis auf die Grundmauern ab. Ich weiß nicht, wie viele an jenem Tag starben. Der Abt jedoch war ganz sicher darunter. Mit dem letzten Atem auf seinen Lippen verfluchte er mich in alle Ewigkeit.

»Geschieht ihm recht«, zischte Bing.

Und dieser Fluch klebt an mir bis zum Ende. Tausend Wünsche hatte ich frei, die Welt stand mir offen, ich konnte tun und lassen, was auch immer ich wollte. Aber glücklich war ich doch nie. Bald schon überkam mich bittere Reue. Aber sooft ich versuchte, rückgängig zu machen, was ich getan, nichts geschah. Die Murmel kann die Vergangenheit nicht ändern. Sie hat keine Macht über das Reich der Toten.

Milla sog scharf die Luft ein. Genau das hatte sie die ganze Zeit herausfinden wollen. Sie dachte an ihre Mutter und ließ die Schultern hängen.

Bing griff plötzlich nach ihrer Hand, als wüsste er ganz genau, was in ihr vorging. Sie sah verwundert zu ihm hinüber, doch er starrte noch immer geradeaus, auf Grans Hinterkopf.

Schließlich warf ich die Murmel fort, in der Hoffnung, so Erlösung zu finden. Doch, ach, es half nichts, alles wurde nur noch schlimmer und was mir lieb und teuer, ich endgültig verlor. So ging ich zum Sterben in die Wüste Kaisha. Doch ich starb nicht. Vor einem Erdloch traf ich auf einen weisen Einsiedler, der mir verriet, wie ich den Fluch des Abtes brechen und meine Seele retten könnte. Ich muss die Murmel zerstören, die doch als unzerstörbar gilt.

»Aber wie …«, begann Elsmoth.

»Pscht«, machte Milla gereizt. »Ich würde das gerne hören.«

Kein Mensch, fuhr der weise Alte fort, kann etwas erschaffen, das nicht vernichtet werden kann. Man muss nur den richtigen Weg finden.

Nicht nur Milla beugte sich erwartungsvoll vor.

So kehrte ich aus der Wüste in die Welt zurück und machte mich auf die Suche. Ich forschte lange in den Überresten des alten Königreiches Alabaster, bis ich endlich einen Hinweis fand, den die drei Zauberer, die die Murmel einst geschaffen, selbst hinterlassen hatten. So wurde ich an einen magischen See geführt, der all jene Zauberkräfte barg, die noch niemand je benutzt hatte. Und aus dem See fischte ich diese Schriftrolle hier, auf der ich meinen Bericht verfasse. In ihr ist ein mächtiger Zauber verborgen. Wie das möglich ist, weiß ich nicht.

Aber mit dieser Schriftrolle kann die Murmel für immer zerstört werden. Und das geht so:

Milla merkte, wie sie die Luft anhielt.

Die Murmel und die Rolle müssen zusammengeführt werden, sie müssen einander berühren, wenn das Mondlicht die Nacht erfüllt und auf sie herunterfällt. Und dabei müssen die Zauberworte, mit denen die Murmel alle Träume wahr macht, rückwärts gesprochen werden. Und jene Zauberworte lauten …

»Entschuldigung«, rief Tatü mit einem Mal. Er hatte die ganze Zeit über mit offenem Mund zugehört, war dabei aber immer unruhiger geworden. »Worum geht es hier eigentlich? Was hat es mit dieser Murmel auf sich? Und der Rolle? Und …« Tatü wollte noch weitersprechen, aber Milla presste ihm kurzentschlossen die Hand auf den Mund.

»Uch kruch kune Luff«, keuchte Tatü, aber Milla ließ ihn nicht los, während Gran auch schon fortfuhr.

Kaitorka sa in eidilos,

donnerte er.

»Kaitorka sa in was? Was soll das denn heißen?«, rief Bing.

»Nun, das ist Alabastisch«, erwiderte der Drache. »Übersetzt heißt es … ›Gehorche mir im Licht‹. Aber die Übersetzung ist wohl kaum der richtige Zauberspruch, nicht?«

»Andersherum ist es also … Soli…dei ni as akro…tiak«, murmelte Milla. »Da bricht einem ja die Zunge ab«, schimpfte sie los.

»Solidei ni as akrotiak, solidei ni as akrotiak«, wiederholte Edda, es klang fast wie eine Beschwörungsformel, »solidei ni as akrotiak.«

Damit habe ich den ersten Teil meiner Aufgabe erfüllt. Nun mache ich mich daran, die Murmel wiederzubeschaffen, um sie zu vernichten.

Ich habe dies alles aufgeschrieben für den Fall, dass ich versage. Sollte jemand diese Zeilen lesen, bin ich gescheitert. Doch erst wenn jene Murmel vernichtet ist, ist die Welt vom Bösen frei. Denn kein Ding ist gut, das Menschen alle Wünsche erfüllt,

las Gran zu Ende. Er seufzte besorgt und schwieg dann einen Moment.

Auch die Kinder sagten kein Wort. Außer Tatü. »Uch kruch kune Luff, vudumd!«, stöhnte er. »Na, endlich«, brummte er finster, als Milla endlich ihre Hand von seinem Mund nahm.

»Wir hatten also recht«, sagte Bing schließlich. »Es geht tatsächlich um den Zauberspruch. Deshalb will Goodewind unbedingt die Rolle haben.«

»Dann müssen wir sie gut verstecken«, rief Elsmoth.

»Ja. Nein. Das geht nicht«, murmelte Milla. »Nein, ich fürchte, wir müssen sie mitnehmen in Goodewinds Reich, so gefährlich das auch ist.«

»Bist du verrückt?«

»Es geht jetzt nicht mehr nur darum, Goodewind die Murmel zu stehlen, wie wir das ursprünglich geplant haben, oder? Wir müssen sie vernichten! Jetzt, wo wir das alles wissen.«

»Ich weiß überhaupt nichts«, rief Tatü. »Ich habe kein einziges Wort von all dem verstanden. Was ist denn hier nur los? Ach, mir tut schon der Kopf weh von dem ganzen Unsinn«, jammerte er.

Milla drehte sich zu ihm um. Sie begann mit einem Mal, fies zu grinsen. Und dann erzählte sie ihm sehr ausführlich, was seit jenem Abend auf der Bunten Burg alles passiert war.

Tatü wurde kreidebleich.

Gran zupfte behutsam das Papier aus dem Eiskristall, das sich sofort wieder knisternd zusammenrollte. Er reichte es Elsmoth, der hastig das blaue Bändchen darumwickelte und eine perfekte fünffache Schleife band.

Milla versuchte herauszufinden, wie er das machte, aber er war viel zu schnell. Gleich darauf nahm sie ihm die Schriftrolle auch schon wieder aus der Hand und steckte sie in ihre Tasche zurück. Elsmoth ließ sie nicht aus den Augen.

»Sagt mal«, begann er zögernd, er kratzte sich nachdenklich am Kopf dabei, »wenn wir die Murmel tatsächlich in die Finger bekommen sollten, könnten wir uns doch was wünschen, oder? Ehe wir sie zerstören«, fügte er eilig hinzu. »Wir sind wahrscheinlich die Einzigen, die den Zauberspruch kennen!« Er klang plötzlich furchtbar aufgeregt.

»Ich weiß nicht recht. *Kein Ding ist gut, das Menschen alle Wünsche erfüllt*«, zitierte Milla leicht unbehaglich.

»Das kann nur jemand sagen, der schon alles hat«, fuhr Elsmoth sie aufgebracht an.

»Was weißt du denn schon!«, schnauzte Milla zurück.

»Und schon fangen wir an, uns wegen der Murmel zu zanken«, meinte Bing. »Dabei haben wir sie noch nicht einmal.«

»Ja, ihr solltet sie wohl besser nicht benutzen«, meldete sich Gran zu Wort. Er musterte die Kinder nachdenklich.

»Aber weshalb sollten wir sie nicht benutzen, wenn wir sie haben?«, meinte Edda. »Ich könnte mir Vlad zurückwünschen, wenn wir die Murmel vor ihm finden, und vielleicht noch ein paar andere Dinge«, fügte sie vage hinzu und sah zur Seite.

»Nun, wie auch immer«, rief Tatü mit einem Mal, »können wir jetzt endlich weiter?« Er war noch immer kreidebleich im Gesicht, doch er klopfte Gran auffordernd auf den Rücken. »Wir sollten uns beeilen. Los, los.«

Die anderen verstummten abrupt. Sie warfen Tatü ungläubige Blicke zu.

»Was ist denn? Je schneller wir das hier hinter uns bringen, desto eher können wir wieder nach Hause, nicht wahr? Das habe ich doch richtig verstanden? Also dann los, lasst uns endlich in dieses eklige, stinkige Moor fliegen und tun, was auch immer ihr da tun wollt, und dann nichts wie zurück! Aber wehe, *wehe*«, fügte er an Milla gewandt hinzu, und hob drohend den Zeigefinger dabei, »mich sticht auch nur eine einzige Mücke!«

Milla prustete plötzlich los. Sie schlug sich die Hand vor den Mund. Aber auch die anderen hatten zu lachen begonnen, leise zuerst, dann immer lauter, bis ihnen die Tränen über die Backen strömten. Selbst Gran schien zu schmunzeln, seine Augen glitzerten und er hatte die Zähne gefletscht.

»Wir treten dem furchtbarsten Zauberer der ganzen Nebelinsel gegenüber«, schnaufte Bing, er hielt sich den Bauch mit beiden Händen, »und du machst dir Sorgen wegen ein paar Mücken!«

»Mückenstiche sind sehr gefährlich. Man kann eine Blutvergiftung davon bekommen«, erklärte Tatü leicht beleidigt.

»Es gibt keine Mücken im Tiefen Moor«, dröhnte Gran und stapfte auf den Rand der Bergkuppe zu. Schnee stob vor ihm auf. »Nur Rote Raben.«

»Raben?«, keuchte Edda entsetzt. »Ausgerechnet Raben!« Sie sackte gegen die Zacken in ihrem Rücken und presste die Lippen aufeinander.

»Was ist denn mit ihr?«, wisperte Elsmoth erstaunt. »Mag sie etwa keine Raben?«

»Das wundert mich nicht«, rief Tatü. »Raben übertragen furchtbare Krankheiten! Und außerdem kann ihr Gekrächze ziemlich nervtötend sein.«

»Keine Angst, Edda«, Bing tätschelte der kleinen Hexe aufmunternd den Arm, »die werden dir nichts tun. Ich werde sie mit Steinen beschmeißen, wenn sie dir zu nahe kommen!«

Edda lächelte schief. Bings Steine schienen sie nicht im Mindesten zu beruhigen. »Danke«, sagte sie trotzdem.

»Wieso sind es eigentlich *Rote* Raben?«, fragte Milla auf einmal. Doch ihre Worte gingen im Brausen des Windes unter, als Gran seine Flügel ausbreitete und in die Tiefe sprang. Im Sturzflug sausten sie den Eisberg hinunter, ehe der Drache wieder nach oben zog und wie ein Pfeil dicht über das Gebirge hinwegschoss.

Die Kinder krallten sich aufschreiend an seinen Zacken fest.

»Was ist? Ich dachte, ich sollte mich beeilen«, hallte Grans Stimme dunkel von den Felswänden wieder.

Bald wurden die Berge immer niedriger und der Schnee verschwand. Geröll bedeckte die Hügel, die langsam grüner wurden, bis dichte Tannenwälder ihre Flanken überzogen. Schließlich ließen sie das Sturmgebirge hinter sich zurück. Vereinzelte Häuser tauchten unter ihnen auf, kleine Dörfer, die nur aus Zelten bestanden, und einmal ein seltsames sil-

bernes Schloss, das so glitzerte und sie blendete, dass die Kinder den Blick abwenden mussten. Nicht weit dahinter kam eine Stadt, die wie ein riesiges Spielbrett gebaut war. Ihre Bewohner sahen aus wie kleine Holzkegel, doch als Milla genauer hinsah, waren sie mit einem Mal verschwunden. Dann flogen sie über einen gewaltigen See hinweg, der sich bis zum fernen Horizont erstreckte. Winzige Fischerboote trieben auf dem Wasser dahin. Es dauerte fast bis zum nächsten Morgen, ehe sie endlich das gegenüberliegende Ufer erreicht hatten. Gran landete auf einer großen Wiese, um sich auszuruhen.

»Bist du schon mal hier gewesen?«, wollte Bing wissen und rutschte ins Gras hinunter.

»Oh ja, aber das ist lange her. Die Königreiche hinter dem Trauernden See sind nicht besonders einladend.«

»Was soll das heißen?«, rief Elsmoth erschrocken.

»Der Trauernde See?«, fragte Milla gleichzeitig. »Wieso hat der See so einen seltsamen Namen?«

»Oh, das ist eine ganz absonderliche Geschichte«, erwiderte Gran. »Aber sie zu erzählen, würde jetzt viel zu lange dauern.« Er kniff die Augen zusammen und starrte an ihr vorbei ins Dämmerlicht. »Da ist ja Puffstein! Schwarzer Puffstein! Nein, was für ein Leckerbissen! Der schwarze ist der beste, wisst ihr.« Grans Flügel rauschten durch die Luft und der Boden unter ihren Füßen erzitterte, als der alte Drache eilig an ihnen vorüberstampfte. Er beugte sich über ein paar dicke, pechschwarze Felsen. Es knackte und krachte laut.

»Was macht er denn jetzt?«, rief Tatü entgeistert.

»Äh … er frühstückt, sozusagen«, erklärte Bing.

Sand und Kies rieselten zu Boden, während die Felsbrocken immer kleiner wurden. Gran schmatzte laut.

»Gute Idee. Das sollten wir auch tun«, meinte Milla. Sie ließ sich ins taufrische Gras fallen.

»Was? Steine essen?«, rief Tatü ungläubig.

»Nein, frühstücken, du Dummkopf.«

Bing füllte ihren Lederschlauch rasch mit Wasser, ehe sich die Kinder über ihre letzten Vorräte hermachten. Sie behielten nur ein paar steinharte Kekse zurück, die man kaum beißen konnte.

»Vielleicht sollten wir sie Gran geben?« Edda warf einen Blick zu ihm hinüber.

Der alte Drache lag auf dem Rücken, alle viere von sich gestreckt, und rülpste leise. Die Felsen waren restlos verschwunden.

»Oh nein. Sicher nicht!« Tatü schnappte sich zwei der Kekse und stopfte sie unter sein Hemd.

Als die Sonne aufging, flogen sie weiter, abermals über Wiesen und Wälder hinweg. Doch allmählich veränderte sich die Landschaft. Die Farben begannen langsam zu verblassen. Die Kinder merkten es zunächst kaum, bis Grün von Gelb und Blau von Rot fast nicht mehr zu unterscheiden waren, obwohl es noch helllichter Tag war.

Milla rieb sich die Augen. »Was ist das?«, rief sie.

»So sieht es hier in der Gegend fast überall aus«, sagte Gran. »Dies sind die Grauen Reiche. Hier hausen die Farblosen.«

»Die Farblosen?« Elsmoth schüttelte sich, als ob ihm plötzlich kalt geworden wäre. »Das klingt irgendwie unheimlich.«

»Hier ist es auch ziemlich unheimlich. Seid bloß froh, dass wir fliegen und ihr nicht zu Fuß dort unten unterwegs seid.«

Milla rann ein Schauer über den Rücken bei Grans Worten. Ja, sie war tatsächlich froh, dass Gran bei ihnen war. Sie musste mit einem Mal lächeln. Hätte ihr das jemand vor einem Monat gesagt, dass sie mal glücklich über die Gesellschaft eines Drachen sein würde – sie hätte ihn lauthals ausgelacht. Oder ihm gleich ihr Schwert über den Kopf gezogen.

»Sind wir bald da?«, fragte Tatü ungeduldig.

»Bald.« Gran flog, bis es abermals dunkel wurde. Ein fast voller Mond wanderte über den Himmel und die Sterne blinkten strahlend hell in dem nächtlichen Grau. Unter ihnen aber war es stockfinster. Man konnte nicht einmal ahnen, ob sich dort Land oder Wasser befand, Wald oder Wüste. Es war einfach nur schwarz, pechschwarz, so als ob dort unten gar nichts wäre, wie an den ausgefransten Stellen auf der Landkarte im Thronsaal der Bunten Burg.

»Wie ist das möglich?«, murmelte Edda. Sie beugte sich

verwundert vor und fiel fast von Grans Rücken dabei. Milla packte sie hastig am Arm und zerrte sie zurück.

»Das ist das Königreich der Lichtlosen«, erklärte Gran mit einem unbehaglichen Seufzer. »Es saugt das Licht auf, bis nicht ein Fünkchen mehr übrig ist. Nicht weit von hier ist Goodewinds Reich.«

»Und hinter Goodewinds Reich?«, fragte Milla auf einmal. »Was ist da?«

»Königreiche aus Feuer und Luft, das Schattenreich und das Land der Tanzenden Lichter. Dahinter ist die Insel zu Ende, da gibt es nur noch die Endlosen Wasser. Und den Nebel. Ihr solltet jetzt wirklich ein bisschen schlafen«, sagte er dann.

Die Kinder gehorchten ihm nur zu gern. Doch ehe es Morgen wurde, waren sie schon wieder wach. Die Sonne kletterte gerade blassrosa über den Horizont. Und fiel nach unten.

Milla setzte sich ruckartig auf. »Wa... was ...?«, stammelte sie.

»Hast du das gesehen?«, schrie Bing. Er beugte sich weit über Grans Kopf.

Auch den anderen stand der Mund weit auf vor Schreck. Sie konnten kaum glauben, was sie da sahen. Vorsichtig spähten sie über Grans Zacken hinweg.

Unter ihnen war der Himmel, ein Meer aus dunklen Wolken zog darüber hinweg. *Über* ihnen war ein Wald.

»Gran?«, schrie Bing entgeistert. »Gran? Was ist hier los?«

Doch Gran flog unbeirrt weiter. Er sagte kein Wort und wandte nicht einmal den Kopf zu den Kindern herum. Gleich darauf geriet er kräftig ins Schlingern.

»Ich glaub, mir wird schwindlig«, krächzte Tatü und schloss die Augen.

Dann rollte Gran herum.

Nicht nur Milla kreischte auf. Über ihnen war nun wieder der Himmel und unter ihnen der Wald. Aber der Himmel schien sie plötzlich magisch anzuziehen. Milla spürte, wie sie den Halt verlor, sie fiel den Wolken entgegen.

»Umdrehen, Gran«, brüllte Bing aus Leibeskräften, er krallte sich an seinen Schnurrbarthaaren fest. »Umdrehen!«

Der Drache rollte abermals herum. Milla krachte auf seinen Rücken zurück und stieß mit Elsmoth zusammen. »Autsch!« Sie verlor ihr Schwert aus dem Gürtel und sammelte es eilig wieder ein.

Gran stieß ein grunzendes Geräusch aus. »Oh, wie ich das hasse«, donnerte er. Seine Flügel bewegten sich immer schneller. Abermals geriet er ins Trudeln.

»Geradeaus«, brüllte Bing. »Guck auf den Horizont.«

Gran schwankte hin und her. Er machte einen gefährlichen Schlenker nach rechts, ehe er endlich ruhiger wurde. Und dann war über ihnen wieder der Himmel und Langohrbären jagten durch die Ebene darunter. Die Kinder klammerten sich noch fester an Grans Zacken. Diesmal aber geschah nichts. Sie stürzten nicht noch einmal dem Himmel entgegen. Alles war wieder so, wie es sein sollte.

»Was war das?«, keuchte Edda, sie strich sich die zerzausten Haare aus dem Gesicht.

Tatü blinzelte unter halb geschlossenen Lidern hervor und hielt sich japsend den Bauch.

»Die Verdrehte Welt«, knurrte Gran. Aus seinem Maul schoss eine gigantische Stichflamme, während er versuchte, wieder zu Atem zu kommen. Er flog nun sehr viel langsamer. »Der Alptraum aller Drachen. Man weiß nie, wo oben und unten ist, und man weiß nie, wann es passiert. Geht es euch gut?«

»Alles klar«, murmelten die Kinder zögernd. Milla begutachtete ihre blauen Flecken. »Und dir?«

»Ich bin nicht mehr der Jüngste! Ich muss so was nicht zu oft erleben. Obwohl«, fügte er hinzu, »mit dir an meiner Seite, Junge, kann mir gar nichts passieren!« Gran bleckte lächelnd die Zähne, als er sich kurz zu Bing umdrehte. »Das hast du gut gemacht, mir zu sagen, was ich tun soll. Sonst wären wir sicher abgestürzt«, dröhnte er. »Du bist wirklich ein erstklassiger Drachen*bändiger*, mein Freund.« Er zwinkerte ihm zu und sah dann hastig wieder nach vorn, während Bing bis zu den Haarspitzen errötete vor lauter Freude und Stolz.

Die Landschaft gewann allmählich ihre Farben zurück. Der Himmel wurde wieder blau und die Felder gelb und grün. Gegen Mittag verlangsamte Gran sein Tempo, er ging tiefer und kreiste ein paarmal über einer großen, leeren Wiese, ehe er zögernd landete.

»Was ist los? Warum machen wir ausgerechnet hier eine Pause?«, rief Milla erstaunt. »Hier ist doch nichts.«

»Wir sind da«, dröhnte Gran und legte die Flügel an. »Meine Reise ist hier zu Ende, weiter kann ich euch nicht begleiten.«

»Hier? Hier ist die Grenze zu Goodewinds Reich?« Edda rutschte hinter den anderen her von Grans Rücken herunter und schaute sich ungläubig um.

Die Wiese führte geradewegs auf ein Wäldchen zu, dessen Bäume weit auseinanderstanden. Goldene Sonnenstrahlen fielen durch ihre lichten Kronen. Wären nur mehr Blumen da gewesen, sie hätten genauso gut im Bunten Königreich sein können, dachte Milla, so friedlich wirkte der Ort.

»Bist du dir sicher?«

»Aber ja. Ich spüre es in den Knochen. Meine Kräfte lassen nach, je näher ich dem Wald dort komme. Das ist die Grenze. Ihr müsst durch ihn hindurch.«

»Aber ich hatte es mir ganz anders vorgestellt«, murmelte Bing. »Düster und … hässlich. Und wo ist denn nun dieses Tiefe Moor? Und das Pechrabenschwarze Nachtschloss?«

»Ich weiß es nicht«, sagte Gran. »Hinter dem Wald vermutlich.«

»Dann ist es aber ein sehr kleines Schloss«, meinte Milla stirnrunzelnd.

»Gut, dann los. Wir werden es schon finden.« Tatü setzte

sich auch schon in Bewegung, während die anderen neben Gran stehen geblieben waren. Selbst Edda schien einen Moment zu zögern.

»Nun kommt schon. Es sieht doch ganz harmlos aus. Bis auf die Baumwurzeln da. Herrje, da bricht man sich ja die Beine, wenn man nicht aufpasst«, schimpfte er.

»Nicht alles ist so, wie es auf den ersten Blick scheint«, erwiderte Gran. »Ihr müsst sehr, sehr vorsichtig sein.«

»Noch können wir es uns anders überlegen«, sagte Elsmoth hoffnungsvoll.

»Das können wir schon lange nicht mehr«, meinte Milla. »Aber du musst ja nicht mitkommen«, fügte sie nicht unfreundlich hinzu.

»Ich lass dich bestimmt nicht mit meiner Schriftrolle allein! Ich will sie auf alle Fälle zurückhaben! Seid ihr sicher, dass wir sie mitnehmen sollen?«

»Ja«, sagten Milla und Edda wie aus einem Mund, auch Bing nickte. »Wenn wir die Murmel finden, haben wir vielleicht keine Zeit mehr, sie aus Goodewinds Land herauszubringen. Dann müssen wir sie sofort zerstören.«

»Wenn nur die Rolle nicht kaputtgeht dabei«, flüsterte Elsmoth.

»Na, wenn du sonst keine Sorgen hast«, brummte Bing.

»Ich weiß nicht, ob es klug war, euch hierherzubringen. Ach, wenn ich doch nur wüsste, wie ich euch helfen kann«, überlegte Gran. Er kratzte sich mit der Klaue den Schädel und musterte die Kinder besorgt.

»Du hast uns schon genug geholfen. Ohne dich wären wir vielleicht niemals hier angekommen.« Edda neigte den Oberkörper leicht nach vorn. »Danke.«

»Ja, vielen Dank.« Milla schlang ihre Arme um ihn, soweit das möglich war. »Ich hätte nie geglaubt, dass ich einen von euch mal so gern haben könnte.« Und dann drückte sie dem Drachen einen Kuss auf den Hals.

Gran wandte ein wenig verlegen den Kopf zur Seite. Feine Rauchwölkchen dampften aus seinen Nüstern.

»Ja, du bist der netteste Drache, den ich je getroffen habe.« Elsmoth lächelte ihn an.

»Gran ist der *einzige* Drache, den du je getroffen hast«, meinte Milla.

»Na und?«

Bing aber sagte kein Wort. Er ließ die Schultern hängen.

Der alte Drache stupste ihn sacht mit der Schnauze an. »Komm gesund zurück. Kommt alle gesund zurück! Ich warte hier auf euch.«

Bing zog Grans Kopf zu sich herunter. Dann presste er seine Stirn gegen die riesige Stirn des Drachen. »Bis bald.« Er wandte sich hastig um.

»He, was ist denn jetzt?«, schrie Tatü vom Waldrand her. »Für ein Schwätzchen ist doch auch später noch Zeit, oder? Wenn wir zurückfliegen.«

Die anderen sahen sich an. Sie winkten Gran ein letztes Mal zu und beeilten sich, Tatü zu folgen.

Dann betraten sie den Wald. Warmes, goldenes Licht umfing sie. Der Waldboden war voller Blätter und Tannennadeln und weich wie ein dicker Wollteppich. Vögel zwitscherten in den Zweigen über ihnen, ein Blauschwanzeichhörnchen kreuzte ihren Weg.

»Ist das schön hier«, hauchte Edda.

»Hm.« Milla wandte sich noch einmal nach Gran um, um ihn zu beruhigen. Und hielt wie erstarrt inne.

Sie waren erst wenige Schritte gegangen, aber der Waldrand war auf einmal verschwunden, auch das goldene Licht war erloschen. Hinter ihnen war es gespenstisch düster, fahler Nebel waberte um die Bäume herum, die nun viel dichter beieinanderstanden. Gran war nicht mehr zu sehen.

Milla wurde blass. Elsmoth neben ihr stieß ein seltsam gurgelndes Geräusch aus.

»Wieso habe ich nur das Gefühl, wir sind direkt in eine Falle getappt?«, flüsterte Bing.

»Weil wir in eine Falle getappt *sind?*«, wisperte Edda. Ihr Blick huschte hin und her, als ob sie jede Sekunde mit etwas Furchtbarem rechnete.

Milla drehte sich wie in Zeitlupe um. Auch vor ihr war es nun erschreckend finster. Der zuvor so helle, lichte Wald hatte sich urplötzlich in ein undurchdringliches Dickicht aus Zweigen und Ranken verwandelt. »Wie ist das nur möglich?«, krächzte sie.

»Das hat uns ja gerade noch gefehlt!«, schimpfte Tatü. »Wir werden uns alle ein Fieber einfangen.« Seine Füße sackten ein, er machte erschrocken einen Schritt vorwärts.

»Los, los, bewegt euch«, schrie Milla, »sonst versinken wir im Schlamm.«

Der Waldboden war zu einem Sumpf geworden, der an ihren Beinen saugte und zerrte, als ob er sie fressen wollte.

Die Kinder liefen hastig los, um nur ja nicht zu lange auf derselben Stelle zu stehen. Kopflos stolperten sie immer tiefer in den Urwald hinein.

Milla zog ihr Schwert und hackte ihnen mühsam den Weg frei. Bing und die anderen sammelten ein paar dicke Äste auf und halfen ihr. Aber je weiter sie vordrangen, desto schlimmer wurde es. Schlingpflanzen wanden sich um die knorrigen Bäume, Schlangen glitten durch das Gestrüpp.

»Ob die wohl giftig sind?« Tatü sprang zur Seite.

»Das will ich jetzt gar nicht wissen!«, zischte Milla.

Kein Geräusch war mehr zu hören, nur ihr eigener Atem und ihre platschenden Schritte, die überlaut in ihren Ohren klangen. Doch nirgends sang mehr ein Vogel oder huschte ein Tier an ihnen vorüber, nur manchmal knackte es im Geäst. Bald rann ihnen der Schweiß in Strömen den Rücken herunter. Es war drückend warm.

»Nimmt dieser Wald denn niemals ein Ende?«, japste Edda. Sie war wie die anderen längst schlammverschmiert, sogar über ihre blassen Wangen zogen sich dunkle Streifen.

Dann wurde der Sumpf immer breiiger und verwandelte sich in ein zähflüssiges Gewässer. Die Kinder kletterten über die knotigen Baumwurzeln weiter, während der Nebel um sie herum immer dichter und dichter wurde und sie schließlich kaum noch etwas sehen konnten.

»Ich glaube, wir laufen im Kreis«, sagte Bing auf einmal und blieb stehen.

»Na, wunderbar«, keuchte Elsmoth. »Wie sollen wir nur je wieder hier herausfinden?« Er stampfte hilflos mit dem Fuß auf. Und verlor das Gleichgewicht. Strauchelnd stieß er gegen Edda, die vor Schreck nach seinem Arm griff. Fest aneinandergeklammert schlitterten die zwei die Baumwurzel hinunter. Die anderen rissen sie dabei einfach mit sich.

»Seid ihr verrückt? Was macht ihr denn da?«, schrie Bing. Er versuchte verzweifelt, sich irgendwo festzuhalten, aber der Ast, den er zu fassen bekam, war viel zu glitschig.

»Au, au«, jammerte Tatü. »Mein Bein!«

Milla verlor ihr Schwert aus der Hand, das klatschend auf dem Wasser aufschlug. Und versank. »Nein«, brüllte sie entgeistert. Sie versuchte noch, es zu packen, doch es war zu spät. »Nein! Elsmoth, du …« Dann rutschte sie auch schon hinter den anderen her. Geradewegs in eine schmale Rinne hinein, die zwischen den Bäumen hindurch schräg nach unten führte. Die Kinder sausten laut schreiend in die Tiefe. Dann flogen sie für einen winzigen Moment durch die Luft, ehe sie einer nach dem anderen auf etwas Weichem landeten. Sie purzelten wild durcheinander.

»Nimm dein Knie aus meinem Magen!«

»Wo sind wir hier?« Milla richtete sich vorsichtig auf.

Noch immer umgab sie dichter Nebel. Aber sie waren nicht mehr im Sumpf, der Boden unter ihnen war nun trocken. Er war moosbedeckt. Ein schmaler Wasserlauf plätscherte an ihnen vorbei. Sie waren auf einer winzigen Lichtung gelandet.

»Ist auch niemand verletzt?« Bing stemmte sich auf die Beine. Er sah ziemlich mitgenommen aus, sein Hemd hatte einen Riss und über seine Wange zog sich ein langer Kratzer.

Elsmoth machte ein schuldbewusstes Gesicht. Er half Edda auf die Beine, die erfolglos versuchte, sich den Dreck von den Kleidern zu klopfen. »Alles in Ordnung«, murmelte sie.

»Ich glaube, ich habe irgendwas Komisches verschluckt.« Tatü röchelte, als versuchte er, ein quer sitzendes Stück Brot auszuspucken. Er hatte es tatsächlich geschafft, seinen Turban aufzubehalten.

»Nichts ist in Ordnung.« Milla baute sich vor Elsmoth auf, die Arme in die Seiten gestemmt. Sie funkelte ihn so wütend an, dass er erschrocken zurückfuhr. »Mein Schwert ist weg! Und das nur wegen dir! Du blöder …!« Sie schwang eine Faust vor seiner Nase herum.

»Aber ich habe es doch nicht absichtlich getan!«

»Ja, das wissen wir«, meinte Edda beruhigend.

»Aber wir brauchen mein Schwert! Wie sollen wir uns denn im Notfall verteidigen können?«, rief Milla.

»Ach, das wird auch so gehen«, erwiderte Bing. »Irgendwie«, fügte er hinzu, als er Millas finsteren Blick bemerkte.

»Kchkch«, machte Tatü, der sich für die Unterhaltung nicht im Geringsten zu interessieren schien. Er tastete mit den Fingern seinen Hals ab.

»Geht es?«, zischte Milla ihn an.

»Könnte ich vielleicht einen Schluck Wasser haben?«

Bing drückte Tatü den Lederschlauch gegen die Brust.

»Und jetzt?« Edda ging langsam weiter, blieb aber stehen, ehe der Nebel sie verschluckte.

»Wir sollten dem Bach folgen«, überlegte Elsmoth, offenbar froh, das Thema wechseln zu können. »Irgendwohin muss er doch führen, oder?«

»Ja, genau! Sicher bringt er uns aus dem Wald heraus«, meinte Bing. »Geradewegs ins Tiefe Moor«, fügte er unbehaglich hinzu.

Tatü gab ihm den Schlauch zurück. »Danke.« Er räusperte sich. »Ich glaube, jetzt ist es unten.«

Milla warf ihm einen angewiderten Blick zu.

»Sehr gut. Dann nichts wie los.« Edda stapfte auf das Flüsschen zu.

Die Kinder liefen stromabwärts, nahe am Wasser entlang, das sich in Schleifen durch das Unterholz wand. Noch immer war kein Laut zu hören und sie konnten kaum etwas sehen, aber wenigstens war es nicht mehr so heiß.

Dann lichtete sich der Nebel abrupt, wie ein Vorhang, der plötzlich zur Seite schwang. Sie blieben wie angewurzelt ste-

hen. Der Wald war zu Ende, direkt vor ihnen begann eine düstere Moorlandschaft.

»Ach du meine Güte«, entfuhr es Elsmoth entgeistert. Er machte unwillkürlich einen Schritt zurück.

Milla schlang fröstelnd die Arme um sich. Sie hatte noch nie einen so trostlosen Ort gesehen.

Das Moor schien unendlich, es erstreckte sich bis zum Horizont. An einigen Stellen war die Erde regelrecht am Kochen, sie warf blubbernd Blasen in die Luft, an anderen türmten sich bizarr geformte Felsen auf. Hier und da wuchsen büschelweise Schilf und Gras und gelegentlich ein kleiner Strauch, doch sie waren nicht saftig und grün, sondern grau und verdorrt. Überhaupt wirkte alles seltsam gräulich und matt, selbst der Himmel und das Sonnenlicht.

Der riesige Würfel jedoch, der nicht weit von ihnen entfernt aus dem Morast ragte, war tiefschwarz. Ein gewaltiger, ebenso schwarzer Turm stand darauf, der sich nach oben hin verbreiterte. Lange Stäbe, wie Tentakel, wuchsen aus seiner Spitze empor. Der Turm sah aus wie ein Rieseninsekt, dass auf seinen Hinterbeinen stand.

»Das Pechrabenschwarze Nachtschloss«, raunte Milla. »Wir haben es gefunden.«

11.

Milla zog die Schultern hoch, nicht sicher, ob sie nun erfreut oder erschrocken sein sollte, so furchterregend und abweisend wirkte Goodewinds Schloss. Doch kein Weg führte dorthin, es gab auch sonst keinen Weg durch das Moor.

»Wie sollen wir Vlad da drin nur finden? Ganz zu schweigen von der Murmel«, flüsterte Edda. Sie wandte den Blick nicht von dem Bauwerk.

Winzige Lichtpunkte zitterten in der schwarzen Mauer, vermutlich waren es Fenster, hinter denen Kerzen brannten, obwohl es noch Tag war.

»Es sieht nicht allzu weit weg aus, nicht wahr?« Bing knabberte an seinem letzten harten Keks herum, als wäre es ein Zaubermittel, das ihm wundersame Kräfte verleihen sollte. »Das müssten wir doch eigentlich in ein paar Stunden schaffen.«

»Dann sind wir ja vielleicht schon heute Abend wieder bei deinem Drachen! Fein, fein«, rief Tatü erfreut. »Und morgen schon schlafe ich wieder in meinem eigenen Bett und esse mein eigenes Konfekt.« Er blickte skeptisch auf den Keks in Bings Hand. Seine eigenen hatte er längst aufgegessen.

»Vorausgesetzt, wir finden noch einmal durch diesen Dschungel da«, meinte Elsmoth.

Die Kinder sahen zurück. Fast erwarteten sie, abermals ein lichtdurchflutetes Wäldchen vor sich zu sehen. Doch zwischen den eng stehenden Bäumen war es nach wie vor neblig und finster. Aber auf dieser Seite des Waldes war das wohl egal, hier musste ja niemand auf eine falsche Fährte gelockt werden.

»Du musst uns nur noch mal irgendwo runterschubsen, dann werden wir das schon schaffen.« Milla lächelte schief, denn ohne Elsmoths Sturz würden sie wahrscheinlich immer noch blind durch den Urwald stolpern.

»Es tut mir wirklich leid um dein Schwert«, sagte Elsmoth zerknirscht.

»Ach, ist schon gut. Es war ja schon ziemlich alt. Wenn ich wieder zu Hause bin, besorge ich mir ein neues Schwert. Irgendwie. Oder besser noch«, Milla klatschte plötzlich in die Hände, »ich klau mir eins bei deinen Räubern! Und du hilfst mir dabei!«

»Oje!« Elsmoth wurde bleich. Er stolperte hastig hinter den anderen her auf einen schmalen Grasteppich hinaus.

Milla folgte ihm grinsend.

Die ersten Meter ging es noch über eine Wiese, aber dahinter gab der Boden langsam unter ihren Schritten nach. Bald wurde er so weich, dass sie bis zu den Knöcheln im Morast einsackten. Von da an versuchten sie, sich von Fels zu Fels vorzutasten. Sie richteten sich nach den dicken Bü-

scheln Gras dabei, denn Gras wuchs auf festerer Erde, oder Bing steckte den langen Ast, den er noch immer mit sich trug, prüfend in den Matsch.

Ein heiseres Krächzen ließ sie plötzlich zusammenzucken. Es klang überlaut in der Stille.

Milla riss erschrocken den Kopf hoch. Über ihnen kreisten Raben. Das mussten die Roten Raben sein, die Gran erwähnt hatte. Zwei von ihnen flogen gerade dicht über sie hinweg. Tatsächlich! Sie waren nicht schwarz wie gewöhnliche Raben. Sie waren rot. Blutrot! Es sah gespenstisch aus in dem ansonsten so grauen Moor.

»Aaa!« Edda schrie auf. »Geht weg! Geht weg!« Sie schlug mit den Händen panisch in die Luft, obwohl die Tiere schon längst wieder fort waren. »Lasst mich in Frieden, ihr … *Monster!*«

Milla sah, wie Bing ein paar dicke Steine aufsammelte und sie in seiner Hosentasche verschwinden ließ. Einen aber behielt er in der Hand, für den Fall, dass die Raben noch einmal wiederkamen. Doch die roten Vögel zogen nun weit oben am Himmel ihre Bahnen, sie schienen die Kinder von dort aus zu beobachten. Ihr pausenloses Gekrächze begleitete sie durch das Moor, während Goodewinds Nachtschloss langsam näher rückte. Bald war es nur noch wenige hundert Meter entfernt. Es schien immer noch schwärzer zu werden, je näher sie ihm kamen. Die Mauern sahen aus wie glatt poliert, sie glänzten im fahlen Sonnenlicht.

»Wir haben es geschafft«, jubelte Milla. In der nächsten Sekunde klappte ihr vor Schreck der Mund weit auf.

Das Schloss war mit einem Mal verschwunden. Ganz plötzlich. Es hatte sich im wahrsten Sinne des Wortes einfach in Luft aufgelöst.

Eddas Nase begann laut zu fiepen, sie übertönte sogar noch die Raben. »Das kann doch nicht wahr sein!« Sie drehte sich hektisch im Kreis.

»Da!« Bing streckte den Arm aus. Er wies in die entgegengesetzte Richtung. »Da hinten ist es.«

»Aber von da kommen wir doch gerade«, schimpfte Tatü los. »Was soll das denn?« Er blieb mit verschränkten Armen stehen und machte ein verwirrtes Gesicht.

»Das Schloss wandert. Gran hat uns doch gewarnt«, sagte Bing. »Wir hätten damit rechnen müssen.«

Edda ließ die Schultern hängen.

»Dann sollten wir auch damit rechnen, dass wir das Schloss vielleicht niemals betreten können. Das hat Gran nämlich auch gesagt«, meinte Elsmoth.

»Das heißt wohl, wir sind morgen doch noch nicht zu Hause«, meldete sich Tatü zu Wort. Er runzelte verdrießlich die Stirn.

»Vermutlich nicht.« Milla raffte ihr schlammverschmiertes Kleid und drehte sich um. »Aber vielleicht übermorgen.« Sie stapfte los, auf das pechrabenschwarze Gebäude zu, das jetzt in der Nähe des Waldes stand.

»Milla«, rief Tatü, der sich noch immer nicht rührte.

»Was denn, sollen wir etwa aufgeben? Das können wir nicht. Wir müssen es noch mal versuchen.« Sie wandte sich nicht um.

Die Kinder schleppten sich weiter. Bald begann es zu dämmern und ein kühler Wind kam auf, nachdem es den ganzen Tag über eher windstill gewesen war. Sie vergruben sich tiefer in ihrer dünnen Kleidung und sehnten sich nach Grans warmen Schuppen zurück. Doch als schließlich die Nacht anbrach, hatten sie das Schloss noch immer nicht erreicht. Im bleichen Mondlicht schien es nur noch weiter in die Ferne gerückt zu sein – eine mit glitzernden Lichtpunkten durchsetzte schwarze Silhouette am Horizont, um die krächzende Schatten kreisten. Es war längst zu dunkel, um noch weiterzulaufen. Und die Kinder waren viel zu erschöpft.

»Wir sollten uns einen Moment ausruhen, ja?« Elsmoth sackte gegen einen der Felsen.

Die anderen nickten nur und hockten sich wortlos neben ihn. Sie schmiegten sich in die Kuhle zwischen Gras und Stein, wo es einigermaßen warm und trocken war, ehe ihnen auch schon die Augen zufielen.

Die Sonne war längst aufgegangen, als sie aufwachten, doch das Licht war noch immer seltsam bleiern und fahl. Nicht nur Milla hatte furchtbaren Hunger und Durst, aber ihre Kekse waren aufgegessen und der Wasserschlauch leer und das brackige Moorwasser konnten sie schlecht trinken. Mit knurrendem Magen machten sie sich wieder auf den Weg. Das Schloss stand noch immer an derselben Stelle, an der es in der Nacht gestanden hatte.

»Na, wenigstens etwas«, murmelte Bing. »Vielleicht bleibt es an einigen Stellen ja länger als an anderen, und wenn wir nur schnell genug sind, erreichen wir es schon irgendwann.«

»Wenn wir uns nicht vorher die Füße wund laufen«, nörgelte Tatü.

Sie waren noch nicht weit gekommen, als über ihnen abermals heiserer Gesang ertönte, der immer lauter wurde. Die Roten Raben waren zurück.

Edda stieß ein spitzes Geräusch aus und presste die Lippen aufeinander. Sie ließ die Tiere nicht aus den Augen. Und rannte direkt in Milla hinein, die mit einem Mal stehen blieb.

Das Schloss wanderte erneut. Es löste sich flimmernd vor ihnen auf wie eine Fata Morgana, um ein Stück weiter westlich wieder aufzutauchen. Es wirkte erschreckend klein am Horizont.

»Guckt mal«, schrie Edda plötzlich los. Sie wies nach oben, auf die Raben. »Es werden immer mehr. Und sie fliegen plötzlich tiefer.« Noch während sie sprach, wurde aus dem Krächzen und Singen ein wildes, wütendes Gezeter. Einer der Raben schoss im Sturzflug auf sie herab. Er zielte geradewegs auf Tatü, der aufkreischend die Arme vor sein Gesicht hob. Doch der Vogel sauste dicht an ihm vorbei. So

dicht, dass der Luftzug Tatü den Turban vom Kopf riss. Ein zweiter Rabe jagte derweil auf Elsmoth zu und zerrte mit dem Schnabel an seinen Haaren.

»Aua, aua«, brüllte der Junge entgeistert und schlug um sich. Doch der Rabe war längst wieder fort. Er setzte bereits zum nächsten Angriff an.

Bing schleuderte ihm einen Stein vor die Brust. Der Vogel taumelte durch die Luft. In der nächsten Sekunde stürzte der ganze Schwarm auf sie herunter.

Edda begann, aus Leibeskräften zu schreien.

Millas Hand zuckte zu ihrem Gürtel, aber ihr Schwert war ja nicht mehr da. Sie fluchte lauthals.

Bing feuerte derweil einen Stein nach dem anderen auf die Raben ab. Es war unglaublich, wie viele er davon in seinen Hosentaschen hatte. Dann hackte eines der Tiere nach seinem Gesicht. Bing sprang erschrocken zur Seite. Der Schnabel verfehlte ihn nur um Haaresbreite. Doch ein Flügel streifte ihn und er zuckte zurück. Er strauchelte und verlor das Gleichgewicht. Wild mit den Armen rudernd stolperte er direkt in ein blubberndes Moorloch. Und versank bis zu den Knien im Schlamm.

»Bing!« Milla wollte zu ihm laufen, aber Elsmoth packte sie am Arm und riss sie zurück.

»Nicht! Sonst fällst du da auch noch rein«, rief er, während er mit der anderen Hand einen der Raben abwehrte. Der Vogel zerkratzte ihm den halben Unterarm und er verzog vor Schmerz das Gesicht.

»Eklige Biester!« Tatü hatte seinen Turban aufgesammelt und schlug nach allem, was sich bewegte.

Edda schien endlich wieder bei Sinnen zu sein. Sie hatte aufgehört zu brüllen und bewegte die Fingerspitzen, während sie leise vor sich hin murmelte. Offenbar wollte sie Bing, der panisch zu strampeln begonnen hatte, aus dem Moor hexen. Ein Schlammspritzer in seiner Nähe verwandelte sich plötzlich in eine Kröte, die hastig davonhüpfte. »Es klappt nicht«, schrie sie, den Tränen nahe. »Ich beherrsche diese Flugzauber einfach nicht! Igitt! Nein«, heulte sie dann auf, als einer der Raben auf ihrem Rücken landen wollte. Sie beförderte ihn mit einem Fausthieb zu Boden.

»Dann eben auf die altmodische Weise.« Milla rupfte ihr das Tuch von den Schultern, rollte es zusammen und warf das eine Ende Bing zu, der schon bis zur Hüfte im Morast steckte und immer weiter sank, während sie das andere fest umschlang. Sie zog und zerrte daran, bis ihr fast die Finger abrissen, doch Bing bewegte sich keinen Millimeter auf sie zu. Er versuchte, sich an dem Tuch vorwärtszuhangeln, aber es funktionierte nicht. Es war, als ob das Moor sich weigerte, seine Beute wieder freizugeben.

»Nicht loslassen«, keuchte Bing, nun schon bis zur Brust im Schlamm. Er klammerte sich mit bleicher Miene an das rote Stück Stoff.

»Ich lasse nicht los. Niemals!«, rief Milla. »Kann mir mal jemand helfen?«, brüllte sie dann.

Doch Edda und Elsmoth waren damit beschäftigt, die Ra-

ben abzuwehren. Elsmoth hatte sich Bings Ast geschnappt und wirbelte ihn hektisch durch die Luft. Er traf drei Vögel gleichzeitig und stieß ein triumphierendes Geheul aus. Edda jagte Feuerblitze in den Schwarm, während ihre Nase in den höchsten Tönen pfiff und flötete. »Tatü!«, rief sie.

»He, hallo«, brüllte Milla. »*HILFE!*«

»Ja, doch.« Tatü wandte sich zu ihr um. »Ach herrje!«, rief er. Er schien erst jetzt mitzubekommen, was passiert war. »Auch das noch! Das ist jetzt wirklich unpassend. Wir müssen hier weg!« Er setzte sich seinen Turban auf und eilte mit kurzen, hastigen Schritten auf sie zu.

»*Ziehen!*«, schrie Milla ihn an.

»Ja, ja, das habe ich schon verstanden«, brummte Tatü. Er fiel neben ihr auf die Knie und packte das Tuch.

Doch Bing versank immer weiter. Er streckte das Kinn in die Luft. »Tut irgendwas!«

»*Fester!*«

»Grm«, machte Tatü, hochrot im Gesicht vor Anstrengung.

Dann gab es plötzlich einen leichten Ruck. Das Moor gluckerte wütend, als Bing ein winziges Stück aus ihm herausrutschte. Und noch eins. Ganz langsam, Zentimeter für Zentimeter, glitt er auf sie zu. Es schien eine Ewigkeit zu dauern, bis Milla endlich seinen Arm zu fassen bekam. Tatü nahm den anderen und gemeinsam schleiften sie ihn aus dem Moor.

Bing rollte auf den Rücken, über und über mit Schlamm

beschmiert. »Danke. Danke«, keuchte er. Er zitterte am ganzen Körper. Doch sie hatten keine Zeit, sich auszuruhen. Immer mehr Rote Raben schienen nun um sie herumzuflattern. Edda und Elsmoth konnten sie sicher nicht mehr sehr lange fernhalten.

Milla wies auf einen Hügel aus dicken Felsbrocken, keine zweihundert Meter entfernt, der wie ein umgestürzter Steinkreis aussah. Die Felsen lagen alle kunterbunt durcheinander. »Da können wir uns sicher verstecken«, rief sie. Sie zerrte Bing auf die Beine. »Lauft!« Sie warf sich herum und rannte los.

Die Raben hielten einen Moment wie verdutzt inne, als die Kinder so plötzlich davonjagten. Doch es dauerte nur Sekunden, dann waren sie auch schon wieder dicht hinter ihnen. »Kra, kra«, begann das heisere Geschrei erneut.

Millas Herz hämmerte wie verrückt. Sie sah die Felsen immer näher kommen. Nur noch wenige Schritte. Dann endlich hatte sie den Hügel erreicht. In Windeseile, Kopf voran, warf sie sich in eine Lücke zwischen den massigen Steinbrocken. Und landete auf warmer, trockener Erde. Hinter ihr prallte einer der Vögel mit voller Wucht gegen den Fels. Er fiel zu Boden, torkelte benommen und schüttelte sein blutrotes Gefieder, ehe er schrill kreischend wieder aufflog. Milla rann ein Schauer über den Rücken. Was für ein scheußliches Geräusch!

In der nächsten Sekunde landete Edda neben ihr. Ihre Haare waren völlig zerzaust und sie hatte Kratzer überall,

auch ihr Kleid hatte einen Riss. Bing und Elsmoth sahen nicht weniger mitgenommen aus. Aus Tatüs Turban ragten ein paar rote Federn.

»Geschafft«, japste er.

»Von wegen!«

Die Raben attackierten nun die Felsen. Sie versuchten, durch die Lücken zu dringen. Elsmoth stocherte mit dem Ast in den Zwischenräumen herum, um sie zu vertreiben, während die anderen mit Kieseln nach den Vögeln warfen.

»Die hat sicher Goodewind auf uns gehetzt. Um uns im Moor zu ertränken«, rief Elsmoth.

»Hätte beinahe geklappt«, murmelte Bing. Er riss an einem Grasbüschel und schmiss es einem besonders hartnäckigen Vogel an den Kopf.

Dann plötzlich ließen die Raben von ihnen ab. Aber sie verschwanden nicht, sie kreisten nun über den Felsen, so als warteten sie nur darauf, dass sich die Kinder wieder hervorwagten.

»Wie kommen wir hier bloß weg?« Edda starrte mit ängstlicher Miene durch eine schmale Öffnung über ihr.

»Keine Ahnung«, seufzte Milla.

Sie schienen Stunden dort zwischen den Felsblöcken zu kauern, mit ratlosen Gesichtern, bis das Krächzen und Zetern über ihnen auf einmal leiser wurde. Und dann abrupt verstummte.

»Ich glaube, sie sind weg.« Elsmoth stieß erleichtert die Luft aus.

»Vielleicht ist das eine Falle«, meinte Tatü unsicher.

»Ich werde mal nachgucken.« Milla steckte auch schon vorsichtig den Kopf zwischen den Felsen hindurch. Als sie nichts sah, kletterte sie eilig ins Freie. Sie drehte sich um. Und erstarrte.

Ein einzelner Roter Rabe hockte auf einem abgestorbenen Zweig direkt vor ihr. Seine schwefelgelben Augen musterten sie aufmerksam.

Milla prallte zurück, gegen Bing, der direkt hinter ihr stand. Er hatte bereits einen Stein in der Hand und holte weit aus.

Der Vogel bewegte sich nicht. Sein Blick huschte zwischen den beiden hin und her und fiel dann auf den Hügel hinter ihnen. Er öffnete den Schnabel.

Milla packte plötzlich Bings Handgelenk. »Warte«, zischte sie. »Ich glaube, er will etwas von uns.«

»Was …«, begann Bing verblüfft.

»Sicher! Er will uns die Augen aushacken«, rief Edda zwischen den Felsen hervor.

»Kra.« Der Rabe legte den Kopf schief. Seine Schwanzfedern zuckten. Zumindest die, die noch übrig waren. Der Rabe sah ziemlich zerrupft aus, wie Milla mit einem Mal auffiel. Ein paar lange Narben zogen sich über seinen Bauch und einen seiner zerfledderten Flügel.

»Aber er ist allein, wie es scheint. Warum sind die anderen nicht bei ihm?«, fragte Elsmoth und kroch auf allen vieren nach draußen.

»Er ist eben ein besonders hungriges Exemplar«, ertönte Eddas Stimme.

»Hungrig bin ich allerdings«, knarzte der Rabe mit einem Mal. Seine Stimme war Eddas erstaunlich ähnlich.

Die Kinder zuckten zurück.

»Du kannst ja sprechen«, entfuhr es Tatü ungläubig. Er hatte sich vor lauter Neugier weiter vorgewagt und hockte nun genau in der Öffnung.

»Du doch auch«, erwiderte der Rabe.

»Ja, aber … du bist doch nur ein Rabe.«

»Und du bist nur ein Mensch«, giftete der Rabe zurück. »Ein ziemlich dicker Mensch, wie mir scheint.« Er quetschte die Augen zusammen, um Tatü besser sehen zu können.

»Hast du vielleicht noch was übrig von all den Sachen, die ihr dicken Menschen den ganzen Tag über in euch hineinschaufelt?«

»Das ist ja wohl die Höhe«, ereiferte sich Tatü. Er verschränkte beleidigt die Arme. »Ich bin schon seit Tagen am Verhungern!«

»Kra. Warum sollte es dir anders ergehen als mir.«

»Sorgt Goodewind etwa nicht gut

für euch?«, fragte Milla den Raben, während sie weiterhin den Himmel im Auge behielt. Nicht, dass seine Artgenossen doch noch plötzlich auftauchten. Sie ließ endlich Bings Handgelenk los.

»Ihr kennt den Meister?«, fragte der Rabe, statt zu antworten.

»Flüchtig«, brummte Milla.

»Aber was wollt ihr denn dann hier?«

»Ich will meinen Freund zurück«, sagte Edda, die sich nun auch endlich aus ihrem Versteck wagte.

»Kra, kra, kra«, machte der Rote Rabe. Er schlug unruhig mit den Flügeln, erstaunlich großen Flügeln, als Edda sich mit zusammengepressten Lippen vor ihm aufbaute. »Da bist du ja. Ich wollte dich schon die ganze Zeit ein bisschen näher betrachten.« Er bewegte den Kopf hin und her, als ob er Edda eingehend studierte.

Die kleine Hexe machte ein erschrockenes Gesicht. »Warum?«, fragte sie mit heiserer Stimme.

»Weil ich will, dass du mich mitnimmst.«

»Niemals!« Edda sprang entgeistert zurück. »Warum sollte ich das tun?«

»Weil ich euch helfen werde, dem Meister zu entkommen. Schnell, schnell«, rief er und streckte den Kopf in die Höhe, »wenn wir uns beeilen, dann …«

»Aber ich gehe nicht ohne meinen Freund Vlad! Goodewind hält ihn gefangen.« Sie wies wie anklagend auf das Schloss. Es stand noch immer weit im Westen und wirkte winzigklein am Horizont.

»Aber was willst du denn mit noch einem Freund?«, krächzte der Rabe ungeduldig. »Du hast doch schon vier, wie mir scheint.«

»Ach, das …« Edda sah zu den anderen hinüber und lächelte auf einmal. »Ja, das sind auch meine Freunde«, sagte sie dann. »Aber Freunde kann man nie genug haben, nicht wahr?«

»Das weiß ich nicht«, erwiderte der Rabe. »Damit kenne ich mich nicht aus, ich habe keine Freunde.« Er schien zu zögern. »Der, den du suchst, das ist wahrscheinlich dieser bleiche, braunhaarige Knabe, den der Meister von einer seiner letzten Reisen mitgebracht hat«, überlegte er.

»Du hast ihn gesehen?«, rief Edda aufgeregt. »Wo? Ach, bring mich doch zu ihm, bitte.«

»Dann wirst du mich mitnehmen, ja, vorausgesetzt, wir entrinnen dem Meister?«

»Warum willst du denn unbedingt weg von Goodewind?«, fragte Elsmoth. »Macht es dir etwa keinen Spaß mehr, Kinder über das Moor zu jagen?«

Der Rabe funkelte ihn aus seinen schwefelgelben Augen an. »Oh doch, das macht mir noch immer sehr viel Freude«, schnarrte er. »Vor allem, wenn die Kinder so frech sind wie du.«

Elsmoth trat unwillkürlich einen Schritt zurück.

Der Vogel stieß ein seltsam knirschendes Geräusch aus. Offenbar lachte er.

»Aber warum fliegst du nicht einfach fort? Wenn es dir hier nicht mehr gefällt?«, wollte Bing wissen.

»Das kann ich nicht. Ich bin ein Roter Rabe. Ich brauche einen Meister oder eine Herrin«, er sah Edda an, »sonst muss ich sterben. Nur sind die meisten Zauberer und Hexen, denen ich begegnet bin, nicht allzu nett zu mir gewesen. Mein Meister Goodewind ist der Allerschlimmste.« Er wies mit dem Schnabel auf sein zerrupftes Federkleid und die Narben. »Du bist anders«, wandte er sich an Edda. »Du bist jung und freundlich und viel zu ängstlich. Ich habe dich beobachtet. Und ich habe gesehen, wie du gehext hast. Aber du bist sehr, sehr schlecht.«

»Herzlichen Dank auch«, murmelte Edda.

»Mit mir an deiner Seite würdest du besser werden. Ich habe schon viel gelernt im Laufe meines Lebens, ich könnte dir helfen. Und jede Hexe braucht doch ein Tier, nicht wahr? Nun, wir Roten Raben sind die besten«, pries er sich an. Er plusterte die Brust auf. »Besser sogar noch als Katzen!

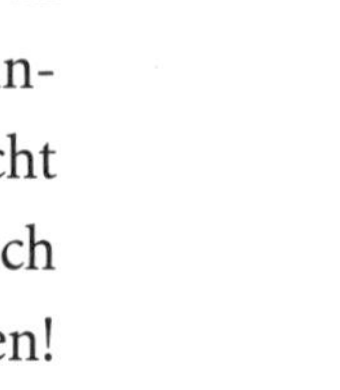

Mit unserer magischen Energie gelingt euch einfach jeder Zauber. Oh, so lange schon warte ich auf jemanden wie dich!«, stieß er begeistert hervor. »Jemand, der mich hier fortbringt. Oder ... hast du etwa schon ein Tier?« Er hielt unsicher inne und ließ die Flügel hängen, während er Edda gespannt ansah.

Die kleine Hexe schüttelte zögernd den Kopf.

»Dann nimm mich! Nimm mich! Ach, wir werden ein ganz wunderbares Gespann abgeben!« Er begann aufgeregt hin und her zu rucken.

»Wie ist denn dein Name?«, fragte Edda leise. Sie sah den Raben unbehaglich an, wirkte aber schon längst nicht mehr so ängstlich wie zuvor. Sie trat sogar einen Schritt auf ihn zu.

»Kastor.«

»Kastor«, wiederholte sie und seufzte. »Nun gut, Kastor. Führe mich zu meinem Freund Vlad und ich werde dich mit mir nehmen.«

»Aber wir können ihm nicht trauen«, rief Elsmoth entgeistert.

»Wir haben wohl keine andere Wahl«, wisperte Milla. »Viel schlimmer als jetzt kann es kaum werden, oder? Wir irren schon seit Ewigkeiten halb verhungert durch dieses Moor hier!«

»Aber was ist mit den anderen Raben?«, fragte Tatü misstrauisch. »Sicher lauern sie uns irgendwo auf!«

»Die anderen haben mich hier als Wache zurückgelassen«, krächzte Kastor. »Ich soll sie rufen, sobald ihr euch aus eurem Versteck herauswagt. Aber das habe ich nicht getan, nicht wahr? Und das werde ich auch nicht tun. Also sitzen sie wohl noch immer am anderen Ende des Moors und zerhacken die Kühe, die sie dort gefangen haben. Wir haben ein paar Stunden Zeit. Los, los.« Er flog auf und flatterte auffordernd um sie herum, ehe er sich auf Eddas Schulter niederließ. Seine Flügel streiften ihr Gesicht.

Edda knickten die Beine weg vor Schreck. Sie taumelte und riss den Mund weit auf, als wollte sie losbrüllen. Doch nur ein Keuchen drang über ihre Lippen.

»Oh, oh, entschuldige«, knarrte Kastor, er beäugte sie besorgt. »Du hast so schmale Schultern. Das habe ich nicht bedacht.« Er schwang sich rasch wieder in die Luft. »Nun kommt. Es ist nicht weit«, krächzte er. Dann sauste er auch schon über das Moor.

»Es ist nicht weit?«, knurrte Bing. »Für einen Raben vielleicht!«

Die Kinder sahen sich mit hochgezogenen Augenbrauen an, ehe sie Kastor schließlich folgten, auf das Pechrabenschwarze Nachtschloss zu.

Kastor flog ziemlich niedrig, um von den anderen Raben nicht bemerkt zu werden. Immer wieder kehrte er um und kreiste dicht über den Köpfen der Kinder, die natürlich sehr viel langsamer waren als er. Sie mussten aufpassen, wohin sie ihre Füße setzten, und manchmal riesige Moorlöcher

umrunden. Doch kaum hatten sie den Raben einmal eingeholt, jagte er auch schon wieder voraus.

»Der ist komplett verrückt«, schnaufte Elsmoth. »Das schaffen wir doch nie, bevor … Zu spät!«, schrie er auf.

Das Schloss verschwand abermals vor ihren Augen und tauchte hinter ihnen wieder auf.

»Mist«, entfuhr es Bing. »Also wieder zurück.«

Doch Kastor machte keine Anstalten umzukehren. Er flog immer weiter in die einmal eingeschlagene Richtung.

»He, Rabe!«, rief Tatü. »Vielleicht hast du es nicht bemerkt, aber das Schloss ist jetzt woanders.«

»Es ist nicht wichtig, wo das Schloss jetzt ist«, ertönte Kastors Stimme über ihnen.

»Was soll denn der Unsinn?«, blaffte Milla ihn an. »Du sollst uns zu Goodewinds Schloss bringen und uns nicht noch tiefer ins Moor führen.«

»Ich habe doch gesagt, wir können ihm nicht trauen«, wisperte Elsmoth.

Edda aber lief unbeirrt weiter. Sie schien keine Sekunde lang an Kastor zu zweifeln, nun, da sie sich einmal dazu entschlossen hatte, ihm zu vertrauen.

»Wohin will er denn nur?« Milla stolperte über ein Grasbüschel, sprang aber sofort wieder auf und hastete weiter.

Kastor landete schließlich auf einer windzerzausten Dornenhecke und vergrub den Kopf in seinem Gefieder.

»Was macht er denn jetzt?«

»Ich glaube, er schläft!« Bing runzelte die Stirn.

»Kastor?«, wisperte Edda. »He, Kastor.«

Aber der Rabe reagierte nicht. Er begann leise zu schnarchen und klang dabei erstaunlich menschlich.

Die Kinder starrten ihn ungläubig an. »Das darf doch wohl nicht wahr sein!«

»Was sollen wir jetzt tun?«

»Vielleicht sollten wir einfach weitergehen. Richtung Schloss«, überlegte Bing unschlüssig.

»Nein«, Edda schüttelte energisch den Kopf. »Wir werden hier warten, bis er wieder aufwacht.«

»Wer weiß, wie lange das dauert.« Milla begann, unruhig auf und ab zu laufen. Doch schließlich hockte sie sich zähneknirschend neben die anderen, die längst im Gras lagen. Sie verschränkte grimmig die Arme.

Einmal flogen zwei Raben über sie hinweg, sie schienen die Kinder jedoch nicht zu bemerken. Dunkle Wolken sammelten sich am Horizont und verschwanden wieder. Es wurde kühler. Dann begann es zu dämmern.

»Also, jetzt reicht's mir.« Milla sprang wieder auf. Und fuhr plötzlich schaudernd zusammen. Ein eiskalter Luftzug streifte sie. In der nächsten Sekunde türmte sich etwas Schwarzes vor ihr auf. Sie brüllte vor Schreck laut los.

Edda schoss hoch. Bing und Elsmoth standen mit zwei langen Schritten neben ihr. Tatü war nicht ganz so schnell, er wirkte ein wenig verschlafen.

Eine Wand war mit einem Mal neben ihnen aufgetaucht, sie war tiefschwarz. Milla streckte die Hand danach aus. Das

Mauerwerk fühlte sich glatt und kalt an. Es glitzerte im matten Mondlicht.

»Das Schloss! Das Pechrabenschwarze Nachtschloss! Diesmal haben wir es wirklich geschafft«, jubelte Edda.

»Ah. Gut. Da ist es ja«, krächzte Kastor und streckte seine langen Flügel. Er schien zu gähnen. »Wenn man weiß, *wo* man warten muss, ist es gar nicht so schwer. Wenn man weiß, *wie* man warten muss, ist es geradezu ein Kinderspiel.« Er lachte knirschend und sprang auf die Erde.

»Aber wo ist der Eingang?« Bing lief bereits die Mauer entlang. Nirgends gab es ein Tor oder eine Tür und die ersten Fenster befanden sich viele Meter über ihnen. Weit, weit darüber ragte der Turm wie ein gigantischer Schornstein in den Himmel. Die langen, tentakelartigen Stäbe schienen die Sterne zu berühren.

»Wie kommen wir da nur rein?«

»Hier entlang. Macht schnell, bevor er uns bemerkt.« Schon drückte Kastor mit dem Schnabel die Zweige der Hecke auseinander. In der Öffnung dahinter tauchte plötzlich ein niedriges Holztürchen auf.

»Sieh dir das an«, rief Milla.

Bing schob sich bereits an ihr vorbei. Er kroch auf allen vieren auf die Tür zu und drückte vorsichtig dagegen. Sie schwang leise knarrend auf. Dahinter war ein langer, düsterer Gang, nur spärlich beleuchtet von ein paar Laternen. Am Ende des Gangs aber schimmerte es taghell.

»Der Eingang für die Diener«, erklärte Kastor. »Niemand

macht sich die Mühe, ihn zu verschließen. Worauf wartet ihr denn noch? Nun geht schon!«

»Gibt es hier denn keine Wachen?«, fragte Milla. Sie fühlte sich vollkommen schutzlos ohne ihr Schwert.

»Wozu? Niemand ist je auf die verrückte Idee gekommen, hier einzubrechen. Außer euch.«

»Irgendwie klingt das nicht sehr beruhigend«, murmelte Tatü und warf einen skeptischen Blick durch die Hecke.

»Los, los doch.« Kastor schubste ihn mit dem Schnabel durch das Dornengestrüpp.

»Ja, doch. Au! Lass das. Nachher krieg ich noch blaue Flecken. Oje, jetzt hab ich einen Kratzer.«

Die Kinder schlüpften hastig durch das niedrige Türchen. Sie mussten sich bücken dabei, doch auch der Gang selbst war nicht gerade hoch. Milla zog den Kopf ein. »Goodewinds Diener müssen Zwerge sein«, brummelte sie.

Kastor aber machte keine Anstalten, ihnen zu folgen.

»Kommst du nicht mit?«, fragte Edda erstaunt.

»Seht ihr? Es ist doch eine Falle«, raunte Elsmoth und blieb stehen.

»Um nichts auf der Welt betrete ich das Pechrabenschwarze Nachtschloss«, flüsterte Kastor heiser. »Ich wage es nicht, auch nicht für dich. So mancher Rabe hat seine Neugier schon mit dem Leben bezahlt. Es geschehen schauderhafte Dinge in Goodewinds Haus.« Er schien zu erbeben.

»Das hättest du jetzt wirklich nicht sagen müssen«, murmelte Tatü.

»Aber du musst uns begleiten! Wie sollen wir uns denn ohne dich dort zurechtfinden?«, rief Milla. Ihre Stimme hallte durch den Gang und sie presste sich erschrocken die Hand vor den Mund.

»Lass ihn«, raunte Edda.

Kastor warf ihr einen dankbaren Blick zu. »Der Knabe, den ihr sucht, ist im Turm. Ihr müsst die Treppe in der Großen Halle nehmen. Dann wird euch mein Krächzen den Weg weisen. Aber hütet euch vor dem Langzahn und Goodewinds Grünen Rittern.« Er schob hastig die Zweige zusammen und verschwand hinter dem Gestrüpp aus Dornen.

»Was meint er denn damit schon wieder?«, rief Tatü. »He! Kas... Was soll das heißen?« Doch der Rabe war bereits fort. »Na, wunderbar!«, stöhnte Tatü.

»Wir werden schon noch herausfinden, was er damit meint. Früher oder später.« Bing verzog das Gesicht. »Also dann.«

Die Kinder wandten sich um und tasteten sich die Wand entlang, auf den hellen Lichtschimmer am anderen Ende des Gangs zu. Nicht lange, und sie erreichten einen schmalen Torbogen, der geradewegs in eine gigantische Halle führte. Sie war schneeweiß.

»Das muss die Große Halle sein, die Kastor gemeint hat.« Edda spähte um die Ecke.

Milla guckte aufgeregt über ihre Schulter. Fast erwartete sie, Goodewind dort irgendwo zu sehen, der sie mit einem fiesen Lächeln begrüßte. Doch da war niemand.

»Was für ein komischer Ort«, murmelte Elsmoth. »Außen pechschwarz und innen ganz weiß.«

Die Halle war kreisrund. Aberdutzend Durchgänge ringsum führten in weitere Flure und Kammern und wer weiß wohin. Eine einzelne dicke Kerze brannte auf einem Tisch genau in der Mitte. Ihr Licht wurde von den weißen Mauern reflektiert wie in einem Spiegel, sodass es hier taghell war, obwohl es nirgends ein Fenster gab. Vor den Wänden standen unzählige Statuen von Menschen in langen, weiten Gewändern. Auch sie waren weiß.

»Wer die wohl sind?«, wisperte Milla.

»Zauberer vermutlich. Guck dir die Kleidung an«, erwiderte Bing. »Und die boshaften Gesichter. Das müssen Goodewinds Vorfahren sein!«

Aus einem der Gänge rechts von ihnen erklang plötzlich ein seltsamer Singsang. Irgendwer kreischte laut auf.

Edda wurde bleich. »Ob das Vlad ist?«, raunte sie. Ihre Finger krallten sich ineinander.

»Vlad ist im Turm, hat Kastor gesagt.« Milla merkte selbst, wie belegt ihre Stimme klang. »Und genau da werden wir jetzt hingehen. Das dort muss die Treppe sein, die er gemeint hat.« Sie wies auf eine gewaltige Marmortreppe, die auf der anderen Seite der Großen Halle, zwischen zwei besonders grimmig aussehenden Statuen, nach oben führte.

»Vielleicht sollten wir uns aufteilen? Die einen suchen nach Vlad, die anderen diese Murmel?«, überlegte Bing unsicher. »Nein, das war wohl keine so gute Idee, nicht wahr?«, fügte er sofort kopfschüttelnd hinzu, als er ihre Gesichter sah. Er hielt plötzlich erschrocken inne.

Die Kerze vor ihnen begann mit einem Mal zu flackern. Ein Schatten schien daran vorbeizuhuschen. Doch sie konnten niemanden sehen. Die Halle war noch immer leer. Dann wurde das Licht für einen Moment dunkler, die Wände verfinsterten sich und ein leises Flüstern und Wimmern ertönte.

Nicht nur Milla standen die Haare zu Berge. Sie fuhr sich fröstelnd über die Oberarme.

Gleich darauf war es auch schon wieder vorbei. Die Kerzenflamme beruhigte sich und die Mauern wurden wieder strahlend weiß.

Tatü stieß heftig die Luft aus. »Was war denn das, um Himmels willen?«

»Die Kreaturen, die hier hausen«, wisperte Edda mit rauer Stimme.

»Ich will lieber nicht wissen, was genau du damit meinst!«, sagte Bing. Er sah noch einmal nach links und rechts. »Wollen wir?« Er stürmte los, ohne erst auf eine Antwort zu warten, in einem großen Bogen um die Kerze herum.

Sie schafften es bis zur Treppe, als sie hinter sich plötzlich Geräusche hörten. Stimmen, sie kamen aus einem der Gänge, lautes Stampfen, irgendetwas fiel scheppernd zu Boden. Doch die Kinder drehten sich nicht um. In einem Affentempo jagten sie die Stufen hinauf.

Milla kam sich winzig klein vor auf der riesigen Treppe, sie schien überhaupt kein Ende zu nehmen. Jede Sekunde rechnete sie damit, gepackt und zu Boden geschleudert zu werden. Aber schließlich erreichten sie ungehindert das erste Stockwerk. Auch hier oben war alles weiß. Milla wollte sofort weiterlaufen, aber Bing packte sie am Arm und riss sie herum. Im Augenwinkel sah sie die Gestalten am Fuß der Treppe, sie waren grün.

»Wir müssen uns verstecken!« Edda rannte bereits den nächstbesten Gang hinunter. Sie zerrte einen Vorhang zur Seite, der eine schmale Wandnische verdeckte.

»Da passen wir doch niemals alle rein«, zischte Milla.

»Nun mach schon.« Bing schubste sie hinter Tatü und Elsmoth her, die vor lauter Aufregung völlig konfus wirkten. Sie stieß mit dem Gesicht gegen die Wand.

»Au! Glaubt ihr, sie haben uns bemerkt?« Sie rieb sich die Nasenspitze.

»Pst!« Edda presste den Zeigefinger gegen die Lippen, während sie mit der anderen Hand den Vorhang zurechtzupfte.

»Ich dacht' wirklich, ich hätt' was gesehen«, grölte eine Stimme von der Treppe her.

Schritte polterten über die Steinfliesen. Sie kamen direkt auf sie zu.

Milla spähte mit klopfendem Herzen hinter dem dünnen Stoff hervor.

Ein halbes Dutzend Ritter marschierte den Gang herauf, sie waren von Kopf bis Fuß in Grün gekleidet. Ihre Rüstungen waren grün, ihre Helme waren grün, sogar die langen Schwerter an ihren Seiten blitzten hellgrün. Sie klirrten bei jedem Schritt. Kein Zweifel, das mussten Goodewinds Grüne Ritter sein.

»Ist da wer auf der obern Trepp'?«, rief eine andere Stimme.

»Wart'. Nö. Da ist nixniemand.«

»Siehste. Hast nur geträumt.«

»Aber ich dacht' wirklich …«

»Kann ja sein. Vielleicht eins von den Hutzelweibchen.« Der andere johlte vergnügt. »Denkst wohl zu viel an die, hä?«

»Wart', dir geb ich's!«

Die Grünen Ritter standen nun direkt vor dem Vorhang. Doch Milla konnte ihre Gesichter nicht erkennen, denn nur ihre dicken Knollennasen ragten aus dem Schlitz in ihren Helmen. Dafür konnte sie deutlich sehen, wie einer von ihnen sein Schwert zog und sich auf den anderen stürzen wollte. Wenn sie dabei nur nicht gegen den Vorhang stolperten! Sie kaute auf ihrer Unterlippe herum.

»Lasst das sein«, leierte plötzlich eine seltsam schleimig klingende Stimme, sie kam von irgendwo hinter den Rittern.

Milla fuhr zusammen. Sie hatte diese Stimme schon einmal gehört! Sie sah aufgeregt zur Seite.

Eine kleine, strubbelige Gestalt trat aus der Tür schräg gegenüber. Sie hatte erstaunlich lange Vorderzähne – wie eine Maus.

»Der Langzahn«, hauchte Tatü, der Milla die ganze Zeit über die Schulter blickte. Er bewegte kaum die Lippen dabei.

Milla nickte nur. Das war der Kerl, der mit Goodewind auf der Bunten Burg gewesen war! Diesmal aber trug er nicht die Farben des Bunten Königreichs. Seine lange Jacke und die etwas enge Hose waren grün.

»Der Meister hat euch doch befohlen, euch zu beeilen«, sang Goodewinds Diener. »Wäre es nicht besser, ihr gehorcht?«

»Jawoll, Herr Fiepser«, schrie der Ritter mit dem Schwert. Er schob es hastig in seinen Gürtel zurück, salutierte und drehte sich auf dem Absatz um. »Aaachtung«, brüllte er die übrigen Ritter an, die ebenso eilig kehrtmachten, »vorwärts, Marsch!«

Sie stampften im Gleichschritt zur Treppe zurück und verschwanden in einem der Gänge dort. Die Kinder konnten sie noch eine Weile hören, ihre Schritte hallten durch das ganze Schloss.

Goodewinds Diener aber war stehen geblieben. Er schien nachdenklich vor sich hin zu starren. Dann hob er ganz plötzlich den Kopf. Und sah direkt auf den Vorhang.

Die Kinder hielten vor Schreck die Luft an. Hatte er sie bemerkt? Was würde er jetzt tun?

Der Diener wandte sich um. Er zog die Tür zu, warf noch einen letzten Blick den Gang hinunter und lief schließlich in die entgegengesetzte Richtung davon.

Milla wagte endlich, wieder zu atmen. »Das war knapp!«

»Ich dachte, es wäre aus mit uns«, stöhnte Tatü in ihr Ohr.

Elsmoth sackte gegen die Wand.

»Ich glaube, die Luft ist rein.« Bing schob den Vorhang zurück.

»Hoffentlich laufen hier nicht noch mehr von denen rum«, flüsterte Edda.

Sie spähten vorsichtig in jeden Gang und um jede Ecke, bis sie endlich wieder vor der Treppe standen.

Milla lauschte auf die schweren Schritte der Ritter oder sonst ein Geräusch, aber über ihnen war alles ruhig, fast zu ruhig für so ein großes Schloss. Sie konnten auch Kastor nicht hören, wahrscheinlich flog der Rabe schon um den Turm und Vlads Gefängnis herum.

Immer höher und höher hinauf ging es. In den nächsten beiden Stockwerken begegneten sie niemandem, dann tauchten in dem Gang vor ihnen plötzlich zwei bucklige alte Frauen auf. Sie trugen grüne Schürzen und jede einen leeren Korb in den Händen, aber das Auffälligste an ihnen waren ihre weißen Augen. Sie schienen blind zu sein. Trotzdem verbargen sich die Kinder hastig hinter einer offen stehenden Tür, bis sie an ihnen vorüber waren.

»Was die hier wohl tun?«, wisperte Elsmoth.

»Kochen vielleicht.« Milla warf einen neugierigen Blick in den Raum vor ihnen. Er war ziemlich groß, aber bis auf einen fast zwei Meter hohen Krug genau in der Mitte vollkommen leer. Milla hob verwundert die Augenbrauen.

»Wen?«, murmelte Elsmoth.

»Was?« Sie sah ihn verwirrt an.

Gleich darauf bogen abermals ein paar Ritter um die Ecke. Die Kinder schafften es gerade noch, hinter die Tür zurückzuspringen. Doch ob es dieselben Ritter waren wie vorhin oder andere, konnten sie nicht sagen. Die grünen Gestalten sahen alle gleich aus.

Je höher hinauf sie gelangten, desto düsterer wurde es. Das Licht schien langsam aus den Wänden herauszusickern. Dafür hingen hier nun überall Fackeln, die finster zuckende Schatten über die grauen Mauern und die ausgetretenen Stufen der Treppe warfen. Manchmal schienen die Schatten leise zu flüstern, wie unten in der Großen Halle, und die Kinder hasteten mit klopfendem Herzen weiter.

Auf dem nächsten Treppenabsatz dann war es plötzlich stockdunkel.

»Was ist denn jetzt?« Bing blieb erschrocken stehen und die anderen rannten einer nach dem anderen in ihn hinein.

Sie konnten die Hand vor Augen nicht sehen, nicht einmal Umrisse irgendwo. Aber in der Schwärze vor ihnen schien irgendwas zu sein, da schlurfte und schmatzte es leise.

Milla hörte, wie Elsmoth seine Feuersteine aneinanderschlug. Funken stoben durch die Finsternis, aber sie entzündeten kein Licht.

»Es klappt nicht«, wisperte er ungläubig. »Der Kerzenstumpen will einfach nicht brennen.«

»Nichts wie weg hier«, krächzte Edda.

Sie tasteten sich panisch das Geländer entlang, auf die nächste Treppe zu, und begannen zu rennen, sobald sie die erste Stufe unter ihren Füßen spürten. Ein Stück weiter oben wurde es wieder heller. Sie warfen hastig einen Blick über die Schulter. Doch hinter ihnen war nichts.

»Müssen wir da gleich noch mal dran vorbei?«, keuchte Elsmoth.

»Ich fürchte.«

Wie viele Stockwerke sie inzwischen hinaufgeklettert waren, wussten sie nicht zu sagen, sie hatten längst aufgehört zu zählen. Doch schließlich mündete die riesige Treppe in eine breite Wendeltreppe, die steil nach oben führte. Sie hatten den Turm erreicht.

»Ich kann nicht mehr.« Tatü lehnte sich völlig außer Atem gegen die Wand. »Meine Lunge brennt wie Feuer und mir tun die Beine weh«, japste er.

»Weißt du was?«, schnaufte Milla grinsend. »Mir geht es ganz genauso.«

»Da weißt du ja mal, wie das ist!« Tatü nickte mit ernster Miene.

Milla rollte mit den Augen.

Von nun an ging es im Kreis weiter nach oben. Hier und da standen Laternen am Boden und in regelmäßigen Abständen führten Durchgänge in weitere Flure und Zimmer, die ebenso spärlich beleuchtet waren. Die Wendeltreppe wurde immer breiter.

Edda hielt plötzlich inne. »Seid mal still«, wisperte sie und legte den Kopf schief.

»Kra«, machte es irgendwo über ihnen, nicht allzu laut. »Kra, kra.«

»Kastor!« Eddas Augen begannen zu leuchten. »Da ist er ja endlich.« Sie wurde schneller, hastete an zwei weiteren halbrunden Durchgängen vorbei und hielt abermals lauschend inne. »Hier lang.« Sie bog in den Gang zu ihrer Linken und lief die Reihe der Türen dort ab, sie waren allesamt ziemlich schmal. Vor einer davon blieb sie schließlich stehen.

»Kra, kra, kra«, ertönte es dahinter, nun sehr laut.

»Hier muss es sein. Vlad!«, rief Edda aufgeregt. Sie griff nach dem Türknauf, aber die Tür war zugesperrt.

»Pst!«, machten die anderen erschrocken.

Elsmoth presste sein Ohr gegen das Holz. »Ich kann nichts hören außer deinem Raben«, wisperte er.

»Vlad«, raunte Edda noch einmal. »Vlad!« Doch sie bekam keine Antwort. Nur der Rabe krächzte auf der anderen Seite.

»Wir müssen sie doch nicht etwa aufbrechen?«, fragte Tatü unsicher.

»Seht ihr ein kleines grünes Siegel irgendwo?«, fragte Edda hektisch.

Milla und Bing suchten eilig den Türrahmen nach Goodewinds Zeichen ab, während ihnen Elsmoth und Tatü nur verständnislos dabei zusahen, aber sie konnten nirgends den leuchtend grünen Punkt mit dem dunklen Fleck in der Mitte entdecken. »Nein.«

»Gut. Ich auch nicht. Also müsste ich sie eigentlich aufkriegen.« Edda schob sich dichter an die Tür heran. Und dann machte sie das, was sie schon im Keller der Bunten Burg gemacht hatte. Nur diesmal sah ihr Milla dabei zu.

Edda schloss die Augen und begann ganz leise vor sich hin zu wispern. Die anderen verstanden kein einziges Wort. Ihre Fingerspitzen strichen über das Schloss, dann kratzte sie mit den Nägeln über das Holz und formte seltsame Zeichen darauf. In der nächsten Sekunde knackte es sacht. »Geschafft!« Sie stieß hastig die Tür auf.

Dahinter befand sich eine winzige Kammer. Am Boden vor der nackten Wand war ein Bett aus Stroh, ein Tonkrug stand daneben und ein Teller, auf dem noch ein paar Brotkrumen lagen. Doch ansonsten war der Raum vollkommen leer. Kastor hockte auf dem Fenstersims gegenüber.

»Wo ist er?« Edda stürmte auch schon in die Kammer, als könnte sie Vlad doch noch irgendwo dort finden.

»Das weiß ich nicht«, krächzte der Rabe unglücklich. »Er ist weg. Sonst war er immer hier, wenn ich vorbeigekommen bin. Ich schwöre!«

Edda ließ ruckartig die Hände sinken. Sie öffnete den Mund, aber kein Laut kam heraus.

»Wir werden ihn suchen«, sagte Bing rasch. Er legte den Arm um ihre Schulter.

»Ja, wir werden uns jeden einzelnen Raum vornehmen und jede Truhe durchwühlen«, sagte Milla. »Und wir werden nicht eher von hier weggehen, bis wir ihn gefunden haben. Ihn und die Murmel von Alabaster«, fügte sie hinzu.

Elsmoth und Tatü nickten, obwohl sie alles andere als glücklich aussahen dabei. »Allzu viele Räume gibt es hier ja nicht«, murmelte Tatü mit hochgezogenen Augenbrauen.

Milla warf ihm einen finsteren Blick zu.

»Und ich werde weiter um das Schloss herumfliegen und in jedes einzelne Fenster gucken. Und wenn ich euren Vlad gefunden habe, gebe ich euch Bescheid«, krächzte Kastor. Er breitete auch schon die Flügel aus, als auf der Wendeltreppe mit einem Mal schwere Schritte zu hören waren. Jemand erteilte lauthals Befehle, Schwerter wurden gezogen.

Die Kinder wirbelten erschrocken herum.

»Was ist da los?«, wisperte Elsmoth entgeistert.

»Ich glaube, sie wissen, dass wir hier sind«, raunte Bing.

Millas Hand zuckte unwillkürlich zu ihrem leeren Gürtel. »So ein ver…« Sie fluchte leise.

»Und jetzt?«

Milla wandte sich hastig in die entgegengesetzte Richtung, nur weg von der Treppe. »Wir sollten …« Sie erstarrte plötzlich.

Goodewinds Diener stand vor ihnen. Hinter ihm kamen zwanzig Grüne Ritter, die Schwerter in den Händen. Sie hatten sich von der anderen Seite an die Kinder herangeschlichen.

Der kleine, struppige Mann verzog die Lippen zu einem hinterhältigen Lächeln. »Da seid ihr ja!«

12.

»Na, sag ich doch, ich hab da wen gesehn«, grölte einer der Ritter. Er stieß seinem Nebenmann kräftig in die Seite. »Von wegen Hutzelweibchen!«

»Hutzelweibchen verstecken sich nicht hinter Vorhängen«, sang der Diener. »Nein, das tun nur Kinder. Menschenkinder!« Er spuckte das Wort fast hervor. Offenbar mochte er Kinder nicht besonders. »Aber ich wollte doch erst einmal sehen, was ihr so vorhabt.«

Die Ritter lachten und johlten finster, als sie die Kinder umzingelten.

Milla wich zurück. Sie suchte hektisch nach einem Fluchtweg, den es nicht gab, als Elsmoth sich plötzlich herumwarf. Er rannte los, kam aber nicht weit. Sechs weitere Ritter strömten von der Treppe her auf sie zu. Einer von ihnen packte den Jungen am Kragen. »Nix da«, schrie er und schleifte ihn mit sich.

Milla stürzte sich ohne zu zögern auf ihn. Mit den blanken Fäusten schlug sie auf den Ritter ein, was bei der dicken Rüstung allerdings nicht viel brachte. Einer der anderen riss sie zurück und hielt sie fest. Milla trat wütend um sich, konnte sich aber nicht befreien, während zwei weitere grü-

ne Gestalten Edda und Bing gerade die Arme auf den Rücken drehten. Auch Tatü wurde von kräftigen Händen umklammert, er konnte sich nicht mehr bewegen. »Au! Au«, rief er, »nicht so feste. Du drückst mir ja die Luft ab.«

»Es hat keinen Sinn. Es sind einfach zu viele«, raunte Bing verzweifelt. Ihm stand der Schweiß auf der Stirn.

»Los, los, bringen wir sie zum Meister«, sang der Diener. Er hüpfte auf und ab.

Milla sah noch einmal in die Kammer zurück, ehe die Ritter sie auch schon auf die Treppe zu schubsten. Kastor war verschwunden.

Dreizehn vor, dreizehn hinter ihnen, so führten die Grünen Ritter sie die Wendeltreppe hinauf. Goodewinds Diener rannte vorneweg. Schließlich gelangten sie ans Ende der Treppe. Sie standen vor einem giftgrünen Tor.

Der kleine Mann riss die Hand hoch und die Ritter blieben augenblicklich stehen. Dann klopfte er erstaunlich zaghaft an die hohe Tür. Keinen Moment später schob er sie auch schon auf.

»Wir haben die Eindringlinge, Meister«, jaulte er.

»Warum zum Teufel bringt ihr sie zu mir? Schmeißt sie doch einfach ins Moor«, ertönte Goodewinds schnarrende Stimme von irgendwo hinter dem Tor. Er klang ärgerlich.

Milla sträubten sich die Haare, als sie die Stimme hörte. Das letzte Mal, als sie Goodewind begegnet war, war er noch Berater ihres Vaters auf der Bunten Burg gewesen. Mittlerweile wusste sie, wer er wirklich war – einer der bösesten

Zauberer, die es gab. Und sie war eine Gefangene auf seinem Schloss.

»Entschuldigung, Meister«, winselte der Diener, er verneigte sich unterwürfig, »aber ich dachte … Ihr würdet sie vielleicht gern sehen. Ein paar von ihnen dürften Euch nicht ganz unbekannt sein, großer Meister.« Er winkte rasch mit zwei Fingern und die Ritter zerrten die Kinder ziemlich unsanft in einen kreisrunden Saal. Helles Mondlicht fiel durch die Fenster gegenüber und vor ihnen brannte eine einzelne dicke Kerze wie schon unten in der Großen Halle. Doch anders als dort waren die Mauern hier furchtbar düster.

Jemand stieß ihr in den Rücken. Milla fiel auf die Knie, sprang aber sofort wieder auf. Wenigstens hielt sie nun niemand mehr fest! Sie rieb sich die Oberarme, während sie aufmerksam umhersah.

Der Saal war riesig. Er schien das gesamte obere Stockwerk des Turms einzunehmen. Auf der einen Seite stand ein langer Tisch, auf dem allerlei Gegenstände lagen, die Milla auf die Entfernung kaum erkennen konnte. Nur ein paar seltsam geformte Geräte aus Metall, die wie Kinderspielzeug aussahen. Gleich daneben befand sich ein steinernes Becken, aus dem es kräftig qualmte. Auch aus dem Kessel ein Stück hinter dem Tisch stiegen kleine Rauchwölkchen auf. Die andere Seite des Saals war mit Regalen vollgestellt. Bücher stapelten sich darin, Flaschen und Krüge, Schalen und Kisten und ein paar Dinge, die Milla noch nie gesehen hatte.

Vor einem der Regale stand Goodewind, mit dem Rücken zu ihnen. Er trug einen langen Umhang und schien mit einem Bündel orangefarbener Federn beschäftigt zu sein. »Zur Hölle mit dir, Fiepser«, knurrte er und drehte sich um.

Hinter ihm kam ein Junge zum Vorschein. Er war erschreckend dürr und blass. In den Händen hielt er eine seltsam geformte kleine Kiste. Offenbar half er Goodewind bei irgendetwas, wenn auch nicht ganz freiwillig. Mit großen, ängstlichen Augen guckte er auf die Versammlung neben der Tür. Milla erkannte ihn sofort. Auch wenn er statt der Lumpen, die er auf der Bunten Burg angehabt hatte, nun saubere Kleider trug.

»Vlad!«, brüllte Edda auch schon quer durch den riesigen Saal. Ihre Stimme hallte laut von den Wänden wider. Sie wollte zu ihm laufen, aber der Ritter hinter ihr hielt sie fest. Edda wand sich wie eine Schlange in seinem Griff, um sich zu befreien, doch er packte sie nur umso fester. »Vlad!« Tränen rannen ihr über die schmutzigen Wangen.

Vlad starrte sie ausdruckslos an. Im ersten Moment meinte Milla, er würde sie gar nicht erkennen. Dann begann sein Gesicht mit einem Mal zu leuchten. Es sah aus, als ob die Sonne aufging. »Edda?«, wisperte er heiser, so als ob er seine Stimme schon lange nicht mehr benutzt hätte. »Edda!« Er machte einen Schritt in ihre Richtung, aber Goodewinds Fingerspitzen schossen plötzlich auf ihn zu. Es blitzte hell auf, dicht vor Vlads Füßen. Der Junge blieb erschrocken stehen.

»Was habe ich dir gesagt, Bursche?«, knurrte der Zauberer. »Du gehst nirgendwo hin, wenn ich es dir nicht erlaube.«

»Ja«, hauchte Vlad, starrte aber weiterhin Edda an.

»Ja, *Meister*«, zischte Goodewind.

»Ja, Meister«, wiederholte der Junge mit monotoner Stimme.

»Bis ich mit dir fertig bin, hast du das gelernt. Du wirst schon sehen. Und jetzt schweig und steh still.« Goodewind schnippte lächelnd mit den Fingern, aber sein Lächeln wirkte alles andere als freundlich. Er wandte sich Edda zu. »Dich kenne ich«, schnarrte er stirnrunzelnd. »Ah, jetzt fällt es mir wieder ein. Du bist doch die unfähige kleine Hexe, die ich auf dieser grässlich bunten Burg gesehen habe. Die mit den Gauklern umherzieht. Für mehr reicht es wohl nicht, was?« Seine Mundwinkel verzogen sich spöttisch.

Edda fuhr zusammen. Sie biss sich in die Lippen und funkelte ihn an, brachte aber kein Wort heraus.

»Bist du etwa gekommen, um deinen seiltanzenden Freund hier zu befreien?«, fuhr Goodewind derweil fort. »Verstärkung hast du dir auch gleich mitgebracht, wie ich sehe.« Sein Blick huschte über die Versammelten hinweg. Und blieb an Milla hängen. »Na, sieh mal einer an«, sagte er gefährlich leise. Seine wässrig grünen Augen verengten sich zu schmalen Schlitzen, als er einen Schritt auf sie zukam. »Das Prinzesschen! Wie nett! Spielst du denn immer noch

deine lustigen Abenteuerspielchen, ja? Auf meinem Schloss kannst du mehr davon haben, als dir lieb ist. Aber lustig ist es hier ganz sicher nicht«, knarzte der Zauberer bedrohlich. »Es wäre wirklich besser für dich gewesen, du wärst zu Hause geblieben.« Ein so boshafter Ausdruck huschte plötzlich über sein Gesicht, dass Milla eine Gänsehaut bekam. Sie versuchte krampfhaft, sich nichts anmerken zu lassen, und schob trotzig ihr Kinn vor. Im nächsten Moment spürte sie eine Hand in ihrem Rücken. Die Grünen Ritter stießen die Kinder wie auf ein unsichtbares Zeichen hin tiefer in den Raum hinein, auf Goodewind zu. Vlad stand noch immer da wie versteinert. Er schien sich weder bewegen noch sprechen zu können, wie unter einem Zauberbann.

»Kannst du nichts für ihn tun?«, raunte Milla Edda zu.

Die kleine Hexe schüttelte den Kopf. »Gegen den Grünen Zauberer kann ich überhaupt nichts tun«, wisperte sie unglücklich. »Für ihn bin ich nichts weiter als eine kleine Mücke.«

»Also war es gut, sie nicht im Moor zu versenken, ja, Meister?« Der Diener sah Goodewind Beifall heischend an.

»Oh ja. Mir fällt sicher noch etwas sehr viel … Aufregenderes für sie ein«, überlegte der Zauberer. Er tippte sich mit dem Zeigefinger nachdenklich gegen sein Kinn und musterte Milla kalt. Ihr rann ein Schauer den Rücken herunter.

»Jajaja, Meister«, jaulte der Diener aufgeregt. »Wir sollten sie Cercenia übergeben, dem Vierköpfigen Schattenmonster. Sie wird sicher sehr viel Spaß mit ihnen haben. Und anschließend kann sie die Bälger ja auffressen. Das Fettelchen hier«, er zwickte Tatü so heftig in die Seite, dass der vor Schreck laut aufschrie, »ist sicher ein ganz besonders leckerer Happen. Hihihi«, kicherte er schrill.

»Was für eine ausgezeichnete Idee.« Goodewind nickte langsam.

Tatü und Elsmoth starrten ihn mit weit aufgerissenen Augen an. Die beiden wagten kaum zu atmen.

»Danke, Meister.« Der Diener neigte ergeben den Kopf.

»Aber wie du schon sagtest, Cercenia hat vier Köpfe. Und vier gierige Mäuler. Wir haben aber fünf Kinder. Eigentlich sechs.« Der Zauberer stand nur noch wenige Schritte von ihnen entfernt. »Vielleicht sollte ich den Seiltänzer als meinen Gehilfen behalten. Und den da«, seine Hand zuckte vor und wies auf Bing, »zu einem meiner Ritter machen.«

»Niemals!«, rief Bing sofort.

»Warum nicht? Träumen nicht alle kleinen Jungs davon, ein Ritter zu werden? Abgesehen davon, dass du das nicht zu entscheiden hast.« Goodewind hob eine Augenbraue. »Du bist tapfer und mutig. So mutig, dass du es sogar wagst, einen Zauberer wie mich mit Steinen zu bewerfen. Glaube nur nicht, das hätte ich vergessen«, zischte er ihn an. Goodewind holte plötzlich aus. Er schlug Bing mit der flachen Hand ins Gesicht.

Bing ging in die Knie, fiel aber nicht hin. Er tastete vorsichtig über seine Wange. Seine Oberlippe war aufgeplatzt und Blut tropfte ihm aufs Kinn.

Milla sah erschrocken zu ihm hinüber, als ihr Blick mit einem Mal an Bing vorbei auf den langen Tisch fiel. Ein kleiner Gegenstand lag darauf, gleich neben dem steinernen Becken, den sie vorher gar nicht bemerkt hatte. Er schimmerte und glitzerte im Kerzenlicht.

Die Murmel! Millas Herz begann plötzlich zu rasen. Sie keuchte leise auf. Die legendäre Murmel von Alabaster! Kein Zweifel.

Bing hob den Kopf. Er schien Milla gehört zu haben. Er sah kurz zu ihr hinüber, ehe er unter halb geschlossenen Lidern vorsichtig zur Seite spähte.

Milla spürte, wie er zusammenzuckte. Also hatte er die kleine Glaskugel ebenfalls entdeckt.

Goodewind jedoch schien von ihrer plötzlichen Aufregung nichts zu bemerken. »Du könntest es weit bringen bei mir«, sagte er gerade, »du könntest der erste unter meinen Rittern werden.« Er lächelte wieder, aber diesmal wirkte sein Lächeln ganz anders, fast einschmeichelnd. Doch seine Augen blickten noch immer böse und kalt.

Bing presste die Lippen aufeinander und schüttelte den Kopf.

Milla sah abermals auf die Murmel. Silbernes Mondlicht kroch über den Boden direkt auf den Tisch zu, auf dem sie lag. Sie war keine zehn Schritte von ihr entfernt. Doch um dorthin zu gelangen, musste sie direkt an Goodewind vorbei. Ihre Hand tastete behutsam nach ihrer Rocktasche. Sie konnte die Schriftrolle durch den Stoff spüren.

Die Murmel und die Rolle müssen zusammengeführt werden, sie müssen einander berühren, wenn das Mondlicht die Nacht erfüllt und auf sie herunterfällt, ertönte Grans Stimme in ihrem Kopf. *Und dabei müssen die Zauberworte rückwärts gesprochen werden.*

»Und wer weiß, eines Tages könntest du ihn hier ersetzen.« Goodewind sprach noch immer mit Bing. Er wies mit einer knappen Kopfbewegung auf seinen Diener.

»Oh, Meister, nein, nicht«, quiekte der entsetzt los. »Bin ich euch nicht immer treu ergeben gewesen?«

»Halt den Mund, Fiepser«, herrschte der Zauberer ihn an. »Wage es ja nicht, mir zu widersprechen!«

»Jawohl, Meister.« Der kleine Mann verneigte sich tief. Er warf dabei einen hasserfüllten Seitenblick auf Bing.

»Ja, das wäre sicher sehr lustig, einen zweiten Fiepser aus dir zu machen«, lachte Goodewind auf.

Soli…deinias akro…tiak, hämmerte es in Millas Kopf. Solidei niasakro…tiak, solidei ni as akrotiak.

Das bleiche Licht des Mondes hatte den Tisch erreicht. Nur noch Zentimeter, bis seine Strahlen die Murmel berührten.

Millas Mund fühlte sich auf einmal ganz trocken an. Sie musste es wagen. Jetzt oder nie. Sie hatten nicht mehr viel Zeit. Sie waren bestimmt nicht so vielen Gefahren entronnen, um nun von einem vierköpfigen Ungeheuer verschlungen zu werden. Und niemand würde Bing in so eine grüne, gesichtslose Kreatur verwandeln! Oder schlimmer noch, in Goodewinds Diener! Was für eine schauderhafte Vorstellung. Sie schob ihre Hand ganz langsam in ihre Tasche. Wenn sie nur schnell genug an Goodewind vorbeikam, konnte sie es schaffen.

In der nächsten Sekunde leuchtete die Glaskugel silbern auf. Milla zerrte die Rolle aus ihrer Tasche und rannte los.

Der Zauberer wirbelte herum. Mit drei langen Schritten war Milla auch schon an ihm vorbei. Sie stolperte auf den Tisch zu.

In ihrem Rücken brach das Chaos aus. Goodewinds Diener kreischte in den höchsten Tönen, die Ritter zogen abermals ihre Schwerter und trampelten hinter ihr her, aber auch die Kinder schrien laut los.

»Schneller, Milla, lauf!« Das war Bing.

»Vorsicht«, rief Edda.

Ein Blitz jagte an Milla vorbei, vor ihren Füßen sprühten Funken. Doch sie blieb nicht stehen. Die Murmel war zum Greifen nah jetzt. Sie streckte bereits die Hand nach ihr aus, die Hand mit der Schriftrolle, die schon fast die kleine glitzernde Glaskugel berührte. Milla machte einen letzten, langen Satz vorwärts, als sie plötzlich jemand am Arm zu fassen bekam. Spitze Finger bohrten sich tief in ihre Haut und rissen sie mit Gewalt zurück.

Sie hing in Goodewinds Griff wie ein toter Hase, drei Zentimeter über dem Fußboden. Die Schriftrolle hielt sie noch immer in der Hand, hoch über ihrem Kopf. Doch noch ehe sie irgendetwas tun konnte, hatte Goodewind sie ihr schon aus den Fingern gezogen. »Was sollte denn das? Und was hast du … *Da!*«, stieß er überrascht hervor. Seine Augen begannen mit einem Mal zu glitzern. »Könnte es sein, dass … ? Das ist ja unglaublich«, keuchte er atemlos. »Ich habe den ganzen Dunklen Wald danach durchforstet. Und jetzt kommt ihr und bringt sie mir, die Rolle des Phalyxos«, murmelte er ungläubig.

»Oh, Meister, endlich«, sang sein Diener. »Endlich. Ihr habt so lange danach gesucht.«

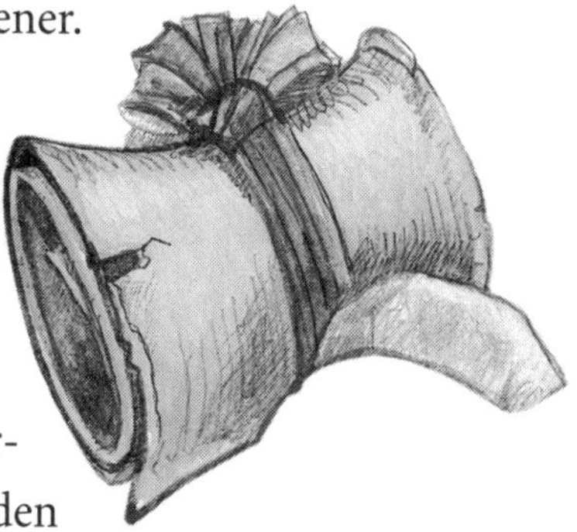

Goodewind beachtete ihn nicht. Er ließ Milla los, die wie ein Stein zu Boden sackte. Sie wollte gleich wieder aufspringen, aber die Grünen Ritter versperrten ihr den Weg. Milla knirschte mit den Zähnen. Sie hatte versagt! Jetzt hatte Goodewind nicht nur die Murmel, gleich würde er auch den Zauberspruch kennen, mit dem er sie benutzen konnte. Und dann …

»Nein«, rief Elsmoth auf einmal, der endlich seine Stimme wiedergefunden hatte. »Die Rolle gehört dir nicht. Sie gehört den Mönchen von Rhindaal. Und ich werde sie ihnen zurückbringen. Gib sie mir. Hörst du?«

Der Zauberer sah auf. Sein Blick bohrte sich in Elsmoths Augen. Der Junge verstummte abrupt. Er schnappte lauthals nach Luft.

»Was ist los? Was hast du?«, schrie Bing erschrocken.

Elsmoth fasste sich mit panischer Miene an den Hals. Sei-

ne Augen schienen immer größer zu werden. »... kann nicht atmen ...«, presste er mühsam hervor. Er war krebsrot im Gesicht.

»Um Himmels willen!« Edda legte ihm die Hände auf die Wangen. Sie begann leise vor sich hin zu murmeln, aber es half nicht.

Goodewind wandte sich gleichgültig ab. Er tippte gegen das Band, das die Schriftrolle verschloss, und löste die fünffache Schleife. Er wusste offenbar genau, was er tun musste. Dann entrollte er mit entrückter Miene das fleckige Papier. Es sah ganz einfach aus, anders als bei Elsmoth. Aber immerhin war Goodewind ja ein Zauberer. Die Schriftrolle schien sich nicht gegen ihn zu wehren.

Goodewinds Blick glitt gierig über die Zeilen, während sich die Kinder aufgeregt um den röchelnden Jungen versammelten.

Elsmoth saugte rasselnd die Luft ein. »... glaube ... geht wieder«, hustete er und hielt sich den Bauch. Sein Gesicht nahm allmählich wieder seine normale Farbe an. »Es geht wieder. *Danke!*«, wehrte er Tatüs Schläge ab, der ihm immer wieder auf den Rücken hieb.

»Kaitorka sa in eidilos«, knarrte die Stimme des Zauberers hinter ihnen. Er stieß ein triumphierendes Geheul aus.

Die Kinder zuckten zusammen. »Jetzt ist alles zu spät«, wisperte Bing.

»Ich hatte so gehofft, dass er kein Alabastisch versteht«, raunte Edda. Sie ließ die Schultern hängen und sah sehnsüchtig zu Vlad hinüber, der noch immer wie erstarrt dastand. Nicht einmal seine Augen schienen sich zu bewegen. Aber sie kam einfach nicht an ihren Bewachern vorbei.

»Das hier behalte ich wohl besser.« Goodewind rollte das Papier zusammen und schob es in die Tasche seines Umhangs. »Ich weiß jetzt, was du vorhattest«, zischte er Milla an. »Ich begreife nur nicht, wie ihr das lesen konntet. Aber das ist jetzt auch nicht mehr wichtig.« Er eilte durch den Saal, auf den Tisch zu, und nahm die kleine Glaskugel in die Hand. Er balancierte sie auf den Fingerspitzen, während er sie andächtig anstarrte. Seine Nase wirkte riesengroß durch das Glas.

»Kaitorka sa in eidilos«, murmelte er noch einmal. »Schenke mir das Buch von Saramis.« Kaum hatte er zu Ende gesprochen, lag ein goldglänzendes Buch auf dem Tisch neben ihm. Die Kinder machten große Augen. Goodewind hielt inne. Dann lachte er aus vollem Halse und drehte sich einmal im Kreis dabei. Sein grüner Umhang wirbelte um ihn herum. »Es funktioniert! Nach so langer Zeit! Es funktioniert«, schrie er.

»Oh, wunderbar, Meister, wunderbar«, ertönte sein Diener.

»Kaitorka sa in eidilos!« Goodewind hob plötzlich den Kopf. Er starrte den erstbesten Ritter an, der vor ihm stand. »Töte ihn, Murmel.«

Der Ritter guckte im ersten Moment ziemlich verdutzt. Gleich darauf wich er entsetzt zurück. Doch weit kam er

nicht. Keinen Lidschlag später knickten ihm auch schon die Beine ein und er fiel regungslos zu Boden.

Milla riss den Mund weit auf. Sie wollte schreien, aber kein Laut drang über ihre Lippen. Sie starrte fassungslos auf den toten Ritter zu ihren Füßen. Bing packte sie am Handgelenk, als müsste er sich an ihr festhalten. Die anderen, selbst die Grünen Ritter, waren wie erstarrt vor Entsetzen.

Nur der Diener hüpfte auf und ab. »Oh, wie wunderbar, Meister, wie wunderbar«, sang er begeistert.

In Goodewinds Gesicht zuckte es vor Eifer. »Ja, so werde ich die gesamte Insel erobern. Ich werde die Dunkelheit in eure Königreiche tragen und euch alle zu meinen Untertanen machen.« Wieder lachte er und für einen Moment sah er vollkommen verrückt aus. »Kaitorka sa in eidilos«, wisperte er abermals und ging mit gefährlich glimmenden Augen auf die Kinder zu. Er öffnete den Mund.

»Kra«, ertönte es plötzlich vor dem Fenster. »Kra, kra, kra!« In der nächsten Sekunde schoss ein roter Ball in den Saal. Glas klirrte. »Kra!!«

Im ersten Moment dachte Milla, sie würden abermals von einem Schwarm Roter Raben angegriffen. Aber es war nur *ein* Rabe, der da auf sie zugeflattert kam, und ihm fehlten ziemlich viele Federn.

»Kastor«, wisperte Milla. Tapferer kleiner Kerl!

Kastor jagte im Sturzflug auf Goodewind herunter. Er flog ihm direkt ins Gesicht und hackte auf ihn ein. »Kra!«

Der Zauberer hob hastig beide Hände, um ihn zu verscheuchen. Die Murmel rutschte ihm dabei aus den Fingern. Sie schlug klirrend auf dem Steinboden auf, aber sie zerbrach nicht.

Milla zögerte keine Sekunde. Sie schubste den Ritter zur Seite, der neben ihr stand und noch immer verwirrt auf Goodewind und den Raben sah, und rannte los. Sie jagte der Glaskugel hinterher, die quer durch den Raum rollte. Im Augenwinkel sah sie, wie Goodewind Blitze auf Kastor abschoss, dann versetzte er ihm einen kräftigen Hieb. Der Rabe wirbelte durch die Luft und fiel gleich darauf wie ein Stein zu Boden. Er bewegte sich nicht mehr.

»Nein!«, heulte Edda auf.

Die Murmel kullerte unter eines der Regale. Milla warf sich hastig auf die Knie und schob ihre Finger in den schmalen Spalt, als sie plötzlich den Diener bemerkte, der genau das Gleiche tat, nur auf der anderen Seite. In der nächsten Sekunde sprang er laut kreischend auf. Die kleine durchsichtige Kugel lag glitzernd auf seiner Handfläche. Ein tückischer Ausdruck glitt über sein Gesicht, einen kurzen Moment nur, er sah zu Goodewind hinüber und schien zu überlegen.

Doch da sauste der Zauberer bereits auf ihn zu. »Was tust du da, Fiepser?«, knurrte er.

»Gar nichts, gar nichts. Hier, Meister! Ich habe sie, Meister«, rief der kleine Mann, fast ein wenig zu hastig. »Für euch. Für euch.» Er streckte dem Zauberer die Hand hin, den Kopf gesenkt dabei.

POUL

Goodewind entriss ihm die Murmel. Sein Diener verneigte sich noch tiefer, bis er mit der Stirn seine Füße berührte. »So ist es gut, Fiepser. Und jetzt bring unser Prinzesschen zurück zu den anderen Bälgern. Es wird Zeit, dem allen hier ein Ende zu bereiten. Sie gehen mir allmählich entsetzlich auf die Nerven.«

»Ja, Meister. Sofort, Meister.« Der Diener richtete sich hastig wieder auf. Er wirkte erleichtert. Er packte Milla grob an den Haaren und verpasste ihr einen kräftigen Schlag, der sie mitten in den Kreis ihrer Freunde beförderte. Bing hielt sie fest, bevor sie stürzte.

»Ich werde euch in die tiefsten Tiefen der Bonjiaanischen Unterwelt schicken«, zischte der Zauberer. Er funkelte die Kinder finster an. »Niemand wird jemals wieder versuchen, meine Pläne zu durchkreuzen. Weder ihr noch die Herrscher der Tausend Königreiche noch sonst jemand. Nicht einmal mehr diese widerlichen Drachen können mich jetzt noch aufhalten.«

Drachen, Drachen, Drachen, hallte es in Millas Kopf, während Goodewind langsam näher kam. Sie drückte sich wie schutzsuchend enger an Bing, der sie ziemlich verwirrt ansah.

»Die Schuppe«, raunte sie in sein Ohr, sie bewegte kaum die Lippen dabei. »Hast du sie noch?«

»Die …?« Bings Augen weiteten sich. Er tastete vorsichtig nach seiner Hosentasche. *Die* Hosentasche, in die er vor so vielen Tagen und Wochen die Drachenschuppe gesteckt hatte, die sie in Grans Reich gefunden hatten. Er nickte kaum merklich. Sie war noch da. »Aber es ist nur eine Schuppe«, flüsterte er. »Wir brauchen mindestens ein ganzes Drachenheer. Und was genau soll ich eigentlich damit tun?«

»Keine Ahnung. Halt sie ihm dicht unter die Nase.«

»Wie denn? Er jagt mir einen seiner Blitze in den Bauch, wie schon einmal, noch ehe ich die Hand aus der Tasche gezogen habe.«

»Was tuschelt ihr zwei denn da?«, schnarrte Goodewind. »Seid ihr etwa schon dabei, euch voneinander zu verabschieden? Eine gute Idee. Später werdet ihr sicher keine Gelegenheit mehr dazu haben. Kaitorka sa …«, begann er erneut.

»ICH WILL JETZT ENDLICH NACH HAUSE!«, brüllte Tatü plötzlich wie von Sinnen.

Nicht nur Milla zuckte entgeistert zusammen. Goodewind blieben die Worte im Halse stecken vor Schreck. Er machte eine jähe Bewegung mit der Hand und umschlang die Murmel hastig mit den Fingern, um sie nicht noch einmal zu verlieren.

Bing erholte sich als Erster wieder. Er schob Milla zur Seite und zerrte die Drachenschuppe aus seiner Hosentasche. Dann sprang er auf Goodewind zu, die rötlich braune Schuppe wie ein Schild vor seine Brust gepresst. »Und jetzt?«, schrie er über die Schulter zurück.

»Ich … äh …«, machte Milla hilflos.

Goodewind begann mit einem Mal zu torkeln. Seine Arme sackten schlaff zur Seite, das Kinn fiel ihm auf die Brust. Er starrte wie hypnotisiert auf die Drachenschuppe dicht vor seinen Augen. Mühsam machte er einen Schritt zurück, als wollte er vor Bing und der Schuppe fliehen, doch Bing setzte ihm sofort nach.

»Helft … mir …«, presste der Zauberer undeutlich hervor. Doch sein Diener und die Ritter rührten sich nicht. Sie schienen ebenso gelähmt wie er.

Ganz langsam trieb Bing den Zauberer durch den Saal, auf die Fenster zu. »Es klappt«, rief er begeistert. »Es klappt! Die Schuppe ist stärker als er.«

»Was macht er denn da?«, krähte Tatü heiser.

»Uns nach Hause bringen. Wie du gesagt hast«, erwiderte Milla grinsend.

Elsmoth huschte plötzlich an ihnen vorbei. Dicht vor Goodewind blieb er unsicher stehen. Doch als er sah, dass der Zauberer sich kaum noch bewegen konnte, wagte er sich weiter vor. Er griff aufgeregt nach der Schriftrolle, die aus Goodewinds Umhang ragte. »Hab ich dich endlich! Hab ich dich endlich wieder.« Er drückte die Rolle an sich wie einen lang verlorenen Freund.

»Nei…«, lallte Goodewind. Er taumelte immer weiter zurück, bis ihn das Mondlicht vollständig umschlang. Doch er schien gegen die Macht der Drachenschuppe, die keinen Meter von ihm entfernt war, anzukämpfen. Seine Finger zuckten. Allmählich gewann er seine Kraft zurück. Er bewegte die Hand, dann den Kopf. Das Funkeln in seinen grünen Augen wurde immer wilder und zorniger.

»Mach endlich«, brüllte Bing Elsmoth an.

»Wa... was?«, rief der verwirrt.

Goodewind blieb stehen. Er setzte einen Fuß in die entgegengesetzte Richtung, nun wieder auf die Kinder zu.

»Die Murmel, verdammt, Elsmoth, die Murmel«, brüllte Milla.

Goodewind hob den Arm. Er hielt noch immer die Murmel in der Hand. Das Mondlicht spiegelte sich silberhell in ihrem Glas. »Kai... torka«, begann er bereits.

»Ja. Ja doch!«, schrie Elsmoth zurück. Er sprang auf den Zauberer zu. Und hieb mit der Schriftrolle wie ein Irrer auf die Murmel ein, die unruhig auf Goodewinds Handfläche zu tanzen begann.

»Solidei ni as akrotiak«, brüllten die Kinder im Chor, »solidei ni as akrotiak, solidei ni as akrotiak«, wiederholten sie, nur um ganz sicher zu gehen.

»... sa... in eidilos«, beendete Goodewind im selben Moment mühsam die Zauberformel. »In die ... Bonjiaanische Unterwelt ... alle ...«

Milla hielt die Luft an.

Zuerst geschah gar nichts. Die kleine, durchscheinende Glaskugel, die Goodewind noch immer festhielt, war vollkommen ruhig jetzt. Sie war in weißes Mondlicht getaucht.

Dann fing die Schriftrolle in Elsmoths Hand Feuer. In der nächsten Sekunde brannte sie auch schon lichterloh.

»Nein, nein!«, brüllte Elsmoth entsetzt. Er begann hektisch zu pusten, um die Flammen zu löschen, aber dafür war es längst zu spät. Er verbrannte sich die Finger und ließ das hell lodernde Stück Papier schließlich fallen.

Gleich darauf leuchtete der Saal mit einem Mal hell auf. Glitzerndes Mondlicht flutete wie silbernes Wasser durch die Fenster. Und sickerte in die Murmel hinein. Sie schien das Licht regelrecht aufzusaugen, während sie immer größer und größer wurde. Bald strahlte sie wie eine kleine Sonne. Eine Sonne allerdings, aus der trüber Nebel strömte, der allmählich den ganzen Raum anfüllte.

»Nein!«, brüllte nun auch Goodewind, der versuchte, die Murmel von sich zu schleudern. Sie schien in seiner Hand zu brennen. Aber sie klebte geradezu dort fest. Dann umhüllte ihn der Nebel. »Nein!« Goodewind schlug um sich, als wollte er die grauen Dunstschleier vertreiben, aber sie wurden nur immer dichter. Er machte hastig einen Schritt zur Seite und versuchte wegzulaufen, als Bing ihm die Drachenschuppe mitten ins Gesicht schleuderte. Der Zauberer stolperte rückwärts, nun wieder tiefer in den Dunst und das Licht hinein, bis er in ihm zu verschwinden begann. »Neeii…«

Das Mondlicht erlosch. Dann floss der Nebel wieder in die kleine Glaskugel zurück. Einen Moment lang schien Goodewinds Hand mit der Murmel darauf mitten in der Luft zu schweben. Bis auch die Hand verschwand. Und nur noch die Murmel reglos mitten im Saal hing.

Die Kinder ließen sie nicht aus den Augen, fasziniert und entsetzt zugleich.

In der nächsten Sekunde fiel die Glaskugel nach unten, wie in Zeitlupe zuerst, dann immer schneller. Sie schlug auf dem Steinboden auf.

Und zersprang in Aberhundert Scherben.

Die Kerze verglühte. Es war nun noch viel düsterer als zuvor. Nur noch das Mondlicht fiel durch die Fenster herein.

Milla blinzelte, als erwachte sie aus einem Traum. Sie sah aufgeregt umher. Goodewind war verschwunden. Aber auch sein Diener und die Grünen Ritter waren nicht mehr da.

Einen Moment lang war es totenstill im Saal.

»Wo … wo sind sie denn hin?«, wisperte Tatü ganz leise, als könnte jedes zu laute Geräusch den Zauberer wieder zurückholen.

Milla johlte plötzlich los. Sie sprang auf Tatü zu, der erschrocken zurückwich, als fürchtete er geschlagen zu werden. Aber sie drückte ihn an sich. »In der Murmel, im Nebel, im Mondlicht. Wo auch immer, das ist mir völlig egal. Hauptsache, sie sind weg! Sie sind weg!«

»Sie sind wohl in der Bonjiaanischen Unterwelt«, murmelte Edda, die neben Kastor kniete. »Offenbar haben sich unsere Wünsche gekreuzt. Nur dass unser Wunsch stärker war und seiner nicht ganz deutlich, also hat er sich gegen ihn selbst gerichtet.«

»Was genau ist die Bonjiaanische Unterwelt?«, fragte Tatü neugierig.

»Das will ich jetzt gar nicht so genau wissen«, murmelte Bing. Er wies besorgt auf den Roten Raben. »Ist er … Ist er …?«

Kastor erzitterte plötzlich. Er klappte die Augen auf. »Kra«, machte er, es klang ziemlich kläglich.

»Du lebst!« Edda lachte auf. Sie beugte sich vor und strich ihm zaghaft über sein zerrupftes Federkleid.

»Kra«, machte Kastor noch einmal und bewegte schlapp einen seiner Flügel.

»Edda«, ertönte plötzlich eine Stimme hinter ihnen, sie klang ebenso kratzig wie die des Raben.

Die Kinder wirbelten herum. Vlad stand noch immer an derselben Stelle wie zuvor, aber er war endlich erwacht aus seiner seltsamen Starre. Der Zauberbann schien aufgehoben, jetzt, da Goodewind fort war.

Edda sprang auf und rannte los. Vlad ließ die Kiste fallen, die er noch immer in der Hand hielt, und stürzte ihr entgegen. Die beiden fielen einander um den Hals, lachend und weinend zugleich.

»Du bist es wirklich!« Er drückte sie fest an sich, als wollte er sichergehen, dass sie nicht plötzlich wieder verschwand. »Ich hatte schon befürchtet, ich träume nur. Ich konnte dich die ganze Zeit sehen, weißt du. Aber ich konnte mich einfach nicht bewegen. Und sprechen konnte ich auch nicht. Es war grauenhaft!« Vlad wischte die Tränen fort und strahlte sie an. »Aber wie kommst du nur hierher? Und wer sind die da?« Er sah neugierig auf die anderen, die ebenso neugierig zurückstarrten.

Alle, bis auf Elsmoth.

Elsmoth kniete am Boden, er streckte die Hand nach dem Häufchen Asche in der Nähe der Fenster aus. Mehr war von der Schriftrolle nicht übrig. Die Scherben der Glaskugel lagen kreisförmig darum herum. Elsmoth wiegte mit verzweifelter Miene den Oberkörper hin und her.

Milla ging eilig zu ihm. Sie drückte seine Schulter und überlegte fieberhaft, was sie sagen könnte, als plötzlich ein ohrenbetäubendes Knacken durch die Luft hallte. Sie riss den Kopf herum, konnte aber nicht erkennen, woher das Geräusch kam.

»Was ist denn jetzt schon wieder?«, stöhnte Tatü auf.

Es knirschte schauderhaft. In der nächsten Sekunde begann der ganze Turm zu schwanken.

»Das Schloss stürzt ein«, brüllte Bing. »Nichts wie weg hier!« Er rannte auf die Tür zu.

Milla zerrte Elsmoth auf die Beine.

Das Mauerwerk um sie herum begann zu bröckeln. Lange Risse fraßen sich über die Wände. Gleich darauf brachen die ersten Steine heraus.

»Das schaffen wir nie! Der Weg nach unten ist viel zu weit«, kreischte Tatü.

Edda stürzte zu Kastor hinüber, der mühsam versuchte, mit den Flügeln zu schlagen. Sie hob ihn vorsichtig hoch.

Die Decke über ihnen platzte auseinander. Es knallte furchterregend. Schutt rieselte auf die Kinder herunter.

»Nein!« Milla wurde leichenblass. Sie hatten doch nicht Goodewind besiegt, um jetzt von herabstürzenden Trümmern erschlagen zu werden!

Dann senkte sich krachend die Zimmerdecke. Der Rabe begann lauthals zu krächzen. »Nun mach schon«, ächzte er heiser. »Mach schon.« Er sah Edda auffordernd an.

»Was? Was denn?«, schrie sie.

»Bist du nun eine Hexe oder nicht? Los doch! Du musst uns alle retten!«

»Aber wie?«, rief Edda verzweifelt.

Die Wand vor ihnen neigte sich knarrend zur Seite. Die Decke sackte noch ein Stückchen weiter nach unten.

»Das weißt du sehr wohl!«

»Aber das kann ich nicht!«

»Oh doch, das kannst du. Beeil dich!«

»Ja, bitte«, schrie Milla, auch wenn sie keine Ahnung hatte, was die beiden eigentlich meinten.

Edda starrte Kastor an. Dann sog sie pfeifend die Luft ein und drückte den Raben Vlad in die Arme, der ängstlich das Gesicht verzog. Offenbar hatte er mit den Roten Raben schon seine Erfahrungen gemacht. Sie wandte sich um und hob hastig die Hände. Genau in der Sekunde, in der die Wand polternd zusammenbrach. Die Zimmerdecke rutschte hinterher, direkt auf die Kinder zu. Und hing plötzlich mitten in der Luft.

Edda hatte Schweißperlen auf der Stirn. Sie bewegte unablässig die Lippen. Dann sausten ihre Hände ruckartig nach links. Die dicken Steinmauern flogen in dieselbe Richtung und stürzten ins Tiefe Moor hinunter. Über ihnen wölbte sich nun der dunkle Nachthimmel. Der Mond stand direkt über dem giftgrünen Eingangstor, die Mauer darum war verschwunden.

»Unglaublich«, rief Bing begeistert.

»Ja, nicht wahr?« Edda betrachtete wie berauscht ihre Hände. »Ich kann es! Ich kann es tatsächlich!« Ihre Augen strahlten. »Mit deiner Hilfe«, wandte sie sich an Kastor.

»Sehr schön. Und jetzt?«, schrie Tatü.

Der Boden unter ihren Füßen löste sich langsam auf. Der Tisch und Goodewinds Kessel sackten nach unten. Die Regale auf der anderen Seite des Saals gerieten ins Wanken und kippten eines nach dem anderen um. Die Bücher fielen heraus.

»Ich kann ja mal versuchen, uns alle hier wegzuhexen, ja?«, erwiderte Edda aufgeregt, als plötzlich ein riesiger Schatten am Himmel auftauchte. Er jagte direkt auf die Turmspitze zu.

»Was ist das?«, rief Vlad erschrocken. »Kommt der Zauberer etwa zurück?«

Bing war stehen geblieben. Er kniff die Augen zusammen. Ein dunkler Umriss zeichnete sich vor dem Mond ab. »Nein, ich glaube … Das ist Gran! Du liebe Güte, Gran!« Bing begann, wie wild zu winken.

Der Drache schien ihn bemerkt zu haben. Er wurde schneller. Seine gewaltigen Flügel peitschten nur so durch die Luft, während der Boden, auf dem die Kinder standen, immer weiter schrumpfte.

Die ersten Stufen brachen bereits aus der Wendeltreppe. Der Weg nach unten war versperrt.

Gran hatte sie schon fast erreicht. Er flog eine scharfe Kurve, bis er seitlich zu ihnen war. Er bot ihnen seinen Rücken an. »Springt«, grollte seine Stimme über den Lärm hinweg.

»Oh nein!«, schrie Tatü.

Vlad starrte Gran nur ungläubig an. Er hatte wohl noch nie einen Drachen aus der Nähe gesehen.

»Los doch!« Bing nahm auch schon Anlauf. Er riss Tatü einfach mit sich, als er über den Rand der Turmspitze hinwegsetzte.

»Oh weeh!«, kreischte der, halb ohnmächtig vor Schreck.

Einen Moment lang hingen die beiden über dem Abgrund, ehe sie sicher auf Grans Schuppen landeten.

Milla folgte ihnen sofort, Elsmoth an ihrer Seite. Sie fingen Vlad auf, dem Edda einen kräftigen Schubs verpasst hatte. Er hielt noch immer Kastor im Arm.

Als Letzte kam Edda selbst. Aber sie sprang nicht. Die kleine Hexe schien zu schweben. Sie glitt geradewegs durch die Luft, so als ob sie über eine Brücke ging.

Milla stand der Mund weit auf. Edda allerdings schien es gar nicht zu bemerken. »Weg hier!«, schrie sie.

Hinter ihnen sackte der Fußboden endgültig in sich zusammen.

Gran machte bereits kehrt. Er schoss wie ein Pfeil über das Tiefe Moor hinweg.

»Das war gerade noch rechtzeitig«, rief Bing gegen den Flugwind an. Er klammerte sich an Grans Zacken. »Aber wie kommst du hierher? Ich dachte, ihr Drachen könnt Goodewinds Reich nicht betreten?«

»Der Bann ist gebrochen, den der Grüne Zauberer über sein Land gelegt hat. Ihr habt ihn besiegt, oder?«

»Mehr oder weniger. Er ist plötzlich verschwunden.«

»Selbst wenn er noch leben sollte, er hat seine Kraft verloren«, dröhnte Gran zufrieden. »Goodewind kann niemandem mehr schaden!«

»Und die Murmel auch nicht«, rief Milla. Sie warf noch einen Blick zurück.

Der Turm war bereits verschwunden. Das Pechrabenschwarze Nachtschloss fiel in sich zusammen wie ein Kartenhaus. Und versank im Moor. Das Getöse hinter ihnen verstummte abrupt.

Dann überflogen sie auch schon den Wald, doch die düsteren grauen Wipfel der Bäume versperrten ihnen den Blick hinein. Vielleicht war das auch besser so, dachte Milla schaudernd.

Schließlich erreichten sie das flache, grüne Land auf der anderen Seite. Gran wurde langsamer.

»Wir haben es geschafft, ja?«, krächzte Kastor.

Edda nickte. »Ja, wir haben es geschafft.« Sie drückte den zerrupften Raben behutsam an sich, während sie gleichzeitig Vlads Hand festhielt, als fürchtete sie, ihn noch einmal zu verlieren.

»Ich nicht«, murmelte Elsmoth unglücklich und ließ den Kopf hängen. »Die Schriftrolle ist verbrannt. Ich werde nie wieder ins Kloster Rhindaal zurückkehren können.«

»Warum solltest du auch? Du hast die ganze Nebelwelt gerettet, du bist ein Held. Außerdem, das sind schon sehr komische Mönche, dass sie dir nicht vertrauen!«, brauste Milla plötzlich auf. »Was willst du denn ausgerechnet bei *denen?*«, fügte sie abfällig hinzu.

»Lesen. Lernen«, erwiderte Elsmoth leise.

»Pah. Das kannst du auch bei uns auf der Bunten Burg, dafür brauchst du kein Kloster. Wir haben ziemlich viele Bücher. Die kannst du gern alle lesen, wenn du magst.«

»Ja? Ehrlich?« Elsmoth wurde feuerrot vor Begeisterung.

»Sicher, sicher. Ich habe auch einen Lehrer. Den kannst du auch gern haben, wenn du möchtest«, fügte sie großzügig hinzu.

»Au ja!« Elsmoth fiel ihr um den Hals.

Milla starrte ihn fassungslos an. Wie konnte man sich denn so über einen Lehrer freuen?

»Also dann, erst einmal zurück zur Bunten Burg, oder?«, meinte Bing, der sich mit vergnügter Miene den Wind um die Nase wehen ließ.

»Und dann nach Quidor, zu den Gauklern«, sagte Edda.

»Aber vorher bringen wir Tatü noch auf schnellstem Wege nach Hause.«

»Ach, ganz so schnell muss es nun auch wieder nicht sein«, sagte Tatü. »Wir können uns ruhig ein bisschen Zeit lassen. Zu viel Zugluft ist gar nicht gut für die Stimmbänder«, setzte er hastig hinzu.

Milla grinste ihn an. »Ich hatte schon fast gedacht, du wolltest noch ein wenig länger mit uns zusammen sein.«

»Blödsinn«, brummte Tatü und rieb sich verlegen die Nase. »Aber natürlich, wenn ihr darauf besteht«, begann er ganz vorsichtig, »könnt ihr gern ein paar Tage auf unserer Burg bleiben. Wir könnten zusammen über unsere Abenteuer reden und unseren Sieg über diesen Zauberer Soundso feiern und uns dabei ordentlich die Bäuche vollschlagen. Natürlich nur, wenn ihr …«

»Ja«, riefen die anderen wie aus einem Mund. »Was für eine wunderbare Idee.«

»Tand also?«, dröhnte Grans Stimme von weiter vorn. Er machte auch schon einen Schwenk nach rechts.

»Ja. Tand«, sagte Bing. »Und anschließend …« Er warf einen raschen Blick zu Milla hinüber, die auf einmal genauso traurig guckte wie er selbst.

Von nun an würden sie einander nicht mehr allzu oft sehen. Bing war ja jetzt ein Drachenbändiger und würde mit Gran in die Berge gehen. Milla seufzte. Ohne Bing würde es sicher noch viel langweiliger werden auf der Bunten Burg!

Andererseits, dachte sie dann, so entsetzlich weit weg wa-

ren diese Drachenberge ja nun auch wieder nicht! Sie würde es schon schaffen, ihn dort zu besuchen. Wenn sie erst einmal ein neues Schwert hatte. Am besten eins von den Räubern!

Aber das konnte noch ein bisschen warten. Fürs Erste hatte sie genug Abenteuer erlebt. Zumindest bis morgen.

Von Sabine Blazy u. a. ebenfalls erschienen:

Das Versteck in der Burg
Paula Pepper ermittelt: Die verschwundene Statue
Paula Pepper ermittelt: Schatten im Nebel
Paula Pepper ermittelt: Die schwarze Bucht

Blazy, Sabine:
Der Fluch von Alabaster
ISBN 978 3 522 18147 1

Gesamtausstattung: Helmuth Poul Dohle
Einbandtypografie: Michael Kimmerle
Innentypografie: Elke Stirn
Schrift: Blackadder ITC, Minion
Satz: KCS GmbH, Buchholz/Hamburg
Reproduktion: Medienfabrik, Stuttgart
Druck und Bindung: Friedrich Pustet, Regensburg

5 4 3 2 1° 10 11 12 13

www.thienemann.de